中國語言文字研究輯刊

二六編

第 **16** 冊

漢語音義學研究論集（二集）——
第二屆漢語音義學研究國際學術研討會論文集
（下）

黃仁瑄 主編

花木蘭文化事業有限公司

國家圖書館出版品預行編目資料

漢語音義學研究論集（二集）——第二屆漢語音義學研究國
際學術研討會論文集（下）／黃仁瑄 主編 -- 初版 -- 新北市：
花木蘭文化事業有限公司，2024〔民 113〕
目 2+182 面；21×29.7 公分
（中國語言文字研究輯刊 二六編；第 16 冊）
ISBN 978-626-344-612-0（精裝）
1.CST：聲韻學 2.CST：語意學 3.CST：文集
802.08 112022492

ISBN-978-626-344-612-0

中國語言文字研究輯刊
二六編　　第十六冊　　　　　　ISBN：978-626-344-612-0

漢語音義學研究論集（二集）——
第二屆漢語音義學研究國際學術研討會論文集（下）

編　　者　黃仁瑄
總 編 輯　杜潔祥
副總編輯　楊嘉樂
編輯主任　許郁翎
編　　輯　潘玟靜、蔡正宣　美術編輯　陳逸婷
出　　版　花木蘭文化事業有限公司
發 行 人　高小娟
聯絡地址　235 新北市中和區中安街七二號十三樓
　　　　　電話：02-2923-1455／傳真：02-2923-1452
網　　址　http://www.huamulan.tw 信箱 service@huamulans.com
印　　刷　普羅文化出版廣告事業
初　　版　2024 年 3 月
定　　價　二六編 16 冊（精裝）新台幣 55,000 元　　版權所有·請勿翻印

漢語音義學研究論集（二集）——
第二屆漢語音義學研究國際學術研討會論文集（下）

黃仁瑄 主編

目

次

上 冊

序 言 尉遲治平

清抄本《西番譯語》的釋義注音研究 施向東 …………1

「無窮會本系」《大般若經音義》複音詞釋文特色
研究 梁曉虹 ………………………………27

玄應《一切經音義》「同」述考 真大成 …………51

音義匹配錯誤的類型 岳利民 ………………79

「咲」在日本的音義演變 賈智、魏文君 …………89

德藏 Ch5552 號《大般涅槃經》卷六音義芻議 景盛軒
………………………………………103

《磧砂藏》隨函音釋及其語境信息的自動匹配
黃仁瑄、王燁 ………………………115

《續一切經音義》引《切韻》考述 賀穎 …………139

《三國志》裴松之音切之音義匹配研究 黃娟 ………149

《可洪音義》「麥」部字與他部字之音義混用——
從「麨」、「𪌭」、「𪍎」談起 薛沛瑩 …………169

下　冊

上古漢語「有＋VP」結構中「有」的語法功能
　　　王月婷、鍾家利‥‥‥‥‥‥‥‥‥‥‥‥‥187

請教「孟」字結構問題並說上古音研究須知漢字表意
　　分析方法　陸忠發‥‥‥‥‥‥‥‥‥‥‥‥‥199

嚴粲《詩緝》所據《切韻指掌圖》版本考　宮欽第‥‥209

「居」「處」二詞詞義辨析及其在楚簡釋讀上之參考
　　　作用──以「凥」讀為「處」為例　黃武智‥‥‥227

《呂氏春秋》中的相術與「仁」「佞」相通之例──
　　兼論北大漢簡《趙正書》中的一則簡文　王晨‥‥249

《戰國策》「商於」不作「商于」考辨　陶雯靜‥‥‥‥269

河北赤城話定語領屬結構中的代詞研究
　　　李文張、張學敏‥‥‥‥‥‥‥‥‥‥‥‥‥281

基於《同源字典》的漢語同源詞韻部及聲紐關係再探
　　　方樹益‥‥‥‥‥‥‥‥‥‥‥‥‥‥‥‥‥293

嶺西五家詞用韻與清代廣西方言　畢原浩‥‥‥‥‥‥305

說腜、膰、皤與便便　凌嘉鴻‥‥‥‥‥‥‥‥‥‥‥317

古文字所見虩、虤、摅三者之字形差異　李游‥‥‥‥‥323

二語學習者感知漢語塞音「清／濁」範疇線索初探
　　　──以孟加拉學習者為例　黃樂‥‥‥‥‥‥331

黑龍江方言對於俄語語音習得的負遷移影響及教學
　　策略研究　李慧‥‥‥‥‥‥‥‥‥‥‥‥‥‥345

附　　錄‥‥‥‥‥‥‥‥‥‥‥‥‥‥‥‥‥‥‥359

後　　記‥‥‥‥‥‥‥‥‥‥‥‥‥‥‥‥‥‥‥367

上古漢語「有＋VP」結構中「有」的語法功能*

王月婷、鍾家利*

摘　要

　　上古漢語「有＋VP」結構中「有」具有表達現實性的語法功能。「有」的現實性體現在「有＋VP」結構表明VP所表示的事件已經發生（現實範疇所指示的時間包括過去、現在以及將來，即事件發生的時間或是過去，或是現在，或是將來）。正因如此，「有＋VP」結構中VP的及物性有所下降，具體表現是：一些原本不能進入「於／于」字結構的及物動詞，當跟「有」組合時得以進入「於／于」字結構。除此之外，「有」還具有強調事件發生的語用功能。

關鍵詞：有＋VP；於／于；現實性；已然

一、引言

　　前賢關於上古漢語「有＋VP」結構的討論，多集中在「有」的時體功能。刁晏斌、李豔豔（2010）、薛宏武（2012）、王依娜（2018）、張亮（2021）等

---

* 國家社會科學基金一般項目「『異讀』標記視角下的上古漢語雙及物結構研究」（18BYY162）。

* 王月婷，女，1976年生，山東省莒縣人，主要研究方向為語言學和音韻學研究。鍾家利，男，1996年生，浙江省台州市人。浙江工業大學人文學院碩士研究生，主要研究方向為古代漢語語法。浙江工業大學人文學院，杭州310023。

認為「有＋VP」結構具有表達完成體的功能；王繼紅、陳前瑞（2014）認為表示慣常事件的「有＋VP」結構，其體貌屬於廣義的結果體，是完成體的一個子類。然而倪懷慶（2004）、武亞帥（2020）等指出「有＋VP」結構中「有」並不是完成體標記，因為該結構不僅能表示過去完成的事件，還能表示將來未然的事件，認為「有」只表示有某種情況出現或者存在某種情況。

我們認為「有」並非完成體標記，因為：（1）「有＋VP」結構中「有」並未完全語法化為一個無意義的標記，仍然具有領有／存在義；（2）根據 Comrie（1976：52～64）對完成體的定義「某一過去情狀（狀態、事件、過程）和現在持續相關聯」，即完成體是對過去的回顧，時間指向過去、情狀聯繫現在。但是像「有勝矣」（《左傳·成公十六年》）、「公將有行，遂與姜氏如齊」（《左傳·桓公十八年》）等事件，其時間指示未來（即在過去和現在並未發生），將其定義為完成體並不妥當。此外，把「慣常事件」歸入「結果體」的做法也頗可商榷：「結果體」把現在的狀態指認為過去某一情狀的結果，但「慣常事件」現在所表現的情狀並非是過去情狀的結果，而是過去情狀的重複，二者並不契合。

王森、王毅、姜麗（2006）、王國栓、馬慶株（2008）、李晶晶（2017）等指出：「有＋VP」結構表示說話人肯定、確認及強調所述事態的現實性。他們都認為「有」具有表達現實的語法功能，而與時體功能無關。本文贊同他們的觀點，認為應該從現實範疇對「有」進行考察，而非時體功能。

本文將從現實範疇討論上古漢語「有＋VP」結構中「有」的語法功能，語料文獻參考《尚書》、《詩經》、《論語》和《左傳》四部傳世文獻。注意，上古漢語中的「有」主要有三種用法〔註1〕：1. 表示領有；2. 表示存在；3. 同「又」，連接數位。其中，前兩種跟「有＋VP」結構相關，換句話說即「有＋VP」結構中的「有」表示「領有」或「存在」。

二、立論基礎

關於「領有」和「存在」，本文參考李佐豐（2004：398～406）的觀點：（1）「領有」指一種廣泛的領有關係，具體來說包括「領有」「具有」「佔有」

〔註1〕詳參 Pulleyblank（1995：30～31）、李佐豐（2004：398～406）、大西克也（2011）、王勇、周迎芳（2012）、胡偉（2013）等學者。

「擁有」等；不僅可以是對某物的領有，還可以是對某個動作或事件的領有；
（2）「存在」，可以是某處所存在某物，也可以是某個群體存在某物，還可以
是某處所出現某物或某事件。

關於現實範疇，Comrie（1985：39～40）和 Lindsay J. Whale（2009／1997：
225）認為：是已經發生或正在發生的實現了的情狀。戴耀晶（1997：46～48）
指出「現實」指句子所表達的事件是一個已經實現的現實事件。現實是相對於
參照時間而言，即不管事件的發生是在過去、現在還是將來，只要相對於參照
時間事件是已經實現的，就是現實。戴耀晶（1997：47）強調：「現實」並不意
味著動作或事件的必然結束。綜上所述，現實範疇強調動作或事件的實現，但
不強調動作或事件的必然結束，因此現實範疇指示的時間包括過去、現在以及
將來，參照時間是相對時制而非絕對時制。

從現實範疇角度切入研究討論「有」的語法功能具有一定的理據：吳福祥
（2005）、于秀金（2016）指出漢語並非時體顯赫的語言，完成體是語法化程度
比較低的語法範疇。于秀金（2016、2017）指出漢語是現實／非現實顯赫的語
言。漢語顯赫範疇的擴張表現之一就為：現實範疇佔用以其他範疇為原型義的
表達手段，即動詞「有」可用來表達現實性。例如：

（1）王有疾。（《尚書·金縢》）

（2）維鵲有巢，維鳩居之。（《詩經·周南·鵲巢》）

（3）小人有母，皆嘗小人之食矣，未嘗君之羹，請以遺之。（《左傳·
隱西元年》）

（4）有淖于前，乃皆左右相違于淖。（《左傳·成公十六年》）

（5）苗而不秀者有矣夫（《論語·子罕》）

例（1）大王領有／具有疾病，例（2）維鵲領有／具有自己的巢穴，例（3）
進獻的小人領有／擁有母親。上述三例「有」表示領有，為領有句。領有句表
示領有某物，「領有某物」這件事是已經發生了的，即「領有某物」具有現實
性，因此表領有的「有」可用來表達現實性。例（4）前方存在泥淖，例（5）
莊稼中存在一些雖然發了芽但卻不抽穗的幼苗，上述兩例中的「有」表示存
在，為存在句。存在句表示特定的處所（或某個群體）存在某物，「存在某物」
這件事是早已發生並且持續存在的，即「存在某物」也具有現實性，因此表
存在的「有」也可以用來表達現實性。

上文已經說明現實範疇所指示的時間包括過去、現在以及將來。因此下文對於「有＋VP」結構的討論，也將分為過去時間、現在時間以及將來時間三類。

三、「有」的現實性

（一）時間指示過去

時間指示過去的「有＋VP」結構表示事件在過去發生並且事件已經結束。例如：

1. 表示「領有」義

（6）靜言思之，寤辟有摽。（《詩經‧邶風‧柏舟》）

（7）夏迪簡在王庭，有服在百僚。（《尚書‧多士》）

（8）子路有聞，未之能行。（《論語‧公冶長》）

（9）以郜大鼎賂公，齊、陳、鄭皆有賂，故遂相宋公。（《左傳‧桓公二年》）

例（6）男子徹夜難眠，整晚捶打自己的胸口——捶打胸口是昨夜已經發生並完成的事件。例（7）當年夏朝的人才被殷選中，在殷朝做官——也是過去發生並且已經完成的事件。例（8）子路過去聽聞了道理，但是尚未能實施——「子路有聞」是過去發生並且已經完成的事件。例（9）華父督華父督把郜國大鼎贈送給魯桓公，並賄賂齊國、陳國、鄭國，因此當上了宋國的相國——「有賂」是發生在「相宋公」之前並且已經完成的事件。

2. 表示「存在」義

（10）日有食之，亦孔之醜。（《詩經‧小雅‧十月之交》）

（11）有鰥在下，曰虞舜。（《尚書‧堯典》）

（12）秋七月，有星孛入于北斗。（《左傳‧文公十四年》）

（13）有夜登丘而呼曰：「齊有亂。」（《左傳‧僖公十六年》）

例（10）十月初一這天有日食現象——這次「日食」發生在過去並且已經完成。例（11）平民百姓中有一個窮困的人，名字叫虞舜——虞舜的存在從他出生便已經發生了，並且已經完成。例（12）秋季七月的某一天，有一顆彗星進入北斗——這件事是七月發生的，事件發生在過去，並且已經完成。例（13）十二月的時候，有人夜裡登上小山頭喊叫說「齊國發生動亂」——這件事發生

在過去並且已經完成。

　　小結：以上諸例，「有＋VP」結構記錄的事件都發生在過去時間。關於這類「有＋VP」結構，石毓智（2004、2006：140～153）、薛宏武（2012）、王繼紅、陳前瑞（2014）等認為它們表示完成體，因為事件發生在過去且已然完成。但是，如果把所有的「有＋VP」結構聯繫起來，注意到有些「有＋VP」結構（詳下文）在參照時間並未完成，就不會用「完成體」來概括了。對上述用例而言，「完成」只是事件在過去實現後的伴隨特徵。

（二）時間指示現在

　　時間指示現在的「有＋VP」結構表示事件是在當下發生，並且事件現在還在持續發生或存在。例如：

1. 表示「領有」義

（14）阻而鼓之，不亦可乎？猶有懼焉。（《左傳·僖公二十二年》）

（15）趙孟曰：「善哉！保家之主也，吾有望矣！」（《左傳·襄公二十七年》）

（16）見舞《象箾》、《南籥》者，曰：「美哉，猶有憾！」（《左傳·襄公二十九年》）

2. 表示「存在」義

（17）有狐綏綏，在彼淇梁。（《詩經·衛風·有狐》）

（18）聲子曰：「今又有甚于此。」（《左傳·襄公二十六年》）

（19）有夜登丘而呼曰：「齊有亂。」（《左傳·僖公十六年》）

　　時間指示現在的「有＋VP」結構多出現於人物對話中。例（14）子魚認為宋襄公當下內心感到害怕恐懼，因此自己不能取勝。宋襄公懷有恐懼害怕的情感，這件事是當下發生的，且仍在持續發生。例（15）印段賦完《蟋蟀》詩後，趙文子認為他是能保住家族的大夫，因而當下內心充滿了希望。趙文子內心懷有希望這件事是當下發生的，且仍在持續發生。例（16）公子劄看到象箾舞和南籥舞，產生了遺憾的情感。「心生遺憾」這件事是當下發生的且仍在持續發生。

　　例（17）淇水邊的橋上有（存在）一隻正在獨行求偶的狐狸——描摹創作者當下看見並持續存在的事件。例（18）聲子說現今還有（存在）比苗賁皇所

說更為嚴重的事情。這件更嚴重的事情是現下發生的，且正在持續存在著。例（19）夜裡有人大喊，現在齊國存在動亂。「齊國存在動亂」這件事是現下發生的，且當時仍在持續，以致諸侯沒有等到築完城就各自回國了。

小結：以上諸例「有＋VP」結構所指示的時間都是現在，是當下所發生的事件，這些事件並未必然完成結束。就這類用例來說，「有＋VP」結構中的「有」仍具有表達現實性的語法功能，其現實性體現在：「有」表示事件的發生，因為時間指示的是現在，所以表明事件當下已經發生，但不代表事件已然完成結束。

（三）時間指示將來

時間指示將來的「有＋VP」結構表示事件是在將來發生的，參照時間是另外一件事的發生時間，屬相對時間。正如戴耀晶（1997：46～48）所言：現實是相對於參照時間而言，即不管事件的發生是在過去、現在還是將來，只要相對於參照時間事件是已經實現的，就是現實。即「有＋VP」結構雖然時間指示將來，但如果另外一件事的發生是以這件事的發生為前提，那麼「有＋VP」結構仍然表達現實性。例如：

1. 表示「領有」義

（20）女子有行，遠父母兄弟。（《詩經·邶風·泉水》）

（21）十八年春，公將有行，遂與姜氏如齊。（《左傳·桓公十八年》）

（22）孟獻子曰：「有勝矣。」戊寅，晉師起。（《左傳·成公十六年》）

（23）羋姓有亂，必季實立，楚之常也。（《左傳·昭公十三年》）

2. 表示「存在」義

（24）若兄考，乃有友伐厥子，民養其勸弗救？（《尚書·大誥》）

（25）將有西師過軼我，擊之，必大捷焉。（《左傳·僖公三十二年》）

（26）若立君，則有卿士、大夫與守龜在，羈弗敢知。（《左傳·定西元年》）

（27）如有復我者，則吾必在汶上矣。（《論語·雍也》）

例（20）女子出嫁後，便會遠離自己的父母兄弟。這件事在當下並未發生，不過遠離自己的父母兄弟這件事的發生是以女子「有行」的發生為前提，因此「有行」表達現實性。例（21）魯桓公將要外出，所以他和姜氏一起到齊國

去。魯桓公和姜氏到齊國這件事的發生是以魯桓公「有行」這件事的發生為前提，因此「有行」表達現實性。例（22）孟獻子認為晉國馬上就要得勝了。梅廣（2018／2015：460）指出語氣詞「矣」除了表達事件的完成以外，還能表達事件即將發生。因此「有勝矣」中「矣」表明「有勝」這件事即將發生。文中晉軍出兵這件事的發生是以晉國認為自己馬上就會勝利這件事為前提的，因此「有勝」也表達現實性。例（23）芈姓如果發生動亂，必然就是小兒子立為國君，這是楚國的常例。芈姓發生動亂這件事在當下並未發生，不過「必季實立，楚之常也。」這件事的發生是以「芈姓有亂」這件事的發生為前提，因此「有亂」表達現實性。

例（24）如果武王死了，卻有人群起攻擊他的兒子，為民長上的難道能夠相勸不救嗎？「長上救助武王兒子」這件事的發生要以「有友伐厥子」這件事為前提，因此「有友伐厥子」表達現實性。例（25）將要出現（存在）西邊的軍隊越過（襲擊）晉國邊境這件事，晉國予以回擊，必能獲勝。「（晉）擊之」這件事的發生要以「西師過軼我」這件事為前提，因此「有西師過軼我」表達現實性。例（26）如果立國君，有卿士、大夫和守龜在那裡，羈不敢參與。「羈不敢參與」這件事的發生以「有卿士、大夫與守龜在」為前提，因此「有卿士、大夫與守龜在」表達現實性。例（27）如果再次出現（存在）有人來找孔子這件事，孔子一定會逃到汶水去。「孔子逃到汶水」這件事的發生是以「有人再來找孔子」這件事為前提的，因此「有復我」表達現實性。

小結：以上諸例「有＋VP」結構所指示的時間都是將來，意為在將來這些事件會發生。就這類用例來說，「有＋VP」結構中的「有」仍具有表達現實性的語法功能，其現實性體現在：「有」表示事件的發生，若時間指示的是將來，則表明事件在將來發生，且這件事的發生是作為另一件事發生的前提。

以上分別從時間指示過去、現在、將來三個方面討論了上古漢語「有＋VP」結構中「有」的現實性語法功能，得出：「有」能表達現實性，即表明 VP 所表示的事件的發生；事件的發生時間或是在過去，或是在現在，或是在將來。

四、「有＋V＋於／于」結構

值得注意的是，一些及物性較強的及物動詞加上「有」後能夠進入「於／

于」字結構。如「季武子以公姑姊妻之，皆有賜於其從者。」（《左傳・襄公二十一年》）「始吾有虞于子，今則已矣。」（《左傳・昭公六年》）邵永海（1990：550～575）曾認為：「賜」這類及物性較強的及物動詞，不能進入「於／于」字結構。潘秋平（2015：197）承其說，並認為上述例子是特殊情況。他們都無法解釋為什麼及物性較強的及物動詞能進入「於／于」字結構。本文認為，這些用例的共同特點是跟「有」組合的時候才能進入「於／于」字結構，因此可以推定這跟「有」的功能相關。

在討論「有＋V＋於／于」結構之前，先交待「於／于」的功能。杉田泰史（1998）、董秀芳（2006）、王月婷（2013、2017、2021）指出：「於／于」用來標記 V 跟 NP 間的低及物關係，因此（1）「於／于」一般用來引入非必有論元，（2）當及物動詞所表示的動作已經發生或完成後，動詞的及物性會降低，因此它原來的必有論元也會用「於／于」引入，例如：

（28a）今一會而虐二國之君，又用諸淫昏之鬼。（《左傳・僖公十九年》）

（28b）以陳國之介，恃大國而陵虐於敝邑。（《左傳・襄公二十四年》）

（29a）使解揚如宋，使無降楚。（《左傳・宣公十五年》）

（29b）夏，師及齊師圍郕，郕降于齊師。（《左傳・莊公八年》）

「虐」是及物動詞，其後通常緊跟必有論元。例（28a）「虐二國之君」敘述具體事件，「虐」表動作；例（28b）「陵虐於敝邑」強調動作的持續狀態（在這之前動作已經發生），「虐」的及物性降低，因而用「於／于」引入對象「敝邑」。例（29a）「使無降楚」的意思是「讓宋國不要向楚國投降」，例（29b）則是說「郕投降了齊師」，「降」這一動作已完成、及物性降低，所以用「於／于」引入對象「齊師」。

上文第三節已有說明，「有」具有表達現實性的語法功能，即「有＋VP」結構中「有」用以表明 VP 所表示的事件已發生。因為事件已發生，所以動詞的及物性降低，因而原本及物性較強的這些及物動詞能夠進入「於／于」字結構。下面以「賜」「虞」「憾」「事」為例：

賜：（30a）公賜之食。（《左傳・隱西元年》）

（30b）季武子以公姑姊妻之，皆有賜於其從者。（《左傳・襄公二十一年》）

「賜」為雙及物動詞，其常用用法為「賜＋對象＋受事」。（30a）「賜」表

示動作賞賜，後面緊跟對象和受事。（30b）「賜」前加「有」後，用「於／于」引入動作賞賜的對象（賞賜的受事未被側重所以未在句中呈現）。「賜」後帶有低及物標記「於／于」，這說明此時動詞「賜」的及物性較低，其原因在於「賜」的動作已經發生，「有」表達現實性。

虞：（31a）且日虞四邑之至也。（《左傳·桓公十一年》）

（31b）始吾有虞于子，今則已矣。（《左傳·昭公六年》）

「虞」為認知動詞，其常見用法為「虞＋對象」。（31a）「虞」表示希望，後面緊跟對象。（31b）「虞」前加「有」後，用「於／于」引入對象。「虞」後帶有低及物標記「於／于」，說明動詞「虞」的及物性降低，表示動作已經發生，即「有虞」表示動作的發生，「有」表達現實性。

益：（32a）梁伯益其國而不能實也，命曰新里，秦取之。（《左傳·僖公十八年》）

（32b）若亡鄭而有益於君，敢以煩執事。（《左傳·僖公三十年》）

「益」作為動詞，其常用用法為「益＋對象」。（32a）動詞「益」表示對……有益，後面緊跟受益的對象。（32b）「益」前加「有」後，用「於／于」引入對象。「益」帶有低及物標記「於／于」，說明動詞「益」的及物性降低，表示動作已經發生，即「有益」表示動作的發生，「有」表達現實性。

小結：「有」具有表達現實性的語法功能，當及物性較強的及物動詞加上「有」後，表明動作或事件已發生，從而導致及物動詞的及物性降低，其原有論元需用「於／于」介引，即形成「有＋V＋於／于」結構。

五、餘論

除上述之外，還有一些動詞原本就能進入「V＋於／于＋NP」結構；這類動詞前加「有」後表達現實性，也要求用「於／于」引入NP。因此，這類「有＋V＋於／于＋NP」結構中的「於／于」可以說是身兼二職，但其本質仍是低及物關係的標記。以「問」「求」為例：

問：（33a）公問於眾仲曰：「衛州籲其成乎？」（《左傳·隱公四年》）

（33b）請有問于子，餘及死乎？（《左傳·哀公二十七年》）

（33a）敘述「隱公詢問眾仲」一事，「問」的對象（非必有論元）用「於」介引；（33b）強調事件的現實性，即「哀公詢問孟武伯」這件事已經發生，所

以前加「有」，對象仍用「于」介引。

　　求：（34a）將求于人，則先下之，禮之善物也。（《左傳・昭公二十
　　　　　　五年》）

　　　　（34b）有求於人，而即其安，人孰矜之？《左傳・昭公二十八
　　　　　　年》）

　　（34a）「求于人」這件事將要發生，對象（非必有論元）用「于」介引；
（34b）強調事件的現實性，即「求於人」這件事已經發生，所以前加「有」，
對象仍用「於」介引。

　　本文從現實範疇這一角度研究討論了上古漢語「有＋VP」結構中「有」的
語法功能，發現：（1）該結構中「有」可以表達現實性，「有＋VP」結構表明 VP
所表示的事件已經發生，（2）事件發生的時間或是在過去、或是在現在、或是
在將來。事件已發生，因此動詞的及物性降低，從而使得這些動詞能夠進入「於
／于」字結構。除此之外，某些「有」起到「強調」的語用功能，詳參於嗣宜
（2007）、王冬梅（2014）、張亮（2021）等，本文不再贅述。

六、參考文獻

1. 戴耀晶，《現代漢語時體系統研究》，杭州：浙江教育出版社，1997 年。
2. 大西克也，從「領有」到「空間存在」——上古漢語「有」字句的發展過程，
　　載楊永龍主編《歷史語言學研究》第 4 輯，北京：商務印書館，2011 年，頁 112
　　～128。
3. 刁晏斌、李豔豔，試論「有＋單音節動素」式動詞，《語言教學與研究》第 1 期，
　　2010 年，頁 38～43。
4. 董秀芳，古漢語中動名之間「於／于」的功能再認識，《古漢語研究》第 2 期，
　　2006 年，頁 2～8。
5. 胡偉，西漢文獻中的「有」字句，載甘於恩主編《南方語言學》第五輯，暨南
　　大學出版社，2013 年，頁 218～227。
6. 李晶晶，「有＋VP」2 結構的主觀性及語用功能，《學術交流》第 3 期，2017 年，
　　頁 160～165。
7. 李佐豐，《古代漢語語法學》，北京：商務印書館，2004 年。
8. 梅廣，《上古漢語語法綱要》，上海：上海教育出版社，2015／2018 年。
9. 倪懷慶，從《國語》看「有」字的早期用法，《廣州大學學報》第 6 期，2004 年，
　　頁 48～52＋94。
10. 潘秋平，《上古漢語與格句式研究》，北京：商務印書館，2015 年。

11. 杉田泰史，介詞「於」的未完成用法，載郭錫良主編《古漢語語法論集》，北京：語文出版社，1998 年，頁 123～130。

12. 邵永海，從《左傳》和《史記》看上古漢語雙賓結構及其發展，載嚴家炎、袁行霈主編《綴玉集：北京大學中文系研究生論文選編》，北京：北京大學出版社，1990 年，頁 550～575。

13. 石毓智，漢語的領有動詞與完成體的表達，《語言研究》第 2 期，2004 年，頁 34～42。

14. 石毓智，《語法化的動因與機制》，北京：北京大學出版社，2006 年。

15. 王冬梅，從「是」和「的」、「有」和「了」看肯定和敘述，《中國語文》第 1 期，2014 年，頁 22～34＋95～96。

16. 王國栓、馬慶株，普通話中走向對稱的「有＋VP（＋了）」結構，載馬慶株、石鋒主編《南開語言學刊》第 2 期，商務印書館，2008 年，頁 87～91。

17. 王繼紅、陳前瑞，《詩經》的「有」字句探源，載石鋒主編《南開語言學刊》第 1 期，商務印書館，2014 年，頁 119～127。

18. 王森、王毅、姜麗，「有沒有／有／沒有＋VP」句，《中國語文》第 1 期，2006 年，頁 10～18＋95。

19. 王依娜，先秦漢語「有」從領有動詞到體標記的語法化過程，《中國文字研究》第 1 期，2018 年，頁 35～41。

20. 王勇、周迎芳，「有」字句的歷時考察和橫向比較，《華中師範大學學報》第 5 期，2012 年，頁 91～99。

21. 王月婷，古漢語中位移動詞的變讀問題研究，《語言研究》第 3 期，2013 年，頁 73～86。

22. 王月婷，對「去聲」、「於／于」的再認識，《語言研究》第 1 期，2017 年，頁 74～83。

23. 王月婷，也談上古漢語動名之間介詞「於／于」的使用，《語言研究》第 2 期，2021 年，頁 40～46。

24. 吳福祥，漢語體標記「了、著」為什麼不能強制性使用，《當代語言學》第 3 期，2005 年，頁 237～250。

25. 武亞帥，甲骨卜辭動詞之前「有」的用法考察，《出土文獻》第 2 期，2020 年，頁 16～22＋154。

26. 薛宏武，古代漢語「有」的意義、功能與特性，《長江學術》第 3 期，2012 年，頁 98～108＋145。

27. 于嗣宜，福州話與閩南話否定詞「無」的時貌意義，《方言》第 1 期，2007 年，頁 66～70。

28. 于秀金，漢語（非）現實範疇的顯赫性與擴張性——跨語言原型範疇化視角，《外語教學與研究》第 5 期，2016 年，頁 680～692。

29. 于秀金，跨語言時—體—情態的範疇化、顯赫性及擴張性——庫藏類型學視角，《中國語文》第 6 期，2017 年，頁 670～692＋767。

30. 張亮，接觸與類推：「有＋VP」結構在普通話中的接受，《漢語學習》第 2 期，2021 年。

31. Comrie Bernard, *Aspect: An Introduction to the Study of Verbal Aspect and Related Problems*. Cambridge University Press,1976.

32. Comrie Bernard, *Tense*, Cambridge University Press,1985.

33. Edwin G.Pulleyblank, Outline of Classical Chinese Grammar, BUC Press,1995.

34. Lindsay J. Whale, *Introduction to Typology:The Unity and Diversity of Language*. 世界圖書出版公司，2009／1997 年。

請教「孟」字結構問題
並說上古音研究須知漢字表意分析方法

陸忠發*

摘　要

　　「孟」字始見於金文，作 🔆 或 🔆，其形體是一個小孩子放在器皿中。《說文》:「孟，長也，從子皿聲。」我認為「孟」字是從「子」從「皿」的會意字，許慎把「孟」字的結構理解成形聲字是錯誤的。鄭張尚芳先生論證「孟」為形聲字是不可撼動的，認為「若把『皿』視為器皿，就說不清為什麼這個表首子的『孟』，古音要跟『皿』一樣讀明母陽部庚韻？它若非聲符，二字同聲的另一可能只有它們是同語根分化字（轉注），可是首始跟器皿兩義本身，卻又說不上有半點關聯，決非同根！所以可見這裡的『皿』顯然只能是聲旁。」我懷疑鄭張尚芳先生的論證很可能是不能成立的。事實上，《說文解字》把大量的非形聲字當成了形聲字，導致以漢字諧聲系統為主要材料研究出來的所謂上古音系統，缺乏可信性。因此從事上古音研究的學者應該需要掌握漢字表意分析的理論與方法，從而確保上古音研究的科學性。

關鍵詞：孟；形聲字；上古音

　　「孟」字始見於金文，作 🔆 或 🔆，其形體是一個小孩子放在器皿中。《說

---

*　陸忠發，男，1962 年生，安徽省合肥市人，主要研究方向為文字學、古文字學、訓詁學和古代文史研究。杭州師範大學人文學院，杭州 311121。

文》：「孟，長也，從子皿聲。」我在 2014 年 6 月出版的香港《語文建設通訊》
106 期發表《從古代民俗說「孟」》，認為「孟」字是從「子」從「皿」的會意
字，不是形聲字，與古代獻子祭祀有關。

在上古時代的條件下，生孩子是非常兇險的，死亡率很高，因此，卜辭中
才會有大量的卜問某某婦生孩子會不會死的卜辭。從生理上說，人生第一胎是
比較難的，在上古時代的條件下，第一個孩子生下來就已經死了的情況估計非
常常見；而以後人們再生孩子就容易多了，孩子生下來死亡率也會大大降低。
在一切都有神靈掌控的時代，人們如何解釋這種現象呢？人們理所當然地會認
為，第一個孩子生下來就已經死了是因為神靈要他。神靈要了第一個孩子，以
後會給人們很多孩子。如果第一個孩子生下來的時候是活著的，人們會想：神
靈喜歡第一個孩子，為了今後能夠有更多的孩子，這個活著的第一個孩子還是
獻給神靈吧！於是，殺死他獻給神靈就成為人們無奈而又必然的選擇了。殺首
子祭祀就這樣出現了！因此，中國上古存在殺死第一個孩子獻給神靈的祭祀，
這是當時的社會現實。

孩子生下來，應該寢之以床，在「孟」這個字中，「皿」是個提示符號，
提示這個孩子是放在盛放犧牲用的器皿中的孩子，當時的人們都知道：這個孩
子是獻給神靈的孩子——他是長子。所以，古人利用用長子獻神的祭祀這種社
會生活，巧妙地表達了「長子」的概念（古代的「子」不分性別，「長女」也
叫「孟」）。

鄭張尚芳先生在香港《語文建設通訊》107 期發表《「孟」字的語源》一
文，論述「孟」應該是形聲字，與「兄」同源，與古代獻子祭祀無關。鄭張尚
芳先生的文章論證方法很獨特，有可能非常有價值。不過，鄭張尚芳先生的文
章寫得比較簡略，有些地方我看不懂，主要是我對於語源的問題研究得太少，
鄭張尚芳先生可能也過高估計了大多數讀者的接受能力，因為語源的問題本
來就比較深奧，如果有些地方交代得不是很清楚，大多數讀者就看不懂了。我
想，我們既然已經探討了「孟」與古代獻子祭祀問題和「孟」字的語源問題，
我們不妨再深入一些，把問題徹底搞清楚。於是我提出幾個問題來，請鄭張尚
芳先生再考慮考慮或者再做一些補充。非常可惜，鄭張尚芳先生在收到我的文
章後不久就去世了，我跟鄭張尚芳先生關於「孟」字結構問題的討論沒能進行
下去。這次借在杭州召開音韻學會議的便利，請有興趣的先生能夠參與討論，

我也想借機談談我對於目前上古音研究的看法。

鄭張尚芳先生說：「若把『皿』視為器皿，就說不清為什麼這個表首子的『孟』，古音要跟『皿』一樣讀明母陽部庚韻？它若非聲符，二字同聲的另一可能只有它們是同語根分化字（轉注），可是首始跟器皿兩義本身，卻又說不上有半點關聯，決非同根！所以可見這裡的『皿』顯然只能是聲旁。」忠發按：這裡有幾個問題，不能不說一說。

一、「把『皿』視為器皿，就說不清為什麼這個表首子的『孟』，古音要跟『皿』一樣讀明母陽部庚韻。」在我們看來，這似乎不需要說明。漢字中大量的字的讀音都是無理據可說的，如「鄭」為什麼讀音與「奠」相同，鄭張尚芳先生可能會說：「鄭」本來就寫作「奠」，讀音當然相同。那麼，「芳」為什麼讀音與「方」相同，不知道鄭張尚芳先生能不能說得清？漢語的音節數量太少，所以同音字大量存在，這裡面絕大多數都是沒有理據可說的。那麼，為什麼「孟」從「皿」聲，就一定要說出理據來呢？

二、鄭張尚芳先生又說：「它若非聲符，二字同聲的另一可能只有它們是同語根分化字（轉注）。」也就是說，如果「孟」不是以「皿」為聲符，那麼，「孟」與「皿」古代讀音相同有兩種可能，即「孟」與「皿」為同語根分化字。鄭張尚芳先生只是說出了「另一可能」，那麼，「孟」與「皿」古代讀音相同的第一個可能是什麼呢？鄭張尚芳先生好像並沒有說啊？如果我們追問這第一個可能是什麼，應該就是我上面說的漢字中大量的字的讀音都是無理據可說的。那麼，鄭張尚芳先生前面說的這些是不是就是自我否定了呢？

接下來，鄭張尚芳先生用大量的篇幅論證「孟」與「兄」同源，於是得出結論：「『兄』與『孟』同源，詞根都是 mrang。這就從語源上闡明『孟』字讀如皿是對的，它是個典型的形聲字。」我不知道這是通過什麼邏輯得出的結論。為什麼與「兄」同源，「孟」就一定要讀如「皿」呢？接下來，鄭張尚芳先生又論證「孟」與「伯」同源。可是，「伯」古音卻不是讀明母陽部庚韻的，顯然不是以「皿」為聲旁。也就是說，「孟」、「兄」、「伯」同源，與是不是以「皿」為聲旁沒有關係。既然這樣，為什麼「孟」與「兄」同源，「孟」就一定要讀如「皿」呢？

語源與字形結構沒有必然關係。同源的字，有的形體相關，這些往往是同源分化字，因為分化是在同一語源的情況下進行，常常採用的方法是在原來的

漢字形體上添加不同的形旁來區別各個新造字所分別表示的意義，這樣造出來的字形體往往相關。「右文說」所揭示的同源關係正是這種情況。同源的字，有的形體無關，這些往往是在語言中有一個概念的情況下，人們為表達這個概念分別造字的情況。正如鄭張尚芳先生說的「孟」、「兄」皆訓「長」，皆在庚韻，兩字實出同一語源，「兄」與「孟」就是人們分別造字的情況，所以，二者同源而形體沒有關係。明乎此，我們就能夠理解「孟」為什麼不一定是形聲字了。因為造字表達「長」這個概念，為什麼一定要造一個從「子」「皿」聲的形聲字才行呢？為什麼不能像「兄」一樣，造一個會意字呢？

事實上，甲骨文等早期的漢字，基本上是沒有形聲字的，形聲字的造字方法，是人們在戰國時期悟出來的，這就是為什麼形聲字在戰國時期爆發式地增加了。「鄭」就是戰國時期才造出來的形聲字，人們悟出要表達地名的概念，只要在原來的形體上添加「邑」旁就可以了，所以，甲骨文、金文中的地名，到了戰國時期幾乎同時添加了「邑」成為形聲字，就是這個原因。同源字中凡是形體有關係的分化字，基本上都是戰國以來造字的，都是這個原因。「孟」見於甲骨文，在商代甚至更早的時候，人們是不知道造形聲字的道理的，否則人們早就用形聲的方法來表達概念了，就不需要絞盡腦汁造那麼多會意字了。如果讀者有興趣深入瞭解形聲字產生的過程，可以看看拙著《漢字學的新方向》（浙江大學出版社 2009）第四章和《當代漢字學》（上海教育出版社 2014）第五章第五節。

我們再反過來看看「孟」為形聲字說能不能講得通。形聲字的聲旁有兩種可能，一種是純粹表示聲音的，一種是聲中有義的。如果「皿」是純粹表示聲音的，那麼，字義則由形旁「子」決定。但是，「子」卻沒有「長」的意義，所以「皿」不可能是純粹表示聲音的。這樣，如果「孟」是形聲字，「孟」之「長」的意義就只能由「皿」而來。但是，我沒有找到除了「孟」字之外的其他以「皿」為聲旁的字有「長」的意義的證據來，如果鄭張尚芳先生也找不到以「皿」為聲旁的字有「長」的證據來，我們就沒有辦法相信「孟」是個形聲字了！

甲骨文中的那些與後來的形聲字結構幾乎相同的形體，其實基本上都不是形聲字，《說文》所認為的形聲字，許多都是錯誤的，尤其是戰國以前造的字，許慎說錯的非常多。如：「逆」，《說文》解釋為形聲字，從「辵」「屰」聲。其實，「逆」是會意字。

《說文》：「逆，迎也。從辵屰聲。」「逆」的甲骨文形體作 𣥠，本作 𣥠，𣥠 表示一個人走過來，𣥠 表示一個人走過去，合起來用「兩個人相向而行」表示「迎接」的概念。「逆」，先作 𣥠，後添加「彳」作 𣥠，顯然是會意字，許慎誤以為從辵屰聲。作 𣥠 者，𣥠 是個提示符號，提示道路。合起來用「在道路上，兩個人相向而行」表示「迎接」的概念。所以，「逆」只能分析為會意字，不是形聲字。它與「逝」、「遵」、「迅」、「迎」等字是不同的。

《說文》：「哀，閔也。從口衣聲。」「哀」就是傷心到了極點。《禮記・檀弓下》：「哀之至也。」鄭玄注：「哀，痛甚。」人們傷心往往就會哭出來，以釋放、緩解心理的哀痛。如果一個人傷心了，連放聲哭出來都不能，豈不是痛之甚矣？！然而，「痛甚」是人內心的感受，沒有特定的形象可以描繪。所以，這個概念極難表達。古人穿的上衣衣袖寬大，人傷心哀哭的時候，會用衣袖擦拭眼淚，通常是抬起一隻手的手臂至眉間，另一隻手執衣袖擦拭眼淚。因此寬大的衣袖就會遮擋住面部。《離騷》：「攬茹蕙以掩涕兮，沾餘襟之浪浪。」「哀」，沈子簋作 𣥠，哀成叔鼎作 𣥠，從「口」表示口的動作——哭，從衣掩口，形象地描繪了一個人以衣掩面而哭泣的樣子，表達出「傷心到了極點」的概念。把「哀」分析為形聲字，是錯的。誰能說出「口」這個形旁與「哀」的意義有什麼關係啊？

《說文》：「重，厚也。從壬東聲。」重，商代金文作 𣥠，井矦簋作 𣥠，從人、從 𣥠、從 𣥠，𣥠 是囊橐，字形是一個人背負一個囊橐，甲骨文形體添加 𣥠 為提示符號，提示這個人在吃力地行走。人吃力地背負囊橐行走時必然感受到囊橐很重。因此造字就用人負橐時的感受表達「沉重」的概念。「重」是會意字，分析為形聲字，是錯的。

《說文》：「歸，女嫁也。從止從婦省，𠂤聲。」甲骨文「歸」作 𣥠 從 𣥠 從 𣥠，小篆形體所從的𠂤是甲骨文 𣥠 的形訛，𣥠 是「師」的本字，表示軍隊。𣥠 是「帚」的本字，其本義是掃帚，引申為「掃除」：

　　《合集》34283：「戊子卜，帚 𣥠 雨。」

「帚 𣥠 雨」就是把 𣥠 地的雲雨掃掉。天上的雲雨是掃不掉的，這裡的「帚雨」顯然是一種祭祀活動，其目的是想要把雲雨掃掉，讓天不要再下雨。這樣的祭祀，後代同樣有，叫「掃晴祭祀」。在商代，掃晴的祭祀主要由婦女擔當，「商代戰爭頻發，據王宇信、楊升南先生研究，武丁時期征伐的方國有81

個，祖庚祖甲時 2 個，廩辛康丁時 17 個，武乙文丁時 28 個，帝乙帝辛時 8 個。〔註1〕這麼多的戰爭，讓男人沒有時間從事農業生產，農業生產必然主要由婦女擔當。當天不停地下雨，影響農作物生長時，婦女們拿起掃帚，向天揮舞，強行掃去烏雲。這就是掃晴祭祀主要由婦女擔當的歷史原因。」〔註2〕

掃帚是婦女掃晴使用的專門工具，所以「帚」指代「婦女」：

《合集》21796：「癸酉余卜，貞，雷帚（婦）有子。」

在 🈂️ 這個字中，🈂️表示「婦女」。因此，🈂️從 🈂️從 🈂️，其實就是從「師」從「女」。從「師」從「女」，何以就表示「歸來」呢？古代的「師」都是由青壯男子組成，「婦」是他們的母親、妻子和姐妹。古代的戰爭是敵我雙方短兵相接的搏鬥，士兵們戰死沙場是常有的事，很多士兵出了家門就再也回不來了。因此，我們可以想像，戰場上男人們奮勇廝殺，在這些士兵的家中，他們的母親、妻子和姐妹會有什麼樣的心情？毫無疑問，自從軍隊出征時起，這些女人們就一直提心吊膽，擔心自己的親人回不了家。可她們一旦得到軍隊歸來的消息，她們又會怎麼做？她們會毫不猶豫地放下正在做的一切事情跑到軍隊歸來必經之路上，站立在道路兩旁，睜大眼睛看著每一個從她眼前走過的士兵，急切地想要知道她的親人有沒有歸來。《左傳・成公二年》：「遂自徐關入。齊侯見保者，曰：『勉之，齊師敗矣。』辟女子。女子曰：『君免乎？』曰：『免矣。』『銳司徒免乎？』曰：『免矣。』曰：『苟君與吾父〔夫〕免矣，可若何？』乃奔。齊侯以為有禮，既而問之，銳司徒之妻也。」從《左傳》的記載中我們體會到，齊國與晉國在鞌的戰爭，齊國的婦女們真的是寢食難安。當得知軍隊從徐關入城的時候，齊都的婦女們都去入城口等候，以至於齊侯入城的道路都被堵塞住了，需要有人在前面開道把婦女們分開以讓出入城的通道。銳司徒之妻急切地向開道的人詢問國君和丈夫的情況，當得知國君和丈夫都平安歸來，她就飛奔回家了。這麼多天一直懸著的心終於可以放下了，她要回家給丈夫準備他最愛吃的東西來表達她對丈夫平安歸來喜悅。這就是古代的社會現實。因此，當軍隊回來的時候，女人們必定會出城迎接。這樣，道路中間是歸來的將士，道路兩旁則是迎候的妻、女。這是將士征戰歸來的必然場景。🈂️從 🈂️從 🈂️，

〔註1〕王宇信、楊升南，甲骨學一百年〔M〕，北京：社會科學文獻出版社，1999：498～499。

〔註2〕陸忠發，古代祭祀十講〔M〕，北京：華文出版社，2011：52。

造字者正是利用將士征戰歸來的必然場景巧妙地表達出了「歸來」的概念。雖然「歸來」的概念非常難以表達，但是，古人的造字還是非常巧妙地解決了這個問題。〔註3〕

　　因為「歸來」的概念是與行走、道路相關的概念，所以又添加「彳」作**𨑷**（𫃙簋）或者添加「彳」和「止」作**𨖳**（應侯鐘），睡虎地簡作**𨖳**，添加「止」，這就是「歸」的源頭。

　　因此，「歸」是會意字。但是，許慎因為不知道「歸」如何表意，誤為形聲字，以「𠂤」為聲旁，學界同樣因為不知道「歸」如何表意，多從許慎之說。

　　裘錫圭先生認定「歸」從「𠂤」為聲旁是錯的，認為「歸」的聲旁應該是「帚」，「帚」大概讀「彗」的音，並從上古音方面進行了論證。〔註4〕可是在《說從「𡿧」聲的從「貝」與從「辵」之字》〔註5〕中裘先生又否定了自己原來論證的「帚」的讀音，〔註6〕可見，裘先生對「彗」到底讀什麼音都不能確定，他又怎麼能夠確定「帚」讀與「彗」同而做「歸」字的聲旁呢？裘先生在《說從「𡿧」聲的從「貝」與從「辵」之字》文中又說：「『歸』字籀文作『�』，楚簡『歸』字往往作『𨒋』，其實也都是『帚』為『歸』字聲旁的反映。」其實，「𡩋」，許慎說「籀文省」是對的；「𨒋」就是**𨖳**省。這些都不能作為「帚」為「歸」聲旁的證據。

　　《說文》：「兌，說也。從兒，㕣聲。」徐鉉：「㕣，古文㳒字，非聲，當從口從八，象氣之分散，《易》曰：兌為巫為口。」「兌」甲骨文作**𠑹**，我在《漢字學的新方向》中說：此字下像人張開嘴巴之形（口為人之口，**𠂊**為提示符號）上「八」象口中氣流噴出，整個字用人行走時氣喘吁吁，表示「疾速行走」之義。

　　「灶」的繁體作「竈」、「竈」，《說文》：「竈，炊灶也。從穴，𪓉省聲。竈，或不省。」許慎的分析是錯誤的。「竈」與「竈」的關係是：「竈」是古文字形

體楷化的形體，「竈」是從「土」「䨲」聲的形聲字。之所以從「土」，是因為灶往往都是用土壘成的。「䨲」的古文字形體作 ▨ （00270 秦公鐘〔註7〕），從「穴」從 ▨ ，為什麼字義不是「蟲子的窩」，而是燒飯的「灶」？因為「灶」的概念非常難以表達，「畫成其物」非常難。選擇什麼樣的部件組合才能表達出「灶」的概念呢？造字者巧妙地利用了人們熟悉的社會生活表達出了「灶」的概念。人們生活中使用的灶就是在地面上挖一個穴，燒飯時燒柴燒草，柴草中往往會寄居一些昆蟲（如灶馬），堆放在灶穴旁邊的柴草下面由於長期不清理，會積有一些灰塵碎土，這些灰塵碎土中往往會寄居甲蟲（如土䗩）。所以，灶穴之不同於其他的穴的特點是灶穴邊上往往會寄居著昆蟲或者甲蟲。因此造字表達「灶」的概念，就用 ▨ （土䗩）作為提示符號，提示這個穴的邊上寄居有 ▨ （土䗩），人們就知道這個穴是「灶」了。故「灶」之古文字形體從穴從 ▨ （土䗩）。〔註8〕

許慎所說的「省聲」字，許多也是錯誤的。如古文字「奔」作 ▨ （盂鼎銘），又作 ▨ （井矦簋），石鼓文作 ▨ 。《說文》：「奔，走也。從夭，賁省聲。與『走』同意，俱從夭。」「奔」字從 ▨ 表示跑，從三「止」或三 ▨ 。「止」表示人的腳，人不可能有三隻腳，從三「止」之意應當是提示其兩腳交替的速度極快，看上去像是有好幾隻腳似的。合起來表示「快速奔跑」的概念。「奔」又作 ▨ ，從走從三 ▨ ，▨ 表示一個寬廣的平面上面都是草，即長著草的地面。▨ 乃是利用「奔跑的人在草上」這樣的人與草之間的位置關係，表達人奔跑速度極快。我們形容人奔跑極快，有時還說「他腳不著地地跑了」。「奔跑的人在草上」就是我們說的「腳不著地」。所以，「奔」是會意字。

戰國時期，▨ 被訛成了「卉」，許慎覺得「奔」從「卉」聲講不通，於是想當然地認為「奔」應該是從「賁」聲，之所以寫成了「奔」，是「賁」省略了「貝」的緣故。可是，我們從古文字中根本就看不到「奔」從「賁」的結構，

〔註7〕秦公鐘：「丕顯朕皇祖，受天命，▨ 有下國。」▨ 通「肇」，始也。張桂光先生主編《商周金文摹釋總集》第63頁（中華書局，2010年）以為通「篷」，恐誤。

〔註8〕灶邊往往會寄居一些昆蟲，這種生活常識在語言中也有反映，如成語有「蛛絲馬跡」，口語中有「露出馬腳」，這個「馬」就是被稱為「灶馬」的昆蟲。因為它喜歡寄居在灶邊，所以叫「灶馬」。▨ 這個形體，我們不能理解成土䗩寄居在灶穴中，灶穴是燒火的地方，沒有蟲子會寄居到灶穴裡面的。古文字上下結構往往表示前後的位置關係，▨ 這個形體就應該理解為前後關係。

所以，裘錫圭先生認為「奔」還是應該分析為從「卉」聲，但是「卉」和「奔」的聲音很不相諧（《文字學概要》第 132 頁）。可見，把「奔」看成是「賁省聲」不可信，看成是從「卉」聲也說不通。「奔」不是會意字又是什麼呢？

可見，《說文》所認為的形聲字，不是都不可以撼動的。與之相關的，以漢字諧聲系統為主要材料研究出來的所謂上古音系統，由於過去人們不知道分析漢字的表意方法，許多會意字「被形聲字」了。這樣一來，人們錯誤理解了部分漢字的結構倒是小事，以漢字諧聲系統為主要材料研究出來的所謂上古音系統，又能夠有多大的可信度？

因此我呼籲，從事上古音研究的學者，是有必要掌握漢字表意分析之理論與方法的，只有這樣才能保證上古音研究的結論比較科學。

嚴粲《詩緝》所據《切韻指掌圖》版本考

宮欽第*

摘　要

　　從引用原文的異同，韻圖同位列字的異同，以及南宋時音對注音取字的影響，可以看出，嚴粲《詩緝》據以正音的《切韻指掌圖》，與今傳世宋本版本不同。

關鍵詞：《詩緝》；《切韻指掌圖》；版本

一

　　舊稱司馬光所作的《切韻指掌圖》（下文簡稱《指掌圖》），據趙蔭棠（2011／1933：107）考證，是「淳熙三年（1176）以後與嘉泰三年（1203）以前的產物」，劉明（2010：151）則根據避諱用字和刻工姓名認為早在南宋初紹興（1131～1162）間已有刻本行世。然而，今傳世宋本（即中華書局影印的《宋本切韻指掌圖》，下文簡稱「今宋本」）大約僅有紹定三年（1230）越州讀書堂刻本一種，其底本（「婺之麗澤書院」本）未見，似已佚。

　　南宋嚴粲《詩緝》〔註1〕為《詩經》作注，以《指掌圖》為標準正音。《詩緝》序於淳祐戊申（1248）夏五月，與今宋本《指掌圖》刊行時間（1230）相近。嚴粲未注明他所用《指掌圖》的版本，本文取《詩緝》引用的音注材料與

---

*　宮欽第，男，1970 年生，山東省萊陽市人，主要研究方向為漢語史和方言。深圳大學人文學院，深圳 518060。

〔註1〕《詩緝》，一本作《詩輯》。

今宋本《指掌圖》比對，考察它們之間的版本關係。音注材料中的如字，棄而不用。直音材料，並非全依《指掌圖》取字，《詩緝》「條例」說：

> 直音多假借，以便初學，不拘本韻；其切字以溫公《切韻指掌圖》正之。

直音的被注字與注音字在韻書裏不一定同韻，故亦棄而不用。《詩緝》「條例」又說：

> 《釋文》有音切不和者，今以韻書為定。

音注材料中的反切取自陸德明《經典釋文》，並據《指掌圖》正音，如《經典釋文》的反切與《指掌圖》不合，就以韻書《禮部韻略》〔註2〕為標準更定。如此則反切亦難以為據。至於如何運用《指掌圖》拼注反切，嚴粲在《關雎》注裏作了舉例說明：

> 《關雎》，音趨。臣粲曰：雎，七胥反。以溫公《切韻指掌圖》正之：七字在第十八圖屬清字母，胥字在第三圖平聲第四等，橫尋清字，得疽字，其上聲為取，去聲為覷，則平聲正音趨也。雎疽岨苴皆同音，俗讀為沮之平聲〔註3〕，非也。

〔註2〕嚴粲所據韻書，宋均芬（2010：25～32）認為是《廣韻》《集韻》等韻書，似誤。韻書似應指《禮部韻略》（本文據四部叢刊續編本《附釋文互注禮部韻略》），今以宋文第17條、第32條為例，駁正如下：
宋文第17條，《詩緝》「崔，嶊之平，子雖反，韻作嗺。」（味經堂本《南山》「南山崔崔」注，卷九頁一三三）按：《禮部韻略·六脂》「嗺，遵綏切，山高皃」，字形「嗺」與《詩緝》同；《廣韻·六脂》「嶊，高皃，醉綏切」，《集韻·六脂》「嗺，遵綏切」，字形「嗺」皆與《詩緝》不同。
又宋文第32條，《詩緝》「磋，七河反，韻通作瑳。」（味經堂本《淇奧》「如切如磋」注，卷六頁八四）《廣韻》《集韻》皆未見「通作」字，而《禮部韻略·七歌》「磋」字注正作「通作瑳」。
如此，則《詩緝》行用的術語「韻、協韻、從韻」等所代表的韻書實應指《禮部韻略》。

〔註3〕按：沮，似應作「怚」。文中用「沮之平」注音之處很多。例如《君子偕老》「揚且之皙也」，《經典釋文》注「揚且，七也反，徐子餘反。」《詩緝》注「且，如字，徐音沮之平」（卷五頁七四），以「沮之平」代換《釋文》的「子餘反」，表明「沮」當為精母字。因此，《禮部韻略》「沮」的「千余切、在呂切、將豫切」三音，當取去聲「將豫切」。韻圖精母四等平上去聲字，今宋本《指掌圖》第三圖（孤攝）、《韻鏡》《七音略》第十一轉均作「苴苴怚」，《韻鏡》《七音略》第十二轉作「諏○緅」，《四聲等子》「遇攝內三」作「諏苴緅」，未見「沮」字。「怚」，《禮部韻略》僅「將豫切」一音，《詩緝》注音取字，為避免初學者疑惑，常以單音字代換《指掌圖》裡的多音字，例如本文第10、20～23條；又古文獻中，部首「忄、氵」互訛者常見，故「沮」應改作「怚」。（又《載芟》「匪且有且」，《釋文》注「七也反且，此也。又子餘反。」《詩緝》注「且，如字，又咀之平」，以「咀之平」代換「子餘反」。咀，《禮部韻略》僅從母「在呂切」一讀，《廣韻》有「子與切、慈呂切」二音，均

其中与反切相關的「七胥疽取覰」5 字與今宋本《指掌圖》的同位列字全同；直音以「趨」代換了《指掌圖》的「疽」。換字的原因嚴粲已隨文指出：「疽」字及其同音字俗讀有誤〔註4〕，容易造成誤解，故以虞韻的「趨」替代了魚韻的「疽」——這也是《詩緝》「條例」「直音多假借，以便初學，不拘本韻」的體現，並再次表明直音材料不足為憑。值得注意的是，《廣韻》《集韻》《禮部韻略》都規定「魚獨用」，嚴粲「雎魚音趨虞」以虞韻字注魚韻字，不從韻書而從《指掌圖》（《指掌圖》第三圖「魚虞模」同圖），與時人押韻實踐相合，據劉曉南（1999：57）的研究，宋代福建文士用韻把「魚虞模」合併為魚模部。

音注材料中有少數直接標明出自《指掌圖》，可以利用。可資利用的還有一種以四聲相承之字注音的材料，格式為「A，B之平（上／去／入）（濁）」，雖然此類性質上近於直音，嚴粲也沒有聲明 B 字都是取自《指掌圖》，但大量 B 字與今宋本《指掌圖》的同位列字相同，不妨用作旁證。本文取這兩種材料比較考量。

《詩緝》傳世完本較少，李輝（2020）搜集十餘種（含殘本、節本）版本據以點校，堪稱完備，足資參閱。然其標點偶有令人生疑之處，〔註5〕故本文取《北京圖書館古籍珍本叢刊》影印的明味經堂刊本、「摛藻堂」《欽定四庫全書薈要》影印本復校。（味經堂本《大東》《楚茨》有脫文，宋均芬（2010：27）已經指出。本文從脫文中輯出兩條材料，注明「補薈要本」。）《經典釋文》據鄧仕樑、

不合。「咀」亦當改作「怚」。）另外，還有一種可能：嚴粲所用《指掌圖》版本如此，嚴粲只是照錄。「沮之平」多次重出，似乎也傾向於支持這一點；然因《詩緝》未見宋本傳世，加之嚴粲常以單音字代換多音字，故不取此觀點，謹錄此存疑。其餘同注材料附列如下：「且，（音）沮之平。」（《北風》「既亟只且」注，卷四頁六七；《山有扶蘇》「乃見狂且」注，卷八頁一二〇；《褰裳》「狂童之狂也且」注，卷八頁一二二；《椒聊》「椒聊且」注，卷十一頁一五四；《巧言》「曰父母且」注，卷二十一頁二八九；《韓奕》「籩豆有且」注，卷三十一頁四四一）又「且，沮之平聲，又如字。」（《君子陽陽》「其樂只且」注，卷七頁一〇一）又「諏，沮之平。」（《皇皇者華》「周爰咨諏」注，卷十七頁二一五）

〔註4〕按：疽，《中原音韻·魚模·平聲陰》變讀為「精」母（該小韻共收「疽沮趄苴狙雎」6 字），與《廣韻》（七余切）、《集韻》（千余切，又子與切）、《禮部韻略》（千余切，又子與切）音都不合，則變讀或可據嚴粲《詩緝》追溯至南宋俗讀。

〔註5〕如李輝（2020：8）《詩緝》「條例」標點作：「徐字屬斜字母，用錫涎切，係半濁半清」易令人誤認為「徐」的反切是「錫涎切」，實則「錫涎」2 字源自《指掌圖》「三十六母字圖引類清濁」中的雙聲字，故「錫涎」2 字當加引號。下文「用新先切」一句亦應如此作。參見下節。

黃坤堯（1988）《新校索引經典釋文》。

二

嚴粲直接標明錄自《指掌圖》的注音材料，除了上文提到的「關雎」條 5 個字外，還有如下兩條：

1. 《詩緝》「條例」：

> 凡上聲濁音讀如去聲，俗讀作上聲清音，非。四聲皆有清濁，唯上聲濁音與去聲相近，如咒字乃上聲，與去聲寺字音相近，雖係上聲，只讀如寺，不必讀作死，蓋咒乃徐屨反，徐字屬斜字母，用「錫涎」切，係半濁半清。按溫公圖，其四聲平為詞，上為咒，去為寺，此是重道。如讀作死，乃屬心字母，用「新先」切，係全清，誤矣。凡上聲濁音及半清半濁音，皆與去聲相近，讀者多作上聲，則以濁為清矣。

按：此條「詞咒寺」3 字與今宋本《指掌圖》同位列字全同。

又：「心、斜」二母，今宋本《指掌圖》「三十六母字圖引類清濁」〔註6〕作「心 新先　全清 斜 錫涎　半濁半清」〔註7〕，正與「條例」所引雙聲字相同。

然而，「條例」最後一句把「半濁半清」改作「半清半濁」，《詩緝》「清濁音圖」亦作「半清半濁」（見下「清濁音圖」引文），前後齟齬。李輝（2020：8～10）均如此作，則李輝（2020）所據各版本無別。究竟是嚴粲所據《指掌圖》版本有異，或是嚴粲筆誤，亦或其他原因致誤，待考。

2. 《詩緝》「清濁音圖（辨音上濁者讀如去聲）」：

> 全清、次清、全濁、不清不濁為清濁四音：
>
> 全清　東弓包居逋鳩金顛邊賓知
>
> 次清　通穹胞肤鋪丘欽天篇繽癡
>
> 全濁　同窮庖渠醐求琴田駢頻持
>
> 不清不濁　農顒茅魚模牛吟年眠珉尼
>
> 平上去入四聲，其平聲為全清者，其上去入皆為全清，其次清、全濁、不清不濁者，亦然。

〔註6〕按：「叢書集成」收錄的墨海金壺本《切韻指掌圖》作「三十六字母圖引類清濁」，不作「母字」。

〔註7〕按：今宋本《指掌圖》用術語「半濁半清」指稱齒音中的濁擦音「斜、禪」二母，「禪」母作：禪脣蛇 半濁半清。

　　全清　　次清　　全濁　　不清不濁

平　東　　　通　　　同　　　　農

上　董　　　桶　　　動讀如去聲　𦰏

去　凍　　　痛　　　洞　　　　𧃷

入　督　　　禿　　　獨　　　　○有聲無字

……

　　溫公《指掌圖》又有蹤樅〔註8〕從嵩松五音，內嵩為全清，松為
半清半濁，今圖止為辯上聲全濁，故但取四音言之。

　　按：此條 3 組清濁相配共 61 字：「東弓包居……」等 40 字、「董桶動
𦰏……」等 16 字（含「有聲無字」）、「蹤樅從嵩松」5 字，剔除重複的「東通
同農」4 字，計 57 字，其中僅「珉督」2 字與今宋本同位列字不同，55 字與
今宋本《指掌圖》同位列字全同——表明嚴粲所用韻圖確為《指掌圖》。「珉
督」2 字在各韻圖中的同位列字如下：

　　珉，今宋本《指掌圖》第十圖幫組三等作「彬份貧珉」，幫組四等作「賓
繽頻民」；《韻鏡》〔註9〕第十七轉明母三等作「珉」，四等作「民」；《七音略》
〔註10〕第十七轉明母三等作「珉」，四等空格；《四聲等子》〔註11〕「臻攝外三
開口呼」明母三等作「旻」，四等作「民」。

　　按：多種傳世韻圖中，所收「珉、民」的等列位置都相同，並與《廣韻》反
切的音韻地位相同——珉旻，《廣韻》「武巾切」，重紐三等；民，《廣韻》「彌鄰
切」，重紐四等。嚴粲所據版本以重紐三等「珉」配重紐四等「賓繽頻」，似不
同版本之誤刻。

　　督，今宋本《指掌圖》第二圖、《韻鏡》《七音略》第一轉、《四聲等子》「通
攝內一」均作「毅（𣪊）」，《韻鏡》《七音略》第二轉均作「篤」。傳世多種韻圖
中，未見作「督」者，似嚴粲所據版本不同。

　　綜上所述，「珉督」二字似應看作是版本的不同造成的，大約嚴粲所用的
《指掌圖》版本與今宋本不同。

<hr>

〔註8〕味經堂本作「摐」，據李輝（2020：10），元·勤有堂本（日本宮內廳書陵部藏宋元
　　　版漢籍選刊影印本）作「樅」，據改。
〔註9〕據楊軍（2008）校本，下同。
〔註10〕據楊軍（2003）校本，下同。
〔註11〕據「叢書集成」初編本，採用唐作藩（1989：291～312）校文。

三

以四聲相承之字注音「A，B之平（上／去／入）（濁）」的材料，嚴粲並未明確指出是從《指掌圖》裏取同音字作注，但從統計結果來看，卻有參考價值。此類音注材料共有219條，合併B字重複的材料，共得B字122個，其中84字與今宋本《指掌圖》同位列字全同，38個注音字與今宋本齟齬。請分別討論。

（一）A字與B字四聲相承，B字與今宋本《指掌圖》同位列字全同的84字，以第一圖（高攝）的5條為例，列舉如下：

1. 群母三等：「糾，喬之上濁。」（《月出》「舒窈糾兮」注，卷十三頁一八一）〔註12〕

2. 定母四等：「窕，迢之上濁。」（《關雎・第十六節論關雎之義》注，卷一頁十九）

又：「趙，迢之上濁，又如字。」（《良耜》「其鎛斯趙」注，卷三十四頁四七八。按：《釋文》：「趙，徒了反」。）

3. 清母四等：「悄，鍫之上。」（《柏舟》「憂心悄悄」注，卷三頁四七；《月出》「勞心悄兮」注，卷十三頁一八一；《出車》「勞心悄悄」注，卷十七頁二二五）

4. 從母一等：「皁，曹之上濁。」（《大田》「既方既皁」注，卷二十三頁三一六）

5. 匣母一等：「鎬，豪之上濁。」（《六月》「侵鎬及方」注，卷十八頁二四一；《魚藻》詩序注，卷二十四頁三三一）

又「皓，音鎬，豪之上濁。」（《揚之水》「白石皓皓」注，卷十一頁一五三；《月出》「月出皓兮」注，卷十三頁一八二）

按：今宋本《指掌圖》同位列字分別正是「喬迢鍫曹豪」。

（二）A字與B字四聲相承，B字與今宋本《指掌圖》同位列字齟齬的38字（「俎咀」已見第一節注），可以分為四類：

第一類：A字與B字都見於《指掌圖》，僅在圖中列字的位置有異，大約

〔註12〕按：「群母三等」是指在今宋本《切韻指掌圖》第一圖（高攝）裏，B字「喬」排在群母三等。下同此例。括號裏的出處、頁碼，如無特別說明，均指北京圖書館味經堂本。下同。

與時音影響有關。此類 B 字有「殘鰓追吹」4 個。

（1）「棧，殘之上濁。」（《何草不黃》「有棧之車」注，卷二十四頁
　　三四六）

按：此例以從母「殘」注牀母「棧」。棧，《釋文》「士板反，役車也。」今宋本《指掌圖》第七圖（干攝）、《四聲等子》從母一等平聲均作「殘」；今宋本《指掌圖》第七圖（干攝）牀母二等平上聲作「潺棧」，《四聲等子》作「瓚棧」。

《詩緝》中的照二組、精組字互注材料，還有一條（其他照二組、精組字不混）：

（2）「洒，鰓之上。」（《東山》「洒埽穹窒」注，卷十六頁二〇六；
　　《抑》「洒埽廷內」注，卷二十九頁四一六）

按：鰓，今宋本《指掌圖》第十七圖排在心母一等；洒，審母二等，今宋本《指掌圖》第十七圖審母二等作「灑」，詳下文第 7 條。

這種現象很像是嚴粲看錯了行而導致的，然而，照今宋本《指掌圖》三十六字母分 36 行的列圍方式，很難看錯行。比較多種傳世韻圖，反而像《四聲等子》那樣三十六字母分 23 行列圍的方式纔容易看錯行。今取平、上聲字為例，製表比較如下：

表 1 《指掌圖》36 行與仿《四聲等子》23 行列圍方式比較表

今宋本《切韻指掌圖》36 行列圍方式										聲調	仿《四聲等子》23 行列圍方式 [註13]				
禪	審	牀	穿	照	斜	心	從	清	精		斜 禪	心 審	從 牀	清 穿	精 照
					○	珊	殘	餐	○	平	○	珊	殘	餐	○
○	山	潺	獂	○							○	山	潺	獂	○
禪	羶	○	燀	餐							禪	羶	○	燀	餐
					涎	先	前	千	箋		涎	先	前	千	箋
					○	散	瓚	○	鬢	上	○	散	瓚	○	鬢
○	產	棧	剗	醆							○	產	棧	剗	醆
善	然	○	闡	瞝							善	然	○	闡	瞝
					緩	銑	踐	淺	翦		緩	銑	踐	淺	翦

〔註13〕按：《四聲等子》列圍以四等統四聲，此處模仿列圍依《指掌圖》以四聲統四等，
　　　僅聲母排列方式同《四聲等子》，以便比較。

　　如此則似應是嚴粲所用《指掌圖》的版本與今宋本不同，嚴粲所用版本的列圍方式大約與《四聲等子》的 23 行相同。

　　然而不論是否看錯了行，照二組、精組字互注的現象表明——在嚴粲的時音系統裏，這兩組聲母可能已合併為一組。嚴粲是福建邵武人，很可能南宋邵武方言或當地讀書音的某些音類的分合，與其現代方言相同，據陳章太（1984：152～167）的材料，現代邵武方言的照二組、精組字讀 ts-組聲母。因而似乎可以作出推論：也許正是因為時音照二、精組聲母的同讀，致使嚴粲看錯行而不自知。

　　（3）「惴，追之去。」（《小宛》「惴惴小心」注，卷二十一頁二八五）

　　按：惴，《釋文》「之瑞反」，照母三等；《韻鏡》《七音略》第五轉、《四聲等子》「止攝內二合口呼」均列照母三等去聲，《四聲等子》三等平上去聲作「錐：隹：惴」；與上述不同，今宋本《指掌圖》第十九圖（傀攝）把三等章母「惴」列在照母二等，照母二三等平上去聲作「○錐：○捶：惴贅」，「追」列知母三等平聲。嚴粲以「追知」注「惴章」，大約因為《指掌圖》中照二等平上聲有音無字，故借用了圖中的知三等「追」，可能其時知三、照三已經合流，正如《中原音韻·齊微·平聲陰》「追騅錐」已經同小韻。

　　（4）「毳，尺銳反，吹之去。」（《大車》「毳衣如菼」注，卷七頁一
　　　　〇五）

　　　　又「出，吹之去。」（《雨無正》「匪舌是出」注，卷二十頁二七
　　　　九。《釋文》：「出（瘁），尺遂反，音毳。」）

　　按：吹，《韻鏡》《七音略》第五轉（平上去作「吹：揣：吹」）、《四聲等子》「止攝內二合口呼」（平上去作「推：○：吹」）均列穿母三等；與上述不同，今宋本《指掌圖》第十九圖（傀攝）「吹」列穿母二等，穿母二三等平上去作「吹推：揣○：吹毳」。《廣韻》「吹，昌垂切」「推，昌佳切（又他回切）」，「吹推毳」實為穿母三等（《指掌圖》「吹」作二等，待考），嚴粲不取「推」而取「吹」，很可能因為「推」的常用音讀透母，嚴粲為了方便初學，換成了《指掌圖》中的同音字「吹」。

　　綜上所述，此類大致可以看作是與今宋本《指掌圖》同位列字相同的材料。

　　第二類：同一個 A 字有多個 B 字注音：其中一個 B 字與今宋本《指掌圖》

相同（下文各例中的首條），其他的則不同。與今宋本《指掌圖》相同的計有「濟簒鰓貪扃胥琴」6字，不同的計有「隮擠藪總顋覃坰須禽」9字。

「濟（沛，《玉篇》「古文濟」）」有3種注音：

（5）「濟，濟之上。」（《楚茨》「濟濟蹌蹌」注，補薈要本卷二十二
　　頁三二○；《文王》「濟濟多士」注，卷二十五頁三四八；《公劉》
　　「蹌蹌濟濟」注，卷二十八頁四○○；《青廟》「濟濟多士」注，
　　卷三十二頁四五五）

　　「濟，隮之上。」（《載驅》「四驪濟濟」注，卷九頁一三七）

　　「沛，擠之上。」（《泉水》「出宿于沛」注，卷四頁六四）

按：今宋本《指掌圖》第十八圖（基攝）精母四等平上去聲作「齎濟濟」，《韻鏡》《七音略》第十三轉、《四聲等子》「蟹攝外二開口呼」亦不作「擠隮」字，據此大膽推測：疑「擠隮」當作「濟」，或因形近致誤，此類字似乎可看作是與今宋本《指掌圖》同位列字相同的材料。同類性質的還有第6、7條的注音字「簒藪」「鰓總顋」。

（6）「趣，簒之上。」（《雲漢》「趣馬師氏」注，卷三十頁四二九。
　　《釋文》「七口反。」）

　　「趣，藪之上。」（《十月之交》「蹶維趣馬」注，卷二十頁二七
　　六。《釋文》「七走反。」）

按：「七走反」與「七口反」異切同音。今宋本《指掌圖》第四圖（鉤攝）穿母二等平聲作「簒」，「藪」為遇攝虞韻字，「藪」當作「簒」，或因「艹、竹」形近而致誤。

「洒灑纚」的注音字不同：

（7）「洒，鰓之上。」（《東山》「洒埽穹窒」注，卷十六頁二○六；
　　《抑》「洒埽廷內」注，卷二十九頁四一六）

　　「灑，總之上。」（《伐木》「於粲灑埽」注，卷十七頁二一八）

　　「纚，顋之上聲，山買反。」（《萬覃》「言告師氏」疏「昏禮云
　　姆纚笄綃衣在其右」注，卷一頁二二）

按：灑，《釋文》「所蟹反，又所懈反。」《山有樞》「弗洒弗埽。」毛傳：「洒，灑也。」《說文》：「洒，古文為灑埽字。」是「洒灑」同。

纚，《釋文・儀禮音義・士婚禮》「山買反，劉霜綺反。」「所蟹反」與「山

買反」異切同音。今宋本《指掌圖》第十七圖（該攝）心母一等作「鰓」，「顋鰓」同音（《廣韻》「蘇來切」），「總」（止攝之韻）則不與「灑」四聲相承，疑「總顋」當作「鰓」，或因形近而致誤。

「洒灑纚」均為審母二等，「鰓」為心母一等。此三條注都是照二組、精組字互注，說詳第一類。

「菼」有兩種注音：

（8）「菼，貪之上。貪，他含切。」（《碩人》「葭菼揭揭」注，卷六頁八九，《釋文》「菼，他覽反」）

「菼，覃之上濁。」（《蒹葭》「蒹葭蒼蒼」注，卷十二頁一六九；《大車》「毳衣如菼」注（《薈要》本作「覃」，味經堂本作「譚」，《釋文》「菼，吐敢反」），卷七頁一○五；《七月》「七月流火，八月萑葦」注，卷十六頁一九七）

按：《釋文》菼的「他覽反、吐敢反」二音同。《七音略》第三十一轉、《四聲等子》「咸攝外八」透母一等平聲均作「貪」，今宋本《指掌圖》第五圖（甘攝）、《韻鏡》第四十轉透母一等平上聲均作「舑菼」，《韻鏡》第三十九轉透母一等平聲作「探」。

菼，透母，覃，定母。本條中的「覃」當作「貪」，「濁」字衍。此條似是南宋的濁音清化現象的反映（覃的聲母清化後，變為透母），大約是嚴粲以時音作注。此條之誤，與嚴粲《詩緝》「清濁音圖」所批評的俗讀「同桶痛禿」之誤，性質相類。「清濁音圖」云：「今人調四聲者，誤云同桶痛禿，不知同為全濁，其桶痛禿皆為次清，清濁不倫矣。」

「熲憬」的注音字音同形異：

（9）「熲，扃之上。」（《無將大車》「不出于熲」注，卷二十二頁三○四）

又「鵙，扃之入。」（《七月》「七月鳴鵙」注，卷十六頁一九七）

又「憬，坰之上。」（《泮水》「憬彼淮夷」注，卷三十五頁四八九）

按：「扃坰」同音（《廣韻》「古熒切」）。今宋本《指掌圖》第十五圖（舡攝）、《韻鏡》第三十六轉、《七音略》第三十九轉、《四聲等子》「曾攝內八合口呼」見母四等平聲均作「扃」；坰，多種韻圖均未見。熲，《廣韻》「古迥切」，

見母合口四等；憬，《廣韻》「俱永切」，見母合口三等。嚴粲用四等「坰」字為三等「憬」字注音，正好為宋元韻圖三四併等的現象作了時音證據。

「湑」有兩種注音：

（10）「湑，胥之上。」（《鳧鷖》「爾酒既湑」注，卷二十七頁三九五）

「湑，須之上。」（《杕杜》「其葉湑湑」注，卷十一頁一五五；《伐木》「有酒湑我」注，卷十七頁二一九；《蓼蕭》「零露有酒湑我兮」注，卷十八頁二三五；《裳裳者華》「其葉湑兮」注，卷二十三頁三二〇；《車舝》「其葉湑兮」注，卷二十三頁三二六）

按：嚴粲在《關雎》注裏已明確指出他所據的《指掌圖》第三圖心母四等平聲作「胥」（詳第一節），今宋本《指掌圖》同。《指掌圖》第三圖對當於《韻鏡》《七音略》的第十一轉、第十二轉之合圖——第十一轉心母四等平聲均作「胥」，第十二轉心母四等平聲均作「須」；《四聲等子》「遇攝內三」心母四等平聲作「須」。有意思的是，《指掌圖》的「胥」字僅用了一次，而見於其他韻圖的「須」字則用了 5 次——嚴粲在「條例」和正文中多次強調以《指掌圖》為標準，應該不會使用其他韻圖自亂其例——出現這種現象很可能是「胥」字有平、上兩讀，為避免初學者惑亂，多數被換成了「須」，僅有個別遺漏。

「衿」有兩種注音：

（11）「衿，琴之去。」（《氓》篇末注，卷六頁九二；《甫田》「總角丱兮」注，卷九頁一三五）

「衿，禽之去聲。」（《東山》「親結其縭」注，卷十六頁二〇六）

按：今宋本《指掌圖》第六圖（金攝）、《韻鏡》第三十八轉、《七音略》第四十一轉、《四聲等子》「深攝內七」群母三等平聲均作「琴」。「琴禽」同音（《廣韻》「巨金切」）。

第三類：注音字 B 僅有 1 字，不見於今宋本《指掌圖》，但見於其他韻圖，有「殊舒壬研喧批披拖」等 8 字。此類現象似乎表明：嚴粲所據《指掌圖》大約用其他韻書竄改過，或者其版本與其他韻書關係密切。

（12）「杼，殊之上濁。」（《生民》「或舂或揄」注，卷二十七頁三八八）

按：抒，《釋文》「食汝反。」《韻鏡》《七音略》第十二轉、《四聲等子》「遇攝內三」禪母三等平聲均作「殊」，今宋本《指掌圖》第三圖（孤攝）、《韻鏡》《七音略》第十一轉禪母三等平聲均作「蜍」。《指掌圖》第三圖、《四聲等子》「遇攝內三」均對當於《韻鏡》《七音略》的第十一轉、第十二轉之合圖，則《指掌圖》、《四聲等子》禪母三等平聲作「殊」「蜍」均可。

（13）「杼，舒之上。」（《鴇羽》「集于苞栩」注，卷十一頁一五七）

按：《釋文》「杼，食汝反，徐治與反」，「杼」與「抒，殊之上濁」之「抒」在《釋文》裏同音「食汝反」。杼，禪母三等；舒，審母三等。

此條性質與第 8 條性質相若，大約也是南宋時期濁音清化現象的反映，應是嚴粲以時音作注。

（14）「荏，壬之上」（《抑》「荏染柔木」注，卷二十九頁四一八）

按：《七音略》第四十一轉日母三等平上聲作「壬荏」，今宋本《指掌圖》第六圖（金攝）、《韻鏡》第三十八轉、《四聲等子》「深攝內七」日母三等平上聲均作「任荏」。

（15）「巘，研之上。」（《公劉》「陟則在巘」注，卷二十八頁三九九）

按：《韻鏡》第二十三轉、《四聲等子》「山攝外四開口呼」疑母四等平聲均作「研」，今宋本《指掌圖》第七圖（干攝）、《七音略》第二十三轉疑母四等平聲均作「妍」。

（16）「咺，喧之上。」（《淇奧》「赫兮咺兮」注，卷六頁八四）

按：《四聲等子》「山攝外四合口呼」曉母三等平聲作「喧」，今宋本《指掌圖》第八圖（官攝）曉母三等平聲作「䚪」，《七音略》第二十二轉曉母三四等平聲作「喧䚪（重紐）」。

（17）「仳，批之上。」（《中谷有蓷》「有女仳離」注，卷七頁一〇二）

按：《釋文》「仳，匹指反，徐符鄙反，又敷姊反，別也。《字林》父幾、扶罪二反。」《韻鏡》第十三轉滂母四等平聲作「批」，《四聲等子》「蟹攝外二開口呼」滂母四等平聲作「砒」，《七音略》第十三轉、今宋本《指掌圖》第十九圖（傀攝）滂母四等平聲作「磇」。

（18）「秠，音匹，韻披之上。」（《生民》「維秬維秠」注，卷二十七
　　　頁三八七）

按：《釋文》「秠，孚鄙反，亦黑黍也，一稃二米。又孚悲反，郭芳婦反。」

《禮部韻略·上聲·五旨》：「秠，普鄙切，黑黍也，一稃二米。又攀悲、匹
九二切，見『脂、有』二韻。」《上聲·七尾》：「誹，府尾切。」《上平聲·五
支》：「披，攀縻切，又普靡切，見『紙』字韻。」

《廣韻·上聲·五旨》：「秠，匹鄙切。」《上聲·七尾》：「誹，府尾切。」
《上平聲·五支》：「披，敷羈切。」

「秠旨、誹尾、披支」分別屬於止攝裡的三個不同韻系，注音既不合於《禮
部韻略》，也不合於《廣韻》，卻與《詩緝》條例」的「直音多假借，以便初學，
不拘本韻」相合。

按之韻圖，《韻鏡》第四轉滂母四等平聲、《四聲等子》「止攝內二開口呼」
滂母三等平上聲均作「披」，《七音略》第四轉滂母四等平聲作「跛」，今宋本
《指掌圖》第十九圖（傀攝）滂母四等平聲作「磇」。

（19）「妥，拖之上。」（《楚茨》「以妥以侑」注，卷二十二頁三〇
八）

按：《韻鏡》第二十七轉透母一等平上去作「他○拖」，《七音略》第二十
七轉透母一等平上去聲作「他柁柂」；《韻鏡》第二十八轉、今宋本《指掌圖》
第十二圖（戈攝）透母一等平上去均作「詑妥唾」，第十一圖（歌攝）透母一
等平上去聲作「他袉柂」；《七音略》第二十八轉、《四聲等子》「果攝內四合口
呼」透母一等平上去作「詑（詑）妥唾」，《四聲等子》「果攝內四開口呼」透
母一等平上去作「他袉扡」。

「拖」，《禮部韻略》未收；《廣韻·七歌》「扡，曳也，俗作拖。託何切。」
僅一見。「妥」合口，「拖」開口，二字都是透母一等，似以同等開口字注合口
字。待考。

第四類：注音字 B 不僅與今宋本《指掌圖》同位列字異形，也與其他韻圖
異形，但與韻圖的同位列字同音，這類 B 字有「慵騂丹催保浦溝淮河煨」共 10
個。其中 4 字，大約是為避免《指掌圖》的多音字困擾初學者，換成了單音字
「慵騂丹催」；「河煨」2 字，疑因字形問題所致；其餘 4 字，或許可作為嚴粲
所用《指掌圖》的版本不同於今宋本的旁證。

（20）「尰，慵之上。」（《巧言》「既微且尰」注，卷二十一頁二九一）

按：《釋文》「尰，市勇反，腫足也。」今宋本《指掌圖》第二圖（公攝）、

《韻鏡》《七音略》第二轉、《四聲等子》「通攝內一」禪母三等平上聲均作「鱅慵」。

翻檢韻書：《廣韻》「鱅」有「蜀庸切、餘封切」二音，「慵」僅有「蜀庸切」一讀；《禮部韻略》二字僅注「常容切」一讀。可以看出，為避免多音字擾亂，嚴粲未取《指掌圖》的多音字，換用了同反切的單音字。上文第 10 條即屬於此類，第 21～23 條也屬於此類。

（21）「憯，懆之上。」（《節南山》「憯莫懲嗟」注，卷二十頁二六六，《十月之交》「胡憯莫懲」注，卷二十頁二七六；《雨無正》「憯憯日瘁」注，卷二十頁二七九；《雲漢》「憯不知其故」注，卷三十頁四二八；《正月》「憂心慘慘」注，卷二十頁二七三；《抑》「我心慘慘」注，卷二十九頁四二○）

又「懆，音慘，懆之上，《說文》七倒反。」（《白華》「念子懆懆」注，卷二十四頁三四一）

按：《韻鏡》第三十九轉、《七音略》第三十一轉、《四聲等子》「咸攝外八」清母一等平上聲均作「參慘」，今宋本《指掌圖》第五圖（甘攝）清母一等平上聲作「參懆」。

翻檢韻書，此條也是同反切單音字替換《指掌圖》的多音字：懆，《廣韻》《禮部韻略》都僅有「倉含切」一讀；參，《廣韻》有「倉含切、所今切、楚簪切、蘇甘切、七紺切」五音，《禮部韻略》有「倉含切、疎簪切、七紺切」三音。

（22）「亶，丹之上。」（《緜》「古公亶父」注，卷二十五頁三五五）

又「癉，丹之上。」（《板》「下民卒癉」注，卷二十八頁四○八）

按：《釋文》「亶，都但反。」今宋本《指掌圖》第七圖（干攝）、《韻鏡》《七音略》第二十三轉、《四聲等子》「山攝外四開口呼」端母一等平上聲均作「單亶」。

翻檢韻書，此條也是同反切單音字替換《指掌圖》的多音字：丹，《廣韻》「都寒切」，《禮部韻略》「多寒切」，都僅有一讀；單，《廣韻》有「都寒切、市連切、常演切、時戰切」四音，《禮部韻略》有「多寒切、時連切」二音。

（23）「洒，催之上。」（《新臺》「新臺有洒」注，卷四頁六九）

按：《釋文》「洒，七罪反，高峻也。《韓詩》作漼，音同。」《韻鏡》《七音略》第十四轉、今宋本《指掌圖》第十九圖（傀攝）、《四聲等子》「蟹攝外二合口呼」清母一等平上聲均作「崔漼」。

翻檢韻書，此條也是同反切單音字替換《指掌圖》的多音字：催，《廣韻》《禮部韻略》都僅有「倉回切」一讀；崔，《廣韻》有「倉回切、昨回切」二音，《禮部韻略》有「倉回切、徂回切」二音。

（24）「襃，保之平。」（《正月》「襃姒烕之」注，卷二十頁二七三）

按：《釋文》「襃，補毛反。」今宋本《指掌圖》第一圖（高攝）、《韻鏡》《七音略》第二十五轉、《四聲等子》「效攝外五」幫母一等上聲均作「寶」，「保寶」同音（《廣韻》「博抱切」）。

（25）「痡，音敷，又浦（此據薈要本，明本作「鋪」）之平。」（《卷耳》「我僕痡矣」注，卷一頁二四。）

按：《釋文》「痡，音敷，又普烏反，病也。本又作鋪。」今宋本《指掌圖》第三圖（孤攝）、《韻鏡》《七音略》第十二轉滂母一等平上去聲均作「鋪普怖」，《四聲等子》「遇攝內三」滂母一等平上去聲作「稯普怖」。「浦普」同音（《廣韻》「滂古切」）。

（26）「覯，溝之去。」（《柏舟》「覯閔既多」注，卷三頁四七；《伐柯》「我覯之子」注，卷十六頁二〇八）

又「遘（覯），溝之去。」（《草蟲》「亦既遘（覯）止」注，卷二頁三四）

又「媾，溝之去。」（《候人》「不遂其媾」注，卷十五頁一九〇）

又「雊，溝之去。」（《小弁》「雉之朝雊」注，卷二十一頁二八七）

又「句，溝之去。」（《行葦》「敦弓既句」注，卷二十七頁三九一）

按：《釋文》「覯，古豆反。」今宋本《指掌圖》第四圖（鉤攝）、《韻鏡》第三十七轉、《七音略》第四十轉、《四聲等子》「流攝內六」見母一等平聲均作「鉤（鈎）」。「溝鉤（鈎）」同音（《廣韻》「古侯切」）。

（27）「話，淮之去。」（《板》「出話不然」注，卷二十八頁四〇八）

按：《釋文》「話，戶快反。」今宋本《指掌圖》第二十圖（乖攝）匣母二等平去聲作「懷壞」。《四聲等子》「蟹攝外二合口呼」匣母二等平去聲作「懷話」。「懷淮」同音（《廣韻》「戶乖切」）。

（28）「何，河之上濁。」（《候人》「何戈與祋」注，卷十五頁一九〇；《無羊》「何蓑何笠」注，卷十九頁二六四；《玄鳥》「百祿是何」注，卷三十六頁五〇〇）

按：今宋本《指掌圖》第十一圖（歌攝）、《韻鏡》《七音略》第二十七轉、《四聲等子》「果攝內四開口呼」匣母一等平聲均作「何」。「何河」同音（《廣韻》「胡歌切」），疑因被注字與注音字同形而改。

（29）「薈，煨之去。」（《候人》「薈兮蔚兮」注，卷十五頁一九〇）

按：《釋文》「薈，烏會反。」今宋本《指掌圖》第十九圖（傀攝）影母一等平上去作「隈猥懀」；《四聲等子》「蟹攝外二合口呼」影母一等平上去作「偎猥檜」；《韻鏡》第十四轉影母一等平上去作「隈猥檜」，第十六轉影母一等平上去作「蛙矮懀」；《七音略》第十四轉影母一等平上去作「隈猥旭」，第十六轉影母一等平上去作「蛙〇懀」。「煨隈偎」同音（《廣韻》「烏恢切」），疑「煨」當作「隈」，或因形近音同而致誤刻。

本節小結如下：

運用四聲相承方式注音的 122 個注音字中，如果去掉可能因形近或時音致誤而導致重出的「咀隋擠蒻總顙須覃」等 8 字，總字數為 114 個。如此，本文爬疏前，與今宋本《指掌圖》同位列字全同的 84 字，加上爬疏後釐清的第一、二、四類的「殘鰓追吹濟簇胥扃琴」9 字，共得相同字 93 個，約佔總字數的 81.6%；與今宋本《指掌圖》同位列字不同的則有「坰禽，殊舒壬研喧批披拖，保浦溝淮，河煨慵驂丹催沮」21 字，約佔 18.4%。

加上前兩節中與今宋本《指掌圖》全同的材料，首先可以確證：嚴粲據以正音的文獻，如其「條例」所云，不是其他等韻圖，確實是《切韻指掌圖》。

其次，爬疏本節材料的結果表明，嚴粲所用《指掌圖》的版本不同於今宋本。

第一類的照二組、精組字互注現象，表明嚴粲所用《指掌圖》三十六字母分行列圍的方式很可能與今宋本《指掌圖》不同。

第三類的「殊舒壬研喧批披拖」等字，雖不見於今宋本《指掌圖》，但見於

其他韻圖，似乎可以說，嚴粲所用的《指掌圖》，很可能參考其他韻圖修改過。這可以看作嚴粲所用《指掌圖》的版本不同於今宋本的旁證。

第四類字不見於傳世早期韻圖、宋元韻圖，從表面上看，似合乎「假借」方便初學的作法。然而，雖可推測「慵驂丹催」是單音字代換多音字以避免困擾，但為何用「保浦溝淮」等代換，卻難覓緣由；另外「驂之上、溝之去」等在《詩緝》中多次再現，這些現象都令人無法不懷疑他們或許是源於不同版本的《指掌圖》，苦無直接證據，姑錄此暫作旁證，存疑。

四

綜上所述，嚴粲據以正音的材料，大部分與今宋本《指掌圖》同位列字相同，表明嚴粲所用韻圖，確實是《切韻指掌圖》，大約是不同於今傳世宋本的《切韻指掌圖》。除了上文第三、四類材料可以作為旁證之外，至少有兩條重要證據支持我們作出如下結論：嚴粲據以正音的《切韻指掌圖》的版本與今傳世宋本不同。這兩條證據是：

（一）嚴粲所用版本的「珉督」2 字與今宋本的同位列字不同。

（二）照二組、精組字互注現象，表明嚴粲所用版本分行列圍的方式大概率與今宋本不同。

五、參考文獻

1. 〔唐〕陸德明撰，鄧仕樑、黃坤堯校，《新校索引經典釋文》，高雄：學海出版社，1988 年。
2. 〔宋〕《附釋文互注禮部韻略》，四部叢刊續編，商務印書館影印，1934 年。
3. 〔宋〕《四聲等子》，叢書集成初編，中華書局影印，1985 年。
4. 〔宋〕司馬光，《宋本切韻指掌圖》，中華書局影印 1986 年。
5. 〔宋〕嚴粲，《詩緝》，北京圖書館古籍珍本叢刊（經部 2），書目文獻出版社影印 1988 年。
6. 〔宋〕嚴粲，《詩緝》，欽定四庫全書薈要，吉林出版集團有限責任公司影印 2005 年。
7. 陳章太，邵武方言的語音系統，《語言研究》第 1 期，1984 年，頁 152～167。
8. 李紅，《宋本〈切韻指掌圖〉研究》，長春：吉林人民出版社，2011 年。
9. 李輝點校，《詩緝》，北京：中華書局，2020 年。
10. 劉明，宋刊《切韻指掌圖》底本考辨，《中國典籍與文化》第 2 期，2010 年，頁 151。

11. 劉曉南，《宋代閩音考》，長沙：嶽麓書社，1999 年。

12. 宋均芬，明本《詩輯》音注中的術語「韻」「協韻」「從韻」研究，《漢字文化》第 1 期，2010 年，頁 25～32＋39。

13. 唐作藩，《四聲等子》研究，《語言文字學術論文集——慶祝王力先生學術活動五十週年》，上海：知識出版社，1989 年，頁 291～312。

14. 楊軍，《七音略校注》，上海：上海辭書出版社，2003 年。

15. 楊軍，《韻鏡校箋》，杭州：浙江大學出版社，2008 年。

16. 張玉來、耿軍校，《中原音韻校本》，北京：中華書局，2013 年。

17. 趙蔭棠，切韻指掌圖撰述年代考，《等韻源流》，商務印書館，2011／1933 年。

「居」「處」二詞詞義辨析
及其在楚簡釋讀上之參考作用
——以「凥」讀為「處」為例

黃武智*

摘　要

　　分析｛居｝｛處｝二詞詞義的異同後發現：二者皆有的義項「居住」「位於、處於」間，仍有時間長短與常態與否的區別，而二者皆有的義項「安」之間，「居」一般作形容詞，「處」則可用作動詞。此外，二者特有的詞義為「居」的「閒居」等9項，以及「處」的「暫止、休息」等15項。依此，包山、常德市德山夕陽坡2號墓、郭店、上博與清華簡等出土文獻中，「凥」字訓作「交往」「安、安頓」「地方、處所」「位置」，以及訓作短時間或臨時性的「居住」「位於、處於」等當讀為｛處｝，且《漢語大字典》「居」字「持守、擔任」一條尚待完備；「處」字當可新增「位置」一義項。

關鍵詞：詞義辨析；凥；居；處；《漢語大字典》

　　近年出土楚簡中常見「凥」字，依《說文》段注當即「居」的本字，然楚簡中又常見用作「處」。因此，有關楚簡中「凥」字的釋讀，學者乃有不同看法：有學者認為此字為「居」字本字，有學者認為此字在楚文字中可逕用作

---

* 黃武智，男，1973年生，台灣省高雄市人，主要研究方向為出土文獻之思想史、學術史和文字學。百色學院文學與傳媒學院，百色533000。

「處」，亦有學者認為「尻」「処」為一字異體。

造成此種情況的原因在於楚簡中未見「処」「處」二字，{處}一詞使用「尻」字表示，[註1]但「尻」字也同時可以表示{居}一詞。針對此種情況，張世超（2010）認為{居}{處}為同源詞，且「居」「尻」二字在楚簡中尚表示基本同樣的意義，其云：

> 同出一源的「居」「尻」二字還在表示基本同樣的意義。……。
> 楚文字中的「尻」字並不等同於後世的「處」。因此，為了穩妥起見，
> 我們主張在遇到「尻」的釋讀時，應先將它隸定，然後再按後世的
> 語言習慣讀為相應的字。

黃武智（2022）在比對楚文獻中「尻」「居」二字的使用後認為：楚系文字中「居」「尻」二字正處於分化的階段，且傾向用「居」「尻」二字分別表示{居}{處}二詞，唯此種分化仍未完成。

儘管楚簡中{居}一詞亦可使用「居」字表示，從而使部分楚簡的內容可以藉由用字的差異而幫助「尻」字的釋讀，例如：同一句中若同時出現「居」「尻」二字，則「尻」字當可讀為{處}。然而，若非出現在同句之中，只是出現在同一篇文獻裏，仍可能出現同一個詞使用不同文字的情形。因此，仍然有需要對「尻」字的釋讀加以辨析。換言之，在大部分的楚簡中，僅從用字仍無從判讀「尻」字的讀法，尚須藉助詞義判斷。

本文的寫作，即希望藉由《漢語大字典》、《詁訓彙纂》等字、辭典的檢視，全面討論{居}{處}二詞的義項，嘗試建構其詞義系統，並加以比較，以指出二詞各自特有的義項；同時，針對二詞皆有的義項加以辨析，釐清其間的異同；最後，藉由討論楚簡中幾處當讀為{處}的「尻」字為例，說明詞義辨析在楚簡釋讀上的參考作用。

一、{居}{處}二詞詞義辨析

有關{居}{處}二詞的詞義辨析，王鳳陽（2011：824～825）認為二詞在泛指時有時可以通用，但二詞在「留住」「住」和「住處」等意義上仍有區別：用作動詞「停留」，{居}的時間較長，而{處}的時間較短；用作動詞「住」，

〔註1〕為便於讀者閱讀，本文表示詞語（words）的內容另加花刮符{ }標示，例如「處」一詞以{處}表示；表示文字（word）的內容仍用一般的引號「」標示。

　　{居} 屬長時間、正式性的行為，{處} 則偏向短時間、臨時性的行為；另外
{居} 作為名詞可以表示「住所」，指出了 {居}{處} 二詞的關鍵性差異。然
而，{居}{處} 二詞詞義當不止上述幾項，對於二詞詞義的辨析仍待全面討論。
於此，本文比較《漢語大字典》（漢語大字典編纂處，2018：508～509、1471）
所載「居」「處」二字義項，並加以分析、綜整，嘗試說明各義項間的引申關
係，然後參考《詁訓彙纂》（宗福邦、陳世鐃、蕭海波等，2003：619～620、
1997～1998）所載予以補充，整理成表 1《{居}{處} 二詞義項比較表》，如
下：

表 1　　{居}{處} 二詞義項比較表

項次	綜整義項	詞　性	《漢語大字典》「居」字義項	《漢語大字典》「處」字義項	詞義關係
1	中止停止	動詞	止、停	中止停止	{居}{處} 本義皆有「止」的意思。
2	居住	動詞	居住	居住棲息	直接引申義。由「止」引申。
3	棲息	動詞		居住棲息	直接引申義。由「止」引申。
4	位於處於	動詞	處在處於	位置在（某處）	直接引申義。由「止」引申。
5	暫止休息	動詞		暫止休息	直接引申義。由「止」引申。
6	留留下	動詞		留留下	直接引申義。由「止」引申。
7	士未出仕	形容詞	（置於「閒居」項下說明。）	女未嫁、士未出仕皆稱處	間接引申義。由「居住」引申。
8	安	形容詞	安		間接引申義。由「居住」引申。
9	安頓	動詞		安頓	間接引申義。由「居住」引申。
10	閒居	形容詞	閒居		間接引申義。由「居住」引申。
11	住所	名詞	住所		間接引申義。由「居住」引申。
12	活著的人	名詞	指活著的人		間接引申義。由「居住」引申。

13	平時	名詞	平時 平常		間接引申義。 由「居住」引申。
14	女未出嫁	形容詞		女未嫁、士未出 仕皆稱處	間接引申義。 由「居住」引申。
15	審度 辨察	動詞	辨別	審度 辨察	間接引申義。 由「位於、處於」引申。
16	地位	名詞	地位	地位	間接引申義。 由「位於、處於」引申。
17	自居	動詞	○〔註2〕	自居	間接引申義。 由「位於、處於」引申。
18	守持	動詞	守持		間接引申義。 由「位於、處於」引申。
19	為	動詞	為		間接引申義。 由「位於、處於」引申。
20	擔任 委任	動詞		擔任 委任	間接引申義。 由「位於、處於」引申。
21	交往 一起生活	動詞		交往、在一起生 活	間接引申義。 由「位於、處於」引申。
22	處所 地方	名詞		處所 地方	間接引申義。 由「位於、處於」引申。
23	居業	名詞	○〔註3〕		間接引申義。 由「安、安頓」引申。
24	存放 放置	動詞	存放 放置		間接引申義。 由「住所」引申。
25	積蓄 囤積	動詞	積蓄 囤積		間接引申義。 由「住所」引申。
26	處置 辦理	動詞	○〔註4〕	處置 辦理	間接引申義。 由「審度、辨察」引申。
27	決定 決斷	動詞		決定 決斷	間接引申義。 由「審度、辨察」引申。
28	享有 據有	動詞		享有 據有	間接引申義。 由「擔任」引申。
29	定准	名詞		定准	間接引申義。 由「處所」引申。

〔註2〕「居」本即包含「自居」義，故「居」字未另列此義項，然就本條而言，二詞當皆
　　　有此義。
〔註3〕據《詁訓彙纂》補。
〔註4〕據《詁訓彙纂》補。

30	分別	名詞		分別	此處分別作名詞，間接引申義。由「審度、辨察」引申。
31	懲罰	動詞		懲罰	間接引申義。由「處置」引申。
32	時刻	名詞		時刻	間接引申義。由「處所、地方」引申。
33	方面部分	名詞		方面部分	間接引申義。由「處所、地方」引申。
34	部門	名詞		部門	間接引申義。由「處所、地方」引申。

以上，不計入作為「姓」及用作「語氣詞」的義項；「綜整義項」為綜整《漢語大字典》所載「居」「處」二字義項所得。必須說明的是：

第一、由於《漢語大字典》中以「字」為主編纂，故其中亦收錄「假借字」與「通假字」的義項，屬其他詞語。其中，{居}字有「蹲」「坐」「卑下」「佔據」「堵塞」「傲慢」「舉」等義項，而「蹲」「坐」「卑下」「佔據」當屬另一個詞「踞」的義項。段玉裁（2004：399）云：

> 《說文》有凥，有居。凥，處也。從尸得几而止，凡今人居處字古衹作凥處。居，蹲也。凡今人蹲踞字古衹作「居」。《廣雅・釋詁二》「凥也」一條，《釋詁三》「踞也」一條。畫然分別。……。居篆正謂蹲也。今字用蹲居字為凥處字，而凥字廢矣。又別製「踞」字為蹲居字，而居之本義廢矣。

認為{居}一詞字本作「凥」，後世乃借本義「蹲」的「居」字表示，其後又為其本義另造「踞」字；今從其說。然則，由本義「蹲」及其所引申出來的「坐」「卑下」「佔據」等義項，當屬「踞」一詞的詞義系統。此外，「堵塞」「傲慢」「舉」等分別為通假字「錮」「倨」「舉」的詞義。上述不屬{居}一詞的諸義項不列入上表。

第二、個別「綜整義項」在《漢語大字典》列在同條，例如：「居」字將「守持、擔任」置於同一義項；「處」字將「居住、棲息」「女未嫁、士未出仕」置於同一義項；為比較方便故，今皆依其詞義分別列為兩個義項，但在《漢語大字典》「居」「處」字義項的欄位內仍保留全文。

　　第三、《漢語大字典》（漢語大字典編纂處，2018：509）「居」字將「守持、擔任」置於同一義項，所引例句為：

　　　　《左傳·昭公十三年》：「獲神一也，有民二也，令德三也，寵貴四也，居常五也。有五利以去五難，誰能害之？」；《春秋·隱公元年》：「經元年，春，王正月。」晉杜預注：「凡人君即位，欲其體元以居正。」

　　上引《左傳·昭公十三年》的內容前有「芊姓有亂，必季實立，楚之常也。」楊伯峻（2011：1351～1352）引魯文公元年《左傳》之文：「楚國之舉，恆在少者。」又於「居常五也」下云：「楚以立幼者為常」。然則此處所謂的「居常」，字面意思是守持常態性作法，此指「立幼」一事。另外，上引《春秋·隱公元年》「居正」，孔穎達《正義》云：「正者，直方之間語也。直其行、方其義，人君當執直心、杖大義，欲其常居正道，故月稱正也。」（阮元，1815e：卷二 30a）然則「居正」指的是「守持正道」。以上二例，「居」皆訓作「守持」，指對某種作法或觀念的恆常性保有。然而，上引例句未見「擔任」義，然則《漢語大字典》此條尚待完備，今姑不計入。

　　第四、《漢語大字典》「居」字未列「居業」「處置、辦理」等義項，然《詁訓彙纂》（宗福邦、陳世鐃、蕭海波等，2003：619）載：

　　　　～，居業也。《書·多士》「繼爾～」劉逢祿今古文集解引江聲曰。（33 條）

　　　　～，謂居業。《大戴禮記·千乘》「民各安其～」王聘珍解詁。（34 條）

　　　　～，猶言處置也。《周禮·考工記·弓人》「～幹之道」孫詒讓正義。（42 條）

　　　　物之所處謂之～，處置其物亦謂之～。《羣經平議·周易二》「君子以慎辨物～方」俞樾按。（47 條）

今據以補入。藉由上表，可以比較｛居｝｛處｝二詞義項與用法的異同，詳下。

（一）｛居｝｛處｝二詞皆有的義項

　　由上表可以比較｛居｝｛處｝二詞皆有的義項，如下：

　　第一、本義均有「止」義，意即「停止」。《說文》載：「尻，處也，……，尻得几而止也。」（段玉裁，2004：715）；「処，止也，……。夊得几而止。」

（段玉裁，2004：716）

　　第二、由本義可以引申出「居住」與「位於、處於」兩個直接引申義。《周易・繫辭下》「上古穴居而野處。」（阮元，1815d：卷八 168a）〔註5〕、《墨子・節用中》「陵丘堀穴而處焉。」（孫詒讓，1984：153）皆作「居住」義；《尚書・伊訓》「居上克明，為下克忠。」（阮元，1815c：卷八 114b）、《老子》「是以聖人處上而人不重。」（朱謙之，1984：268）皆作「位於、處於」義。必須說明的是，「位於、處於」又可分為兩種意思，其一指主語在空間上實際在某一位置，故其後所帶賓語為表示某一位置的詞語；其二指在心理上將自己放在什麼樣的地位或狀態，故所帶賓語為表示某種地位或心理狀態的詞語；以上兩例皆指後者。

　　第三、「居住」又可以引申出「未出仕」「安」等間接引申義。《大戴禮記・曾子立事》「居由仕也。」（方向東，2008：5）《荀子・非十二子篇》「古之所謂處士者，德盛者也。」（李滌生，2014：105）皆作「未出仕」義；《史記・秦始皇本紀》「豈世世賢哉？其勢居然也。」（司馬遷，2011：277）、《國語・魯語下》「昔聖王之處民也，擇瘠土而處之磽确為瘠。」皆作「安」義。（上海師範大學古籍整理組，1988：205）。

　　第四、「位於、處於」又可以引申出「審度、辨查」「地位」「自居」等間接引申義。《禮記・樂記》「樂者大始而禮居成物。」（阮元，1815a：卷三十七 672b）、《國語・魯語上》「夫仁者講功，而智者處物。」（上海師範大學古籍整理組，1988：170）皆作「審度、辨查」義；《逸周書・芮良夫解》「其惟洗爾心，改爾行，克憂往愆，以保爾居。」（黃懷信、張懋鎔、田旭東，2007：1006）、《韓非子・外儲說》「子之處，人之所欲也。」（陳奇猷，2000：727）皆作「地位」；《老子》：「成功不居。夫唯不居，是以不去。」（朱謙之，1984：11）、《史記・孝武本紀》「而敢為大言，處之不疑。」（司馬遷，2011：462）皆作「自居」義。

　　第五、「審度、辨查」再引申出「處置、辦理」等義項。《周易・未濟》「君子以慎辨物居方。」（阮元，1815d：卷六頁 137b）、《三國志》「將軍量力而處之。」（陳壽，1959：915）皆作「處置、辦理」義。

──────────

〔註5〕本文所引古籍刻本同時標註卷、頁，下同。

　　總上，{居}{處}二詞皆有的義項有「停止」「居住」「位於、處於」「未出仕」「安、安頓」「審度、辨查」「地位」「自居」「處置、辦理」等。儘管如此，上述部分義項的意義仍有不同之處，尚需加以辨析。

（二）二詞皆有義項詞義辨析

　　上述{居}{處}二詞皆有的義項在泛指時均可以通用，但若加以辨析，則部分義項在{居}{處}二詞間的意義仍有小異。今就所見辨析如下：

　　第一、時間長短不同：就二者皆有的間接引申義「居住」而言，{居}的時間較長，{處}的時間較短。徐鍇《說文繫傳》「処」字下云：「《詩》曰：『爰居爰處』，以為居者定居，處者暫止而已。」（徐鍇，1787：卷二十七頁11b）此外，王鳳陽（2011：824～825）云：

> 在留住義上，「居」多指人在室內作較長時間的停留，如：《荀子‧勸學》「君子居必擇鄉，遊必就士」；柳宗元《捕蛇者說》「曩與吾祖居者，今其室十無一焉」。

以上所舉文例，當指由「留住」引申出的「居住」義。然則{居}較偏向長時間、正式地待在某一地方，而{處}則偏向短時間、臨時地待在某一地方。換言之，{居}有「長居」的意思，而{處}則有「暫住」的意思。

　　第二、心理狀態不同：除了時間長短的差別之外，王鳳陽（2011：824）認為{居}指的是「正式性」的居住，{處}則屬「臨時性」居住，《古辭辨》載：

> 在表示住的久暫和住處的臨時性、正式性時，二者是有區別的。范仲淹《岳陽樓記》「居廟堂之高則憂其民，處江湖之遠則憂其君」，和上例「穴居而野處」：前者用「居」，後者用「處」，就是因為「廟堂」和「穴」（上古黃土高原一帶是半穴居的，穴是正式住處），是正式的長久的住處，「野」和「江湖」是相對暫短的住處的緣故。

指出了「正式性」和「臨時性」的差別，乃就心理狀況而言，不只考慮到時間的長短，值得參考，唯所舉范仲淹「居廟堂之高則憂其民，處江湖之遠則憂其君」句，當指所任官職性質的不同：「居廟堂之高」指在朝廷任職，而「處江湖之遠」則指在地方當官，故{居}{處}二詞當訓作「位於、處於」，而非「居住」。由此觀之，另一個二詞皆有的引申義「位於、處於」，在時間上或心理上當亦有長短、正式臨時之分。

第三、語法功能不同：某些義項雖然相同，但在詞性或語法功能上卻有不同之處，例如｛居｝｛處｝皆有「安」的意思，但是｛居｝的義項「安」一般作形容詞，《故訓彙纂》（宗福邦、陳世鐃、蕭海波等，2003：620）「居」字第 81 條載：

> ～安也。《書·泰誓》「民之有政有～」孫星衍今古文注疏引高
>
> 誘注《呂氏春秋》云｜《詩·大雅·生民》「上帝～歆」朱熹集傳；
>
> 《公劉》「匪～匪康」朱熹集傳｜《呂氏春秋·上農》「無有～心」
>
> 高誘注｜《大戴禮記·子張問入官》「脩業～久而譚」王聘珍解詁｜
>
> 《文選·謝朓〈敬亭山〉》「靈異～然棲」李周翰注｜《玉篇·尸部》｜
>
> 《廣韻·魚韻》。

以上所引諸文例，｛居｝均作形容詞，可見訓作「安」的｛居｝大抵用作形容詞。與｛居｝用法不同的是，｛處｝的義項「安」除了作形容詞外，其後還可以帶賓語而形成「使動用法」，其語法功能與動詞相同。《故訓彙纂》（宗福邦、陳世鐃、蕭海波等，2003：1997）「處」字第 18 條載：

> ～，安也。得其所安也。《詩·召南·江有汜》「其後也～」朱熹
>
> 集傳。

此「處」作形容詞；第 19 條載：

> ～，猶安也。《禮記·檀弓下》「何以～我」鄭玄注｜《後漢書·
>
> 孔融傳》「所未敢～」李賢注。

以上「何以處我」句中，「處」後帶賓語「我」，可視為形容詞的使動用法，其語法功能與動詞相同；而「所未敢處」中，「處」在「所字詞組」中且在助動詞「敢」之後，乃作為動詞使用。

總上，｛居｝｛處｝二詞皆有義項中，在表示「居住」「位於、處於」時，二詞在時間的長短與心理的正式、臨時方面仍有所不同，而在表示「安」時，｛居｝一般用做形容詞，｛處｝則除形容詞外，尚可比照動詞使用。

（三）｛居｝｛處｝二詞各自特有的義項

以上為｛居｝｛處｝二詞皆有的義項及其間詞義、用法的不同，至於｛居｝｛處｝二詞間不同的義項，而為其中一詞特有的義項有：

第一、｛處｝可從本義「止」引申出「暫止、休息」（如《孫子·軍爭》「日

夜不處」〔楊丙安，1999：137〕）、「留下」（如《禮記・射義》「蓋去者半處者半」〔阮元，1815a：卷六十二 1016b〕）、「棲息」（如《山海經圖讚・南山經圖讚》：「顒鳥棲林，鱄魚處淵。」〔沈士龍、胡震亨，1603：卷一 4b〕）的意思。

第二、由二者皆有的間接引申義「居住」引申：{居}引申出「閒居」（如《商君書・農戰》「十人農一人居者彊」〔蔣禮鴻，2006：24〕）、「住所」（如《詩經・召旻》「我居圉卒荒」〔阮元，1815b：卷一八 697b〕）、「活著的人」（如《左傳・僖公九年》「送往事居」〔阮元，1815e：卷一三 219b〕）、「平時」（如《論語・先進》「居則曰：『不吾知也！』」〔朱熹，2012：129〕）等；{處}則由「居住」引申出「女未出嫁」（如《莊子・逍遙遊》「綽約若處子」〔郭慶藩，2013：28〕）。然後「居」再由「住所」引申出「存放、放置」（如《周禮・地官司徒下》「居父母之仇如之何」〔阮元，1815d：卷十四 215b〕）、「積蓄、囤積」（如《尚書・虞書》「懋遷有無化居」〔阮元，1815c：卷五 66a〕）等。

第三、由二者皆有的間接引申義「位於、處於」引申：{居}引申出「守持」（如《左傳・昭公十三年》「獲神一也，有民二也，令德三也，寵貴四也，居常五也。」〔阮元，1815e：卷四十六 808b〕）、「為」（如《禮記・禮器》「其在人也，如竹箭之有筠也，如松栢之有心也，二者居天下之大端矣。」〔阮元，1815a：卷二十三 449a〕）；{處}則由「位於、處於」引申出「擔任」（如《荀子・堯問》「處官久者士妒之」〔李滌生，2014：680〕）、「交往、相處」（如《詩經・黃鳥》「此邦之人不可與處」〔阮元，1815b：卷十一 380b〕）、「處所」（如《史記・五帝本紀》「遷徙往來無常處」〔司馬遷，2011：6〕）等。然後{處}再由「擔任」引申出「享有、據有」（如《論語・里仁》「富與貴是人之所欲也，不以其道得之，不處也」〔朱熹，2012：70〕）；由「處所」引申出「定准」（如《呂氏春秋・誣徒》「不能教者：志氣不和，取捨數變，固無恆心，若晏陰喜怒無處。」〔陳奇猷，2002：223〕）「時刻」（如宋柳永《雨霖鈴》：「都門帳飲無緒，留戀處，蘭舟催發。」〔柳永，2002：59〕）「方面、部分」（如《世說新語・文學》：「長史諸賢來清言。客主有不通處，張乃遙於末坐判之。」〔余嘉錫，2011：279〕）「部門」（如：軍機處；侍衛處；聯絡處；教務處；辦事處。）等。

第四、有些義項雖然由{居}{處}二詞皆有的義項引申出來，但僅有其中一詞有這種用法，計有：{居}由兩者皆有的間接引申義「安、安頓」引申

出「居業」（如《大戴禮記・千乘》「民各安其居」〔方向東，2008：912〕）；
{處}由兩者皆有的間接引申義「審度」引申出「決定、決斷」（如《國語・
晉語》「早處之，使知其極。」〔上海師範大學古籍整理組校點，1988：268〕）
「分別」（如《墨子・小取》：「夫辯者，將以明是非之分，審治亂之紀，明同
異之處，察名實之理。」〔孫詒讓，1984：415〕）等；由兩者皆有的間接引申
義「處置、辦理」引申出「懲罰」的意思（如《晉書・食貨志》：「至明帝世，
錢廢穀用既久，人間巧偽漸多，競浸穀以要利，作薄絹以為市，雖處以嚴刑
而不能禁也。」〔房玄齡，1974：794～795〕）。

總上，{居}特有的義項有「閒居」「住所」「活著的人」「平時」「存放、
放置」「積蓄、囤積」「守持」「為」「居業」等，而{處}特有的義項有「暫止、
休息」「留下」「棲息」「女未出嫁」「擔任」「交往、相處」「處所」「享有、據
有」「定准」「時刻」「方面、部分」「部門」「決定、決斷」「分別」「懲罰」等。

（四）{居}{處}二詞詞義系統整合比較

以上所舉，為{居}{處}二詞皆有、特有的義項和用法，今將二詞的詞義
系統整合，如圖1《「居」「處」詞義系統整合圖》（字體未標示表示二者皆有義
項，下標<u>單底線</u>表示「居」特有義項，*斜體*表示「處」特有義項）。

對{居}{處}這對同義詞而言，本義均有「止」的意思，因此引申出的
各種間接引申義中，出現許多二詞皆有的義項；儘管如此，但由於二詞本義
仍有小異，故在詞義的發展上，二詞各自出現了一些特有義項，如圖1所示。
此外，部分二詞皆有的義項間詞義、用法仍有所不同，例如：在表示「居住」
「位於、處於」時，二詞在時間的長短與心理的正式、臨時方面仍有所不同，
而在表示「安」時，{居}一般用做形容詞，{處}則除形容詞外，尚可比照動
詞使用。

楚簡部分文本中僅出現「尻」字、未見「居」字，亦未見其他抄本。由於
楚系文字中「尻」字可用以表示{居}{處}二詞，故在相同文本未見「居」字
的情況下，乃無從參考「用字」或「異文」判讀「尻」字讀法。此時，詞義辨
析即可作為判讀「尻」字的重要參考。以下，本文即就所見楚簡中幾處當讀為
{處}的「尻」字疏解辨析，說明詞義辨析在楚簡釋讀上的參考作用。

圖 1 「居」「處」詞義系統整合圖

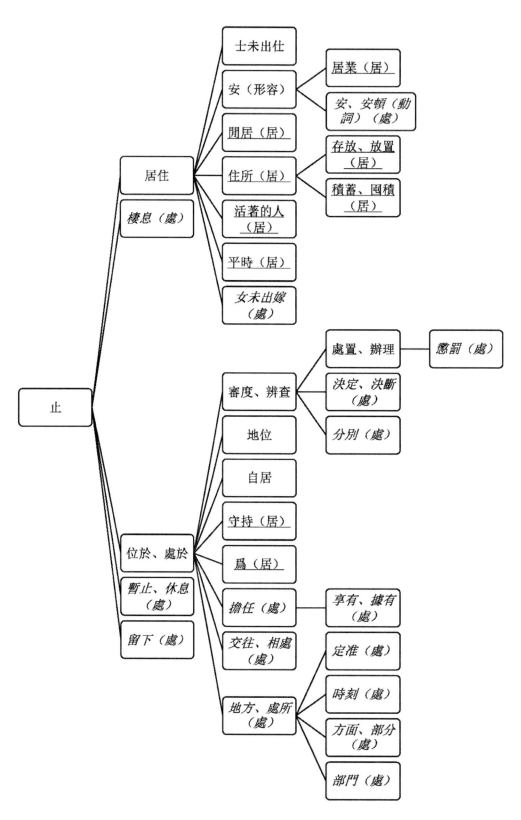

二、楚簡所見「凥」字讀為｛處｝疏解辨析

儘管楚簡中「凥」字可用作｛居｝｛處｝二詞，但由於楚簡中的｛居｝一詞大部分以「居」字表示，且「居」「凥」二字同時出現時往往分別表示｛居｝｛處｝二詞，故近年學者釋讀楚簡時，有將「凥」字直接釋讀為｛處｝的傾向。然而，由於段玉裁視「凥」為「居」的本字，且部分楚簡中的「凥」字讀為｛居｝｛處｝皆有解釋空間，故仍有學者對部分楚簡中將「凥」字釋讀為｛處｝的說法表示不同看法（詳下）。緣此，部分楚簡中將「凥」字釋讀為｛處｝的說法仍待從詞義上加以說明，較為完備。以下，分別就所見楚簡中「凥」字當讀為｛處｝的部分加以疏解，從詞義辨析的角度加以補充，其間並討論相關問題。

（一）訓作｛處｝特有的義項

藉由上述｛居｝｛處｝二詞詞義的辨析可以發現，「凥」字若訓作「交往、相處」「安、安頓（動詞）」「地方、處所」「暫住」「棲息」等，當讀為｛處｝。值得注意的是，楚簡中出現訓作「位置」的「凥」字，當由「地方、處所」引申而來，亦當讀為｛處｝，而此義項未載於《漢語大字典》，或可據楚簡補入。「凥」字訓作以上諸義項的情況討論如下：

第一、訓作「交往、相處」。郭店《語叢三》載：

> 與為義者遊，益。與莊者凥，嗌。……與褻者凥，損，與不好學者遊，損。……（簡9—簡11）〔註6〕

以上「凥」字學者均讀為｛處｝。案：「與莊者凥」句中，介詞「與」的賓語為「莊者」「褻者」。「與莊者處」「與褻者處」指與莊者、褻者交往，故「凥」字可訓作「交往」，當讀為｛處｝。

第二、訓作「安、安頓（動詞）」。清華簡六《子儀》載：

> 公命窮韋升琴奏鏞，歌曰：「……。此愠之傷慟，是不攼而猶慟，是尚求戚惕之怍，凥吾以休，賴子是求。」乃命升琴歌於子儀，楚樂和之曰：「……」。（簡5—簡8）〔註7〕

〔註6〕本段釋文破讀參陳偉等（2009：257）釋讀。另外，為明眉目並減省篇幅，本文所引楚地簡帛文獻所載內容除待釋字外均直接破讀。

〔註7〕參朱忠恒（2018：101）釋讀，唯「昪」改作「升」。

本段大意為秦穆公希望子儀傳達願秦、楚兩國交好而歌詩的內容，其中「此慍之傷慟，是不攻而猶慟，是尚求戚惕之怍」大意是秦穆公內心傷慟不止，希望哀戚警惕的心理得以改善。「尻吾以休」的「尻」字，學者均讀為｛處｝，網友 bulang（2016）訓作「安也」。黃武智（2022：428）訓作「懲罰」。案：本句主語為秦穆公，訓作「懲罰」不合情理。前引《詁訓彙纂》所載《禮記・檀弓下》「何以處我」句，鄭玄注云：「處，猶安也。」「處」字訓作「安」，作使動用法，語法功能與「動詞」相同，其後接賓語「我」；「處吾」與「處我」語意相同，即「使我心安」的意思，bulang 之說可從。「休」字，王寧（2016）訓作「美」，此處可引申為良好的邦誼，今從。然則「處吾以休」指的是以良好的邦誼讓我心安。其後接「賴子是求」，則是請求子儀幫忙的言語，文意通順。然則，此處「尻」字當讀為｛處｝，訓作「使……心安」。

第三、訓作「處所、地方」：作為表示地方的名詞，｛居｝訓作「住所」；｛處｝訓作「處所、地方」，二者詞義略有不同，故若「尻」字訓作「處所、地方」，則當讀為｛處｝。清華簡六《鄭文公問太伯》載：

> 戰於魚陵，吾乃獲函、訾，覆車襲介，克鄶，專斷，如容社之尻，亦吾先君之力也。（簡 06）〔註8〕

本段內容大抵為太伯講述鄭桓公的功績：在幾經征戰、擴充領土後鄭國始有「容社之尻」。其中「尻」字學者均讀為｛處｝。案：「容社之尻」指容納國社的地方，為名詞性詞組，其中「尻」作中心詞，訓作「地方」，當讀為｛處｝。

第四、訓作「位置」：部分楚簡中的「尻」字訓作「位置」，其義當由「地方、處所」引申而來，可讀為｛處｝。包山楚簡載：

> 大司馬悼愲逅楚邦之師徒以救郙之歲荊尻之月己卯之日，盬吉以琭家為左尹舵貞：既腹心疾，以上氣，不甘食，久不瘥，尚速瘥，毋有奈。占之：恆貞吉，疾難瘥。以其故說之：與禱犬，一羖後土、司命，各一羊。與禱大水，一羖；二天子，各一羊；佹山，一羘。與禱楚先老僮、祝融、鬻熊，各兩羘。享祭管之高丘、下丘，各一全豢。思左尹舵踐復尻。思攻解於歲。盬吉占之曰：吉。（簡 236～238）〔註9〕

〔註8〕《鄭文公問太伯》有甲、乙二篇，內容基本相同，本段參朱忠恒（2018：64）釋讀。
〔註9〕參陳偉（2009：95）釋讀。

以上為貞人鹽吉為左尹𧀙占卜的內容，大意是左尹𧀙患腹心疾，鹽吉向山川
諸神與先君先王祭禱，以求康復的內容。其中「尻」字，學者皆讀為｛處｝；
「踐復尻」，劉信芳（2003：46）認為「踐復尻」即佔有原來的官位。案：「尻」
字讀為｛處｝可從，唯本段內容當指祭禱時的行為，當與「左尹𧀙」的官位無
關。從上下文觀之，「左尹𧀙踐復尻」在祭禱山川鬼神先君先王之後，其後再
「思攻解於歲」。疑「復尻」即「復位」，指回到原來的位置。左尹𧀙在祭祀山
川鬼神先君先王後回到原來的位置，再向太歲星祭禱以解除疾病。「尻」用作
「位置」的情況亦可見於包山楚簡以下一段：

> 大司馬悼愲救郙之歲夏尿之月己亥之日，觀義以保家為左尹卲𧀙
> 貞：以其有瘇病，上氣，尚毋死。義占之：恆貞，不死，有祟見於
> 絕無後者與漸木立，以其說之。與禱於絕無後者，各肥猎，饋之。命
> 攻解於漸木立，且徙其尻而樹之，尚吉。義占之曰：吉。（簡 249～
> 250）〔註10〕

本段引文為貞人觀義為左尹卲𧀙占卜的內容，大意是左尹卲𧀙有瘇病，觀義占
卜後認為是「絕無後者」「漸木立」所降，而祭禱以求解除疾病的內容。「尻」
字學者均讀為｛處｝，劉信芳（2003：46）訓作「位置」，今從。「徙其尻」指移
動「漸木立」的「位置」，亦當由「地方、處所」義引申而來。

附帶一提的是，《漢語大字典》「處」字義項僅有「地方、處所」，而無「位
置」，然二者間詞義仍有小異：前者所指範圍較大，而後者所指範圍較小。藉由
包山楚簡此處的用法，或可考慮增加「位置」一項。

（二）讀為｛處｝較切合文義

以上為「處」字特有的義項，故上述楚文獻所載「尻」字當讀為｛處｝。此
外，｛居｝｛處｝二詞雖然皆有「居住」「位於、處於」的意思，但二詞間詞義仍
有小異，加以辨析後可以發現部分「尻」字讀為｛處｝較符合上下文語意脈絡，
或更能精準地表達語意，如下：

第一、訓作短時間或臨時性的「暫住」：儘管｛居｝｛處｝皆可作「居住」，
但｛居｝的停留時間較長，指的是長時間或正式性的「定居」；｛處｝的停留時
間較短，指的是短時間或臨時性的「暫住」。以下段落「尻」字可訓作「居住」，

〔註10〕參陳偉（2009：96）釋讀。

讀為｛居｝或｛處｝皆有解釋空間，然若細究上下文意，則意思較傾向短時間或臨時性的「暫住」，而非長時間或正式性的「定居」，讀為｛處｝較符合全文語意脈絡。常德市德山夕陽坡 2 號墓竹簡載：

> 王尻於葴郢之遊宮，士尹□□之……（簡1）〔註11〕

「尻」字，楊啟乾（1987）讀為｛居｝；劉彬徽讀為｛處｝（2001）。案：此處王所居住的地方是「遊宮」，當屬臨時性的居住，故「尻」讀為｛處｝語意較為精準。

此外，清華簡六《鄭武夫人規孺子》載：

> 吾君陷於大難之中，尻於衛三年，不見其邦，亦不見其室，如
>
> 毋有良臣，三年無君，邦家亂巳。（簡3〜4）〔註12〕

本段為鄭武夫人說明鄭武公在衛三年，因國有良臣乃不至於亂的內容。「尻」字，原釋讀為｛處｝。案：本篇未見「居」字，「尻」字訓作「居住」讀為｛居｝或｛處｝皆可通，且三年的時間不長不短，究屬短時間還是長時間難以認定，唯此處指出鄭武公在衛是因「大難」所致，屬「臨時性」的居住，故讀為｛處｝較符合語意脈絡；其間詞義的區別可參考清華簡七《子犯子餘》的用法。清華簡七《子犯子餘》中同時出現「尻」「居」二字，其中所載晉文公重耳住在秦國用「尻」字：

> 耳自楚適秦，尻焉三歲。（簡1）〔註13〕

「尻」字原釋讀為｛處｝，然網友羅小虎（2017）讀為｛居｝，其云：

> 簡文中的「居」字，整理報告理解為「處」，亦無必要，應讀為｛居｝，居住。焉，指示代詞，指前面提到的秦國。「居焉三歲」，意思是說，在秦國住了三年。「居＋地點＋時間」的例子，古書甚夥：《尚書・金滕》：「周公居東二年，則罪人斯得。」《國語・越語下》：「居軍三年，吳師自潰。」《史記・孔子世家》：「孔子居陳三歲，陳常被寇。」《史記・晉世家》：「晉文公，古所謂明君也，亡居外十九年，至困約。」《史記・匈奴列傳》：「周襄王既居外四年，乃使使告急於晉。」這些例子都與「居焉三歲」結構相同。

〔註11〕參劉彬徽（2001：217）釋讀。
〔註12〕參朱忠恒（2018：3）釋讀。
〔註13〕參伊諾（2018）釋讀，唯斷句仍從原釋。為減省篇幅，以下有關《子犯子餘》釋文破讀不另注。

認為「凥」字即「居」字，且讀為｛居｝亦可通，相同結構又見於傳世文獻，
故主張不必「理解為處」。案：如前節所述，作為｛居｝｛處｝二詞皆有義項
「居住」，在泛稱時可以通用，羅氏所引諸文即為其例。然而，若「凥」讀為
「處」則更能表達在外暫住的心態。況且，《子犯子餘》中另有「居」字：

　　　　夫公子之不能居晉邦。（簡7）

用於居住本國晉國。同篇之中「凥」「居」二字形體既有不同，且所帶賓語「焉
（指代秦國）」「晉」亦有他國與本國的分別，故可合理認為「凥」「居」二字
當指不同詞語。換言之，《子犯子餘》中「凥」「居」二字意義與用法皆略有小
異：「凥」字用於暫住他國，「居」字則用於長居本國，故「凥」「居」二字當
分別讀為｛處｝｛居｝。由此觀之，儘管《鄭武夫人規孺子》未見「居」字，且
將「凥於衛三年」句中的「凥」字讀為｛居｝亦可通，但從上下語意脈絡觀
之，鄭武公在衛乃屬暫住他國，故「凥」字若讀為｛處｝，則所表達的意思更
為精準。

　　附帶一提的是，前述｛居｝｛處｝二詞皆有的義項「居住」中，其間屬心
理上「正式的」或「臨時的」區別，亦可從《子犯子餘》的「用字」上找到例
證。

　　第二、訓作短時間或臨時性的「位於、處於」：｛居｝｛處｝二詞皆有「位
於、處於」的意思，由二者的本義「止」引申而來。儘管如此，就「位於」某
個地方，或「處於」某種心理狀態的意義而言，｛居｝傾向長時間或正式性地，
而｛處｝則傾向短時間或臨時性地。由此觀之，以下幾則若讀為｛處｝，則較
能精準表達其義。

　　上博楚簡《平王問鄭壽》載：

　　　　競平王就鄭壽，訊之於尸廟，曰：「禍敗因踵於楚邦，懼鬼神以
　　為怒，使先王無所歸，吾何改而可？」鄭壽辭，不敢答。王固訊之。
　　答：「如毀新都戚陵、臨陽，殺左尹宛、少師無忌。」王曰：「不能。」
　　鄭壽：「如不能，君王與楚邦懼難。」鄭壽告有疾，不事。明歲，王
　　復見鄭壽。鄭壽出，據路以須。王與之語少少，王笑曰：「前冬言曰
　　『邦必喪。』我及，今何若？」（答）曰：「臣為君王臣，介服名。
　　君王踐凥辱於老夫。王所改多多，君王保邦。」（簡5～6）〔註14〕

────────────────
〔註14〕參俞紹宏、張清松（2019：147）釋讀，唯斷讀略有不同。

此段引文為前一年鄭壽預言楚平王若不能「毀新都戚陵、臨陽，殺左尹宛、少師無忌」，則楚國將有難，但過了一年後楚國仍在；此時平王再去見鄭壽時兩人的對話。從二人的語氣可以看出，平王對於鄭壽預言的事未能發生頗感得意，而鄭壽則在口頭上表示自己虛有臣名（介服名），並言及平王來見自己一事。有關「君王踐尻辱於老夫」等內容，學者多斷讀為「君王踐尻，辱於老夫」，其中「尻」字或讀為｛居｝、或讀為｛處｝。「踐尻」二字或訓作「來到鄭壽之處所、居所」「遷居、卜居」「閒居」「踐行職責」等；而「辱於老夫」則主要有兩種訓解方向：其一認為受辱的人是平王，表示平王被鄭壽所辱的意思；其二認為受辱的人是鄭壽，表示鄭壽被平王所辱的意思，或是鄭壽的謙詞。此外，亦有學者斷讀為「君王踐尻辱於老夫」。〔註15〕案：以上，將「踐尻」訓作「閒居」的說法，大抵有平王無故受到鄭壽羞辱的意思，與上文所言平王「固訊（堅決的詢問）」鄭壽的文意不符，而此處平王見鄭壽的行為，也不能算是「遷居、卜居」。至於斷讀為「君王踐尻，辱於老夫」的說法中，其訓解的方向可從「辱」的用法考察。「辱」用作動詞時有「使……受辱」的意思，其後一般直接帶賓語即可，例如：

> 使於四方，不辱君命。(《論語・子路》；朱熹，2012：146)

> 我見相如，必辱之。(《史記・廉頗藺相如列傳》；司馬遷，2011：2443)

至於其後使用介詞「於（于）」引介所涉概念，則多為被動用法，例如：

> 梁惠王曰：「……。及寡人之身，東敗於齊，長子死焉；西喪地於秦七百里；南辱於楚。寡人恥之，……」(《孟子・梁惠王上》；朱熹，2012：205)

因此若斷「辱於老夫」為句，則當指平王被鄭壽所辱，而「君王踐尻」句中的「踐尻」亦當指平王的行為，訓作「踐行職責」「來到鄭壽之處所」皆可通，唯後者更符合此時平王見鄭壽的語境。然而，若如此斷讀訓解，則鄭壽前面才謙遜地說自己是「君王臣，介服名」，接著再說君王被自己所辱，兩者語氣不太連貫，且未免言之過重。因為，從平王與鄭壽的兩次見面來看，均是平王主動找

〔註15〕為減省篇幅，以上學者之說不具引，相關內容參俞紹宏、張清松（2019：165）所引。

鄭壽，而鄭壽只是被動應答，而且從兩次的對話來看，第一次鄭壽只是就個人看法對平王提出建議，第二次則此時才開始對話，因此無論就平王來見鄭壽一事、或鄭壽回答平王的內容而言，鄭壽均無羞辱平王的情況。另外，此處只云「踐處」，字面意思為「到（某個）地方」，語意也不太清楚；若要表示「來到自己所居之處」當云「踐臣處」，較為清楚。

　　值得注意的是，水墨翰林（網名）認為「凥」字讀為｛處｝可視為動詞，訓作「居、止」，然則此處「踐凥」為動詞連用，趙夙苑認為其後省略賓語，仍斷「君王踐凥」為句。此說提示了另一種訓解的說法：「君王踐凥辱於老夫」可斷為一句，意思是君王對老夫降尊迂貴，其中「辱」作為「踐凥」的賓語，「踐凥辱」意為「踐辱、處辱」，字面意思是「至於、處於屈辱」，引申為處於下位，此指平王降尊紆貴；此時「於」字引介的賓語「老夫」是對象成分。《老子河上公章句》注「失之若驚」句云：「失者，失寵處辱也。」（王卡，1997：48）「處辱」即處於下位。此說與前述「君王踐凥，辱於老夫」的差別在於：此說是平王「主動」對鄭壽降尊紆貴，有平王地位崇高且寬容大度的意味，而前述說法是平王是「被動」遭受鄭壽羞辱，表現出平王的憋屈，二者語氣稍異。作為臣下，鄭壽若明言平王被自己所辱，並不符合自己的身分（儘管在這裡有認錯的意思）。至於此一說法，上文「臣為君王臣，介服名」是鄭壽的謙遜之詞，其後接「君王踐凥辱於老夫」是對平王的恭唯；先表謙遜、再恭唯平王，整體語氣較為連貫，且較符合臣下的身份。

　　此外，清華簡七《晉文公入於晉》載：

　　　　命曰：「以吾晉邦之間凥仇讎之間，命蒐修先君之乘，飾車甲，

　　四封之內皆然。」（簡4）〔註16〕

此段為晉文公入晉後宣佈的命令，大抵說明因為晉國處於仇敵邦國之間，故需整治軍備武器。「凥」字原釋讀為｛處｝。案：此處提及晉國位於各仇敵邦國之間，然國際政治上沒有永遠的敵人，也沒有永遠的朋友，各國之間的關係仍可能產生變化，故所謂「凥於仇讎之間」當屬暫時性的處境。然則，此處「凥」字讀為｛處｝，較切合文義，原釋之說可從。

　　以上諸例中，「凥」字或訓作｛處｝特有的義項，或讀為｛處｝所表達的涵

義較切合上下文語境，當讀為〔處〕。

三、結語

　　本文首先考究〔居〕〔處〕二詞的詞義系統，並整體辨析其詞義的異同，及相同義項中內涵、用法的差異。辨析後發現二者皆有的義項「居住」「位於、處於」間，仍有時間長短與常態與否的區別。要言之，〔居〕傾向長時間的「定居」與常態性的「位於、處於」，而〔處〕則傾向短時間的「暫住」與暫時性的「位於、處於」。再者，二者皆有的義項「安」間，〔居〕一般作形容詞，〔處〕則可用作動詞。此外，二者特有的詞義為〔居〕的「閒居」「住所」「活著的人」「平時」「存放、放置」「積蓄、囤積」「守持」「為」「居業」等，以及〔處〕的「暫止、休息」「留下」「棲息」「女未出嫁」「擔任」「交往、相處」「處所」「享有、據有」「定准」「時刻」「方面、部分」「部門」「決定、決斷」「分別」「懲罰」等義項。

　　其次，依上述結果考察部分楚簡中「凥」字的涵義，以判讀其讀法，分別針對楚簡中「凥」字訓作「交往」（郭店《語叢三》「與莊者凥」「與褻者凥」）「安、安頓」（動詞，清華簡六《子儀》「凥吾以休」）「地方、處所」（清華簡六《鄭文公問太伯》「如容社之凥」）「位置」（包山楚簡「思左尹𥝤踐復凥」「徙其凥而樹之」），以及訓作短時間或臨時性的「居住」（常德市德山夕陽坡 2 號墓竹簡「王凥於葰郢之遊宮」、清華簡六《鄭武夫人規孺子》「凥於衛三年」）「位於、處於」（上博楚簡《平王問鄭壽》「君王踐凥辱於老夫」、清華簡七《晉文公入於晉》「凥仇讎之間」）之處加以疏證辨析，認為其中「凥」字當讀為〔處〕較符文意。其間並討論相關釋讀問題，且利用包山楚簡所載，認為《漢語大字典》「處」字可新增「位置」一義項。

　　出土楚簡用字較為靈活，僅賴用字有時無法釋讀其詞，尚需藉助詞義辨析加以判斷，〔居〕〔處〕二詞詞義辨析對於「凥」字釋讀為〔處〕所起的參考作用即為一例。循此思路，出土楚文獻中亦有「凥」字當讀為〔居〕的例子，唯限於篇幅，本文暫不予申論。

四、參考文獻

　　1.〔西漢〕司馬遷，《史記》，北京：中華書局，2011 年。

2. 〔唐〕房玄齡,《晉書》,北京:中華書局,1974 年。

3. 〔唐〕柳永,《樂章集》,中華書局,2002 年。

4. 〔南唐〕徐鍇,《說文繫傳》,四庫全書本,1787 年。

5. 〔南宋〕朱熹,《四書章句集注》,北京:中華書局,2012 年。

6. 〔清〕段玉裁,《說文解字注》,上海:上海古籍出版社影印清嘉慶二十年經韵樓刻本,2004 年。

7. 〔清〕郭慶藩,《莊子集釋》,北京:中華書局,2013 年。

8. 〔清〕阮元,《禮記注疏》,《十三經注疏》,清嘉慶二十年南昌府學刊本。

9. 〔清〕阮元,《毛詩注疏》,《十三經注疏》,清嘉慶二十年南昌府學刊本。

10. 〔清〕阮元,《尚書注疏》,《十三經注疏》,清嘉慶二十年南昌府學刊本。

11. 〔清〕阮元,《周易注疏》,《十三經注疏》,清嘉慶二十年南昌府學刊本。

12. 〔清〕阮元,《左傳注疏》,《十三經注疏》,清嘉慶二十年南昌府學刊本。

13. 〔清〕孫詒讓,《墨子閒詁》,北京:中華書局,1984 年。

14. Bulang(網名),《清華六〈子儀〉初讀》47 樓,簡帛網──簡帛論壇 2016 年 4 月 20 日。http://www.bsm.org.cn/forum/forum.php?mod=viewthread&tid=3343&extra=&highlight=%E5%AD%90%E5%84%80&page=5。2022 年 9 月 30 日檢索。

15. 楊丙安,《十一家注孫子校理》,北京:中華書局,1999 年。

16. 陳奇猷,《韓非子新校釋》,上海:上海古籍出版社,2000 年。

17. 陳奇猷,《呂氏春秋新校釋》,上海:上海古籍出版社,2002 年。

18. 陳壽,《三國志》,北京:中華書局,1959 年。

19. 陳偉等,《楚地出土戰國簡冊十四種》,北京:經濟科學出版社,2009 年。

20. 方向東,《大戴禮記匯校集解》,北京:中華書局,2008 年。

21. 漢語大字典編纂處,《漢語大字典(第二版縮印本)》,成都:四川辭書出版社,2018 年。

22. 黃懷信、張懋鎔、田旭東,《逸周書匯校集注》,上海:上海古籍出版社,2007 年。

23. 黃武智,出土文獻中「処」、「處」、「尸」、「居」用字調查及其形義關係析論,《第三十三屆中國文字學國際學術研討會論文集》(台中:中國文字學會、輔仁大學中國文學系,2022 年 5 月),2022 年,頁 417～431。

24. 蔣禮鴻,《商君書錐指》,北京:中華書局,2006 年。

25. 李滌生,《荀子集釋》,台北:學生書局,2014 年。

26. 李學勤,《清華大學藏戰國竹簡(參)》,上海:中西書局,2012 年。

27. 劉彬徽,常德夕陽坡楚簡考釋,《早期文明與楚文化研究》,長沙:嶽麓書社,2001 年,頁 215～218。

28. 劉信芳,《包山楚簡解詁》,台灣:藝文印書館,2003 年。

29. 羅小虎(網名),《清華七〈子犯子餘〉初讀》第 104 樓,簡帛網──簡帛論壇 2017 年 10 月 10 日。http://www.bsm.org.cn/forum/forum.php?mod=viewthread&tid=3458&

extra=&highlight=%E5%AD%90%E7%8A%AF%E5%AD%90%E9%A4%98&page=
11。2022 年 9 月 30 檢索。

30. 上海師範大學古籍整理組校點，《國語》，上海：上海古籍出版社，1988 年。

31. 沈士龍、胡震亨，《山海經圖讚》，百部叢書集成第 751 卷影印萬曆三十一年《秘
冊彙函》叢書本，1603 年。

32. 滕勝霖，《《清華大學藏戰國竹簡（柒）〉集釋》，重慶：西南師範大學出版社，2021
年。

33. 王鳳陽，《古辭辨》，北京：中華書局，2011 年。

34. 王卡，《老子河上公章句》，北京：中華書局，1997 年。

35. 王昆，《清華簡〈尹至〉、〈尹誥〉、〈赤鵠之集湯之屋〉集釋》，河北大學漢語言文
字學碩士論文，2016 年。

36. 王寧，《清華簡六〈子儀〉釋文校讀》，復旦大學出土文獻與古文字研究中心網站，
2016 年 6 月 9 日。http://www.fdgwz.org.cn/Web/Show/2824。2022 年 9 月 30 檢索。

37. 楊伯峻，《春秋左傳注》，北京：中華書局，2011 年。

38. 楊啟乾，常德市德山夕陽坡二號楚墓竹簡初探，《楚史與楚文化》，求是雜誌社，
1987 年，頁 335～340。

39. 伊諾，《清華柒〈子犯子餘〉集釋》，復旦大學出土文獻與古文字研究中心網站，
2018 年 1 月 18 日。http://www.fdgwz.org.cn/Web/Show/4210。2022 年 11 月 30 檢
索。

40. 余嘉錫，《世說新語箋疏》，北京：中華書局，2011 年。

41. 俞紹宏、張清松，《上海博物館藏戰國楚簡集釋》第六冊，北京：社會科學文獻出
版社，2019 年。

42. 張世超，居、凥考辨，《中國文字研究》第十三輯，鄭州：大象出版社，2010 年，
頁 33～36。

43. 朱謙之，《老子校釋》，北京：中華書局，1984 年。

44. 朱忠恒，《《清華大學藏戰國竹簡（陸）〉集釋》，武漢大學歷史文獻學專業碩士論
文，2018 年。

45. 宗福邦、陳世鐃、蕭海波等，《故訓彙纂》，北京：商務印書館，2003 年。

《呂氏春秋》中的
相術與「仁」「佞」相通之例
——兼論北大漢簡《趙正書》中的一則簡文

王　晨*

摘　要

　　《呂氏春秋》中包含有多篇關於相術的記載，十二紀、八覽、六論中均記載了相關內容。就其對象而言，主要有相人、相六畜（馬與狗）、相物與相土之分，然總體而言，均是譬喻人事，起到了豐富論證主題的作用。就其學理而言，當相者「神出於忠而應乎心」的時候，相者與人、六畜、物就會實現「兩精相得」，「誠」乃「精氣相通」的保障，而「精氣相通」正是相術得以實現的學理基礎。秦以「牛田」富強，《呂氏春秋》卻沒有專門記載相應的相牛之術，乃是將擅長飯牛、相牛的百里奚作為秦國典範賢臣予以著重補充。《呂氏春秋》將相者視作「文藝之人」，揭示了相學的本質卻沒有走向如荀子一般的反相學道路，體現出博大包容的胸襟，更反映呂不韋本人對團結和利用強秦人才的功利主義意圖，在文化與論戰線上試圖貢獻出行之有效的強秦之策。從相術之學的角度看，「過頤豕視」與不仁人之相之間並沒有對應的依據。「不仁」與「不佞」相通，乃不才之義。《知士》「太子之不仁」與《齊策一》「太子相不仁」應當理解為「太子之不佞」與「太子相不佞」，劋貌辨的相面斷語意指齊閔王太子田辟疆沒

　　* 王晨，男，1995年生，江西南昌人，博士研究生，主要研究方向為經學、出土文獻學與學術思想史。清華大學人文學院出土文獻研究與保護中心，北京100084。

有足夠的才貌配得上繼任齊國國君之位也。敦煌寫本失名相書殘卷 S.3395＋
S.9987B1V 中的「□視，淫，煞夫及長子」中的闕字應當補作「豕」或「豬」。銀雀山
漢簡《相狗方》中的權非面顴，乃臀顴之屬，權與臀屬相近部位而略低於臀，樂從堂
藏銅馬式將權字標注在馬臀尖上具有一定的參考意義。居延新簡《相利善刀劍》白黑
之堅是對《別類》白堅說的補充與發展，「利善器」之說不僅申言劍之鋒利的功用層面，
還強調了劍之於主人的善惡問題。結合《觀表》的對讀材料可以證明北大漢簡《趙正
書》「仁者」與「財」之間存在著對應關係，「仁」與「財」應當如字讀，仁德之人才
可以妥善地面對財富的誘惑。

關鍵詞：相術；「仁」；「佞」；《趙正書》

　　相術作為方術的一種支流，又稱為形法，包含多方面的知識。從文獻關係
上看，《左傳·文西元年》所載內史叔服相公孫敖二子事乃相術記載的濫觴，呂
不韋與編者群共同編撰的《呂氏春秋》則是戰國時期相術記載的總結之作。《呂
氏春秋》中包含有多篇關於相術的記載，就其物件而言，主要有相人、相六畜
（馬與狗）、相物、相土之分。《呂氏春秋》雖有相人、物與相六畜之別，但並
非純粹地記載六畜的知識，而是以相六畜與物為例，以喻相人之事。相人又有
二分：一為相國君，一為相人臣。在相人君的方面，《呂氏春秋》由人君代指國
勢，相人君也就是相國運；在相人臣的方面，《呂氏春秋》旨在勸諭君主應當注
意重視和甄別人才，順應了戰國中後期知識階層興起的潮流，強調了人才之於
國運的重要性。呂書中相術活動的記載豐富了論證主題的說服力與感染力，增
強了敘事的傳奇性，啟發了觀者更深層次的文化思考，最終為司馬遷撰作《太
史公書》的相關內容提供了典範。〔註1〕當然，太史公更多地是借相關內容為其
敘事效果與寫作目的服務，其用灼灼巨筆生動地描繪出秦漢時期相術之於社會
的影響，至於其本人對於相術有正面的著筆，也秉持著懷疑乃至否定的態度，
或借助傳主委婉表達，或在「太史公曰」中直抒胸臆，這一批判精神，顯然受
到《荀子》與《呂氏春秋》的深刻影響。由此，我們詳細地討論《呂氏春秋》
中的相術內容並對其具體意涵加以揭示。

〔註1〕參見梁文麗、李亞丹：《試析〈史記〉中的相面術》，《長江師範學院學報》第 2 期，
　　2015 年，第 67～71 頁。

一、《呂氏春秋》中的四類相術及其具體意涵

　　《呂氏春秋》中的相術信息豐富，形式多樣，主要包括相人之術、相六畜之術、相物之術與相土之術。由於《漢書·藝文志》「數術略」所載與之相關的「相人二十四卷」「相寶刀劍二十卷」「相六畜三十八卷」等均已亡佚，它們的文獻關係無法得到落實。現結合考古及出土文獻資料，如召卣、湖北雲夢睡虎地秦簡甲種《日書》《馬》〔註2〕篇、湖南長沙馬王堆漢墓帛書《相馬經》、安徽阜陽汝陰侯漢簡《相狗經》、山東臨沂銀雀山漢簡《相狗方》、內蒙古額濟納旗居延新簡《相利善刀劍》、臺北樂從堂藏西漢錯銀銘文青銅相馬法式以及敦煌寫本相書中據 CH.87 序前所題標明的以秦末漢初的許負為首等不同時代的 13 人集合撰作的相書以及失名相書殘卷 S.3395＋S.9987B1V 等展開充分的對讀研究：

（一）考圖相人：相人之術

　　《呂氏春秋》中的相人之術分別見載於《季秋紀·知士》《不苟論·貴當》諸篇，《知士》的問題較為複雜，我們留在第二節中詳細討論，這裡先簡要討論一下《貴當》中的相人之術以及與《呂氏春秋》相人之術相關的對讀資料。

　　《呂氏春秋·不苟論·貴當》載：

　　　　荊有善相人者，所言無遺策，聞于國，莊王見而問焉。對曰：
　　　「臣非能相人也，能觀人之友也……」莊王善之，於是疾收士，日
　　　夜不懈，遂霸天下。故賢主之時見文藝之人也，非特具之而已也，
　　　所以就大務也。〔註3〕

　　荊楚之地好巫，有著濃厚的巫史傳統與相術之風。《貴當》的編者選取楚國善相之人來揭示相人之術的本質，其用意是顯明的。《貴當》強調君主之舉措貴在「當」，「為之必繇其道」〔註4〕。其意圖也是功利且明白的，就是將相者視作「文藝之人」而為賢主所用。《呂氏春秋》揭開了相學的本質卻沒有像荀子一般走向反相學的道路，而是認為「夫事無大小，固相與通。田獵馳騁，弋射走狗，賢者非不為也，為之而智日得焉」〔註5〕，體現出博大包容的胸襟，更反映呂不

〔註2〕按：學者對是篇的命名存在著爭議，有《馬》與《馬祺》二說，我們認可依從簡157
　　　簡背的篇題「馬█」定為《馬》。
〔註3〕張雙棣：《呂氏春秋譯注》，北京：北京大學出版社，2011 年，第 738～739 頁。
〔註4〕張雙棣：《呂氏春秋譯注》，北京：北京大學出版社，2011 年，第 738 頁。
〔註5〕張雙棣：《呂氏春秋譯注》，北京：北京大學出版社，2011 年，第 739 頁。

韋本人對團結和利用強秦人才的功利主義意圖。

與《呂氏春秋》相人之術相關的對讀資料主要是敦煌寫本相書中的許負系統相書，黃正建先生、王晶波女史據內容與篇目方面的差異將其分為三類，分別為：第一類（CH.87、P3589V、S.5969）；第二類（P.2572（A））；第三類（P.2797）。5 件寫本雖均殘損但可以拼合完整，凡 35 篇，相關圖示見圖一、二：

圖一　P.3589-1　　　　　　　圖二　P.3589-2〔註6〕

與許負系統相書相關，和《知士》可以對讀的敦煌寫本失名相書殘卷 S.3395＋S.9987B1V 的性質問題，我們在此簡要討論一下。此號與許負系統相書的關係比較複雜，《敦煌學大辭典》的編者、高國藩先生、日本學者菅原信海、法國學者侯錦郎以及黃正建先生從占辭形式及「許負曰」的字樣判定 S.3395＋S.9987B1V 屬於許負系統，鄭炳林、王冀青、張湧泉等諸位先生以及王晶波女史先後對此有過研究，大致判定其屬唐代中期的作品，是在編輯許負相書的基礎上居於許負相書與傳世相書之間的一種過渡形態的相書，〔註7〕我們支持王氏的意見，可以說，從篇目區別、語言形式與占辭格式上看，是號與許負系統相術的差距都是顯明的。

（二）察形象畜：相六畜之術

與相人之術關係最為密切者，當屬相六畜之術。《呂氏春秋》中涉及的相六畜之術主要對象是馬與狗，現分別討論之。在此之前，我們需要解決這裡面存

〔註6〕圖源自王晶波：《敦煌寫本相術研究》，北京：民族出版社，2010 年，第 27～28 頁。
〔註7〕參見王晶波：《敦煌寫本相術研究》，北京：民族出版社，2010 年，第 47～59 頁。

在著的一個問題點，黃煒炬先生在討論《呂氏春秋》與戰國時期秦國農業情況
不合時曾經指出，「如呂書中並沒有提到牛耕，這與秦以「牛田」富強的記載不
相符」〔註8〕。秦以牛力強盛，《呂氏春秋》卻沒有關於相牛的記載，這確實是
頗為令人困惑的。黃文的意見是，呂書中的農學知識與秦國原有農業的實際情
況不合，反映了呂書農業部分的編者群主要來自關東地區，受到稷下之學的影
響，因此在撰作中存在與秦國國情不合的情況。我們認為，黃說有其合理性，
但《呂氏春秋》中有一個特殊現象或許能夠更加有力地解釋這一問題。我們統
計《呂氏春秋》中的歷史人物時可以發現，秦國的著名賢臣百里奚的出現頻率
尤其之高，在十二紀（《孟夏紀·尊師》）、八覽（《孝行覽·順人》《審分覽·知
度》）、六論（《不苟論·不苟》《似順論·處方》）中均有百里奚的身影。百里奚
當然是秦國發展史上的一位重要賢臣，但何以成為呂書三部分都濃墨重彩地提
及的歷史人物。實際上，與其他賢臣不同，百里奚擅長飯牛、相牛，這是他能
夠從一般賢臣中脫穎而出，成為秦國典範賢臣的要點。百里奚除去擅長飯牛、
相牛外，還是《相牛經》傳授世系中的重要人物，《世說新語·汰侈》劉孝標
《注》引《相牛經》曰：

> 《牛經》出寧戚，<u>傳百里奚</u>，漢世河西薛公得其書，以相牛，千
>
> 百不失。〔註9〕

由此可知，秦以「牛田」富強，《呂氏春秋》卻沒有專門記載相應的相牛之
術，乃是將擅長飯牛、相牛的百里奚作為典範賢臣予以補充。

1. 相馬之術

《呂氏春秋》中的相馬術見載於《季秋紀·精通》《恃君覽·觀表》諸篇。
《呂氏春秋·季秋紀·精通》載：

> 伯樂學相馬，所見無非馬者，誠乎馬也。〔註10〕

《精通》以相馬為喻，陳說伯樂「誠乎馬」正是為了勸諫秦王應當如聖王
一般「精通乎民」〔註11〕，這樣才會讓天下咸服。這也反映出《精通》的編者對

〔註8〕黃煒炬：《〈呂氏春秋〉「〈上農〉四篇」來源新解》，《農業考古》第3期，2021年，
　　　第212頁。
〔註9〕徐震堮校箋：《世說新語校箋》，北京：中華書局，1984年，第471頁。
〔註10〕張雙棣：《呂氏春秋譯注》，北京：北京大學出版社，2011年，第218頁。
〔註11〕張雙棣：《呂氏春秋譯注》，北京：北京大學出版社，2011年，第217頁。

相六畜與相物之術的認識：當相者「神出於忠而應乎心」〔註12〕的時候，人與六畜、物就會實現「兩精相得」〔註13〕。

又《呂氏春秋・恃君覽・觀表》載：

> 古之善相馬者：寒風是（按：或本作「氏」）相口齒，麻朝相頰，子女厲相目，衛忌相髭（原作「髯」，據《二十二子本》改〔註14〕），許鄙相尻，投伐褐相胸脅，管青相唇（按：眾本作「膹」，蔣維喬等校作「唇」，可從）肳，陳悲相股腳，秦牙相前，贊君相後。凡此十人者，皆天下之良工也。（按：《二十二子》本下有「若趙之王良，秦之伯樂、九方堙，尤盡其妙矣」十七字，〔註15〕舊本皆無）其所以相者不同，見馬之一徵也，而知節之高卑、足之滑易、材之堅脆、能之長短。非獨相馬然也，人亦有徵，事與國皆有徵。聖人上知千歲，下知千歲，非意之也，蓋有自云也。綠圖幡薄，從此生矣。〔註16〕

與《觀表》記載的先秦諸家相馬技術可以對讀的西漢武帝時期（西元前140年～西元前86年）青銅馬模型（「銅馬式」或「銅馬法」）甚多，但詳盡地標明馬體各個部位的名稱者僅見此例。據董珊先生的介紹，臺北樂從堂藏西漢錯銀銘文青銅相馬法式「從功用上來說，這並不是普通的銅馬，而是一件表現良馬標準的相馬模型」「出土的漢代青銅馬，有學者認為其中製作精良的也是馬式。但舊所謂的那些馬式實物，都沒有標示馬體部位名稱的銘文，〔註17〕很難說是馬式。目前僅見樂從堂這件銅馬有銘文，是確切無疑的相馬法式。這些銘文，對研究歷代相馬術有重要的意義」〔註18〕，見圖一、二、三。可以說，無論是從形體、功用還是學理上看，是座四足站立狀的銅馬式都是

〔註12〕張雙棣：《呂氏春秋譯注》，北京：北京大學出版社，2011年，第218頁。

〔註13〕張雙棣：《呂氏春秋譯注》，北京：北京大學出版社，2011年，第218頁。

〔註14〕參見俞林波：《元刊呂氏春秋校訂》，南京：鳳凰出版社，2016年，第338頁註腳2。

〔註15〕參見俞林波：《元刊呂氏春秋校訂》，南京：鳳凰出版社，2016年，第338頁註腳3。

〔註16〕張雙棣：《呂氏春秋譯注》，北京：北京大學出版社，2011年，第638～639頁。

〔註17〕相關研究如顧鐵符：《奔馬・「襲烏」・馬式——試論武威奔馬的科學價值》，《考古與文物》第2期，1982年。胡平生：《「馬踏飛鳥」是相馬法式》，《文物》第6期，1989年。

〔註18〕董珊：《樂從堂藏銅馬式考》，載氏著：《秦漢銘刻叢考》，上海：上海古籍出版社，2020年，第202～203頁。

我們對讀理解《呂氏春秋》所涉相馬之術的完美標準。當然，從美術史的角度看，我們應該注意到銅馬式受到了武帝引進西域天馬的審美影響，董珊先生業已揭示出事則銅馬有著大宛馬「肉羨之髻」（馬頭頂部多餘之肉隆起如髮髻狀）的典型的藝術特徵，與戰國時期良馬的典型形象，如湖北棗陽九連墩M2 出土戰國楚銅馬（M2：W305）、河北邯鄲趙王陵出土的三件戰國時期趙國銅馬以及秦始皇陵一號銅車馬等，二者之間顯然存在著一定的差異，我們應當注意剔除這一部分的影響。

圖一　銅馬式彩版

圖二　銅馬式頭部右側圖摹本　　　圖三　銅馬式頭部前視圖摹本〔註19〕

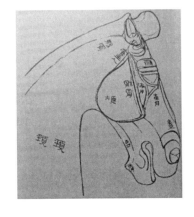　　

　　與相馬之術相關的出土文獻還有召卣、馬王堆漢墓帛書《相馬經》和雲夢秦簡甲種《日書》《馬》篇。召卣銘文載：

甲午，伯懋父賜召白馬，每黃、發散（徽），用𠹛不杯。（《集成》
5416）

───────────────
〔註19〕圖源自董珊：《樂從堂藏銅馬式考》，載氏著：《秦漢銘刻叢考》，上海：上海古籍出版社，2020 年，第 204～205 頁及彩版一。

陳夢家先生已經指出，「每黃、髮攸（黴）」是修飾白馬的，形容白馬的黃拇、斑髮。〔註20〕伯懋父賞賜賜給召的白馬一定是良馬，而拇與髮顯然是相馬者所關心的。以《觀表》觀之，陳悲與衛忌分別繼承了這兩個馬體部位的觀察經驗並予以了系統化與理論化。

《相馬經》全文賦體，五千言，可以劃分為「經」「傳」「故訓」三層。《相馬經》判斷良馬的根據主要是馬眼睛及周圍的眉睫、骨肉、筋脈，董珊先生認為從《觀表》可知，《相馬經》應當屬於以馬目為主要依據的「子女厲」一派，可從。而十位相馬的良工徵相雖異，良馬與劣馬整體的判斷標準卻是一致的，即「節之高卑，足之滑易，材之堅脆，能之長短」〔註21〕。其判斷標準又可與雲夢秦簡甲種《日書》《馬》篇的禖祝之辭合觀，其文曰：

令其口者（嗜）□，□=者（嗜）歙（飲），律律弗□自□，弗毆（驅）自出，令其鼻能糗（嗅）鄉（香），令耳悤（聰）目明，令【158背／反】頸為身衡，勒（脊）為身剛，胠（胠）為身【張】，尾善毆（驅）□，腹為百草囊，四足善行。〔註22〕

從《觀表》所載相馬之術的十大流派所依據的馬體部位（「馬之一徵」〔註23〕），對應銅馬式所標注的馬體部位來看。銅馬式共標注有 38 處（除去重複，凡 72 處）具體的部位，似遠比《觀表》所載豐富，但《相馬經》對於馬眼睛及周圍的眉睫、骨肉、筋脈的細緻描述，又提醒著我們不能將二者作簡單地對比。職是之故，我們以樂從堂藏西漢錯銀銘文青銅相馬法式為基礎，在其基礎上標明《觀表》所載十家相馬流派的信息，以線描圖配合標注的形式呈現出對應關係，以供學界參考。

《觀表》十家中，秦牙與贊君的相法較為籠統，「秦牙相前」與「贊君相後」所主要對應的馬的前後肢部位究竟為何，銅馬式的「中身」提供了一條具象化的線索。馬之「中身」，又名「身中」，乃與前後相對者，即馬援《上銅馬錶》言及其參考過的名家相馬法「丁氏身中」〔註24〕。銅馬式中有「〉」形刻劃線，

〔註20〕參見陳夢家：《西周銅器斷代》北京：中華書局，2004 年，第 32 頁。
〔註21〕張雙棣：《呂氏春秋譯注》，北京：北京大學出版社，2011 年，第 639 頁。
〔註22〕彭浩、劉樂賢等撰著：《秦簡牘合集（二）》，武漢：武漢大學出版社，2016 年，第474 頁。
〔註23〕張雙棣：《呂氏春秋譯注》，北京：北京大學出版社，2011 年，第 639 頁。
〔註24〕（南朝宋）范曄：《後漢書》，北京：中華書局，1965 年，第 840 頁。

上段起於馬頸、肩、背的分界處，下端起於馬肘腋之間，此前後所對應的部位應該就是在這兩線所劃定的範圍內。

2. 相狗之術

商周時期，犬在社會生活中就已經佔據了重要的地位，卜辭中更記載了與犬相應的犬官，相關材料如：

王叀殼〔註25〕（邠）犬比，亡災。

王叀盖（祥）犬比，亡災。

王叀洸（率）犬比，亡災。

王叀𠙴（祝？）犬比，亡災。（《屯南》4586＋106，〔註26〕無名組）

陳絜先生介紹道：「犬官是一種比較特殊的職，他們需要熟悉田獵區周邊的環境與道路交通等情況，所以田獵區附近的土著，往往是犬官的最佳人選。」〔註27〕可以想見，良犬是犬官得名的依據，也是犬官履行其職務的必要保障。《周禮·犬人》的下轄人員就包含有「相犬者」。與此相關，《呂氏春秋》中的相狗術見於《士容論·士容》，《士容》記載的相狗者以善於田獵之犬為「良狗」，而以看家護院，捕捉鼠類為平凡之狗，可見歷史作用之孑餘也。

《呂氏春秋·士容論·士容》載：

> 齊有善相狗者，其鄰假以買取鼠之狗（按：一本作「其鄰借之買鼠狗」），期年乃得之，曰：「是良狗也。」其鄰畜之數年，而不取鼠，以告相者。相者曰：「此良狗也。其志在獐麋豕鹿，不在鼠。欲其取鼠也則桎之。」其鄰桎其後足，狗乃取鼠（按：一本作「狗則取鼠矣」）。夫驥驁之氣，鴻鵠之志，有諭乎人心者，誠也。人亦然。誠有之則神應乎人矣，言豈足以諭之哉？此謂不言之言也。〔註28〕

《士容》雖以相狗為喻，其背後的理論系統卻與《精通》一致，「有諭乎人心者，誠也」「誠有之則神應乎人矣」〔註29〕，此「誠」顯然與《精通》所強調

〔註25〕按：陳絜先生原釋此字為「索」，後乙正。參見陳絜、田秋棉：《卜辭「龜」地與武丁時期的王室田獵區》，《故宮博物院院刊》第 1 期，2018 年，第 18 頁。

〔註26〕參見王旭東：《甲骨試綴一則》，先秦史研究室網，2018 年 5 月 21 日。

〔註27〕陳絜：《滕州所出妊爵在商周地理研究中的意義》，《出土文獻與中國古代史》第一輯，上海：中西書局，2021 年，第 53 頁。

〔註28〕張雙棣：《呂氏春秋譯注》，北京：北京大學出版社，2011 年，第 768 頁。

〔註29〕張雙棣：《呂氏春秋譯注》，北京：北京大學出版社，2011 年，第 768 頁。

的「忠」相應，「誠」乃「精氣相通」的保障，而「精氣相通」正是相術得以實現的學理基礎。由此可見，《呂氏春秋》中相六畜之法雖有相馬與相狗之別，然其實質顯然是一致的。

與相狗之術相關的出土文獻有阜陽漢簡《相狗經》與銀雀山漢簡《相狗方》，遺憾前者未能公佈。後者殘損較為嚴重，從殘存的文字看，《相狗方》所相者顯然是用於田獵的良犬，如「筮（噬）禽五步外」〔註 30〕，顯然與《士容》論及的物件一致。而相馬之術與相狗之術的判斷標準與相術術語顯然有一致與差異處，可以展開對讀，例如《相狗方》載：

> 相狗方：肩□間參辦者，及大禽；二者，及中禽。臀四寸，及大禽；三寸，及中【2144】禽。權（顴）間四寸，及大禽；深四寸，及大禽。卻（腳）橈高結寸半，及大禽。騶長三【2145】寸，及大禽，騶下欲生毛。凡相狗，卻（腳）高於厀（膝），尻高於肩。〔註 31〕

從相學術語看，董珊先生曾排布過樂從堂藏銅馬式銘文與《齊民要術》、帛書《相馬經》、《觀表》字形與術語對照表，我們將相關部分援引改作於下：

樂從堂藏銅馬式銘文與《齊民要術》、帛書《相馬經》、《觀表》字形與術語對照表

銅馬式銘文的隸定	權	
銅馬式銘文原字形		
《齊民要術》相馬術語	臀	
《呂氏春秋・恃君覽・觀表》相馬術語	脽（尻）	

據是表可知，相馬術語權、臀、尻三個術語可以代指同一個馬體部位。《相狗方》則同時包含權、臀、尻三個相狗術語，銀雀山漢簡整理小組直接將權讀作「顴」，並沒有說清此顴為面顴還是臀顴，很容易造成誤讀。一般而言，頄為面顴，而顴可指代面顴與臀顴二者。從《相狗方》以肩、臀、權、腳、騶〔註 32〕五者作為衡量大、中禽之標準看來，臀與權有別，權似指面顴無疑。但從狗的

〔註 30〕銀雀山漢墓竹簡整理小組編：《銀雀山漢墓竹簡（二）》，北京：文物出版社，2010 年，第 253 頁。

〔註 31〕銀雀山漢墓竹簡整理小組編：《銀雀山漢墓竹簡（二）》，北京：文物出版社，2010 年，第 253 頁。

〔註 32〕按：「騶」，銀雀山漢簡整理小組的意見是疑「騶」為「豚（启）」或「州」，疑辭未定也。銀雀山漢墓竹簡整理小組編：《銀雀山漢墓竹簡（二）》，北京：文物出版社，2010 年，第 253 頁。

四個部位的高低順序看來，整體卻呈現出遞減關係，肩高於臀，臀高於權，權高於腳，權又似乎不能指代面顴。我們認為這說明《相狗方》中的權非面顴，乃臀顴之屬，權與臀屬相近部位而略低於臀，樂從堂藏銅馬式將權字標注在馬臀尖上具有一定的參考意義。

（三）省圖相物：相物之術

《左傳·成公十三年》載：「國之大事，在祀與戎。」〔註33〕劍，既是重要的兵器，也是重要的禮器。無論是戰爭還是賞賜時，寶劍均為時人所珍視，自然也會催生相應的良工巧匠與相物人才。《呂氏春秋》中的相物之術見載於《慎行覽·疑似》《似順論·別類》諸篇，均是指相劍之術。

《呂氏春秋·慎行覽·疑似》載：

> 使人大迷惑者，必物之相似（按：「似」下，許維遹《呂氏春秋集釋》曰疑當有「者」字，於義為勝〔註34〕）也。玉人之所患，患石之似玉者；<u>相劍者之所患，患劍之似吳干者</u>；賢主之所患，患人之博聞辯言而似通者。亡國之主似智，亡國之臣似忠。相似之物，此愚者之所大惑，而聖人之所加慮也。故墨子見歧（按：「歧」，畢本作「岐」，據《二十二子》本改。陳昌齊《呂氏春秋正誤》曰：「『墨子』下當是脫『見練絲而泣之，為其可以黃可以黑；楊子』十六字，而又以『為其可以南可以北』八字混入注內。」可備一說〔註35〕）道而哭之。〔註36〕

《疑似》並沒有直接討論相劍之術，而是強調了面對「疑似之跡」時需要「察之必於其人」「知之審」〔註37〕。與相六畜之術類似，《疑似》以相物之疑似為例，以喻相人忠奸之事。

又《呂氏春秋·似順論·別類》載：

> 相（按：一本作「持」）劍者曰：「<u>白所以為堅也，黃所以為牣</u><u>也，黃白雜則堅且牣，良劍也。</u>」難者曰：「白所以為不牣也，黃所

〔註33〕（清）阮元：《十三經注疏·春秋左氏傳注疏》，北京：中華書局，2009年，第4149頁。
〔註34〕參見俞林波：《元刊呂氏春秋校訂》，南京：鳳凰出版社，2016年，第355頁註腳6。
〔註35〕參見俞林波：《元刊呂氏春秋校訂》，南京：鳳凰出版社，2016年，第356頁註腳2。
〔註36〕張雙棣：《呂氏春秋譯注》，北京：北京大學出版社，2011年，第676頁。
〔註37〕張雙棣：《呂氏春秋譯注》，北京：北京大學出版社，2011年，第676~677頁。

以為不堅也，黃白雜則不堅且不物也。又柔則錈，堅則折。劍折且

錈，焉得為利劍？」劍之情未革而或以為良、或以為惡，說使之也。

故有以聰明聽說則妄說者止，無以聰明聽說則堯、桀無別矣。此忠

臣之所患也，賢者之所以廢也。〔註38〕

《別類》直接討論相劍者所關心的白黃堅韌，即顏色與材料配比問題，以相劍者與難者的議論合觀，同樣是以相劍之術以喻人事，強調君主應當具備「聰明」的素質，以通乎「大智」「大理」，充滿著邏輯思辨的旨趣。

與相劍之術相關的出土文獻有居延新簡《相利善刀劍》，《相刀劍》共有六支簡，鍾少異《古相劍術芻議》從相劍之語的方式角度討論了《相刀劍》與《別類》在句法結構上的一致性。可與《別類》對讀者乃破城子探方四十 EP・T40：202、EP・T40：203 與 EP・T40：204，現將簡文迻錄於下：

……視欲知利善者必視之身中有兩黑桁不絕者

其鋒如不見視<u>白堅</u>未至鋒三分所而絕，此天下利善劍也……

……視<u>白堅</u>隨鐅（鋒）上者，及推處<u>白</u>、黑分明者……〔註39〕

與《別類》白堅黃韌的說法有同有異，《相刀劍》強調白堅，卻也提出了黑堅的問題。可以說，居延新簡《相刀劍》白黑之堅是對《別類》白堅說的補充與發展，「利善器」之說不僅申言劍之鋒鈍的功用層面，還強調了劍之於主人的善惡問題。《甘肅秦漢簡牘集釋》在集解三中指出：「黑，鋼鐵淬火之色……陳力《〈居延新簡〉相利善刀劍諸簡選釋》，本簡中的『黑』，就是指刀劍表面呈現黑色的部分。《呂覽》中及本文所論諸簡中的『黑』和『白堅』，都是在白煉鋼刀劍的製作過程，將坯鐵反復折疊鍛打後自然形成的紋樣。」「白煉鋼刀劍表面較白的鍛層，故稱之為『白堅』」〔註40〕何茂活先生認為：「『堅』……是由形容詞轉化來的名詞，指的是劍身中不同的金屬層次，堅硬的、顏色白亮的高碳鋼稱為白堅，柔韌的、顏色暗黑的低碳鋼稱為黑堅。」〔註41〕

（四）相土之宜：相土之術

除去以上三大類之外，《呂氏春秋》中的相術還包含有與農業相關的內容，

〔註38〕張雙棣：《呂氏春秋譯注》，北京：北京大學出版社，2011 年，第 746～747 頁。

〔註39〕楊眉著：《居延新簡集釋二》，蘭州：甘肅文化出版社，2016 年，第 22 頁。

〔註40〕楊眉著：《居延新簡集釋二》，蘭州：甘肅文化出版社，2016 年，第 330～331 頁。

〔註41〕何茂活：《居延漢簡〈相劍刀〉冊釋讀析疑》，《簡牘學研究》第五輯，2021 年，第 91～92 頁。

此即相土之術，主要見載於十二紀，以及《上農》等四篇中。《漢書‧藝文志》「雜占類」中載有「《神農教田相土耕種》十四卷」等近似的作品，由於相關對讀的文獻已經散佚殆盡，我們對呂書所涉這一部分相術內容不作過多的討論。

總結完《呂氏春秋》所涉四類相術內容，回顧前文，與《荀子》闢出專章《非相》申論反相術理論相對，《呂氏春秋》不僅包含有豐富的相術內容，而且將這些精神性知識〔註42〕均勻地分佈在十二紀、八覽、六論之中，似有與《荀子》之說相頡頏的意味。因此，從文獻編撰的比較與相術內容的加工角度看，可以更好地理解司馬遷對呂不韋創作《呂氏春秋》動機的解釋，《史記‧呂不韋列傳》載：

> 當是時，魏有信陵君，楚有春申君，趙有平原君，齊有孟嘗君，皆下士喜賓客以相傾。呂不韋以秦之彊，羞不如，亦招致士，厚遇之，至食客三千人。<u>是時諸侯多辯士，如荀卿之徒，著書布天下。呂不韋乃使其客人人著所聞，集論以為八覽、六論、十二紀，二十餘萬言。</u>以為備天地萬物古今之事，號曰《呂氏春秋》。布咸陽市門，懸千金其上，延諸侯游士賓客有能增損一字者予千金。〔註43〕

荀子批判相人之術，為的是建立起新的相人標準。誠如姚海濤先生所總結的那樣，相形不如論心、擇術，以禮義對應德性，以法度對應才能，從這兩個標準出發，以此選拔出德才兼備之人。〔註44〕《呂氏春秋》則兼採諸說，既包含有豐富的相術知識與相法實例，也有專文論及君主識人、論人之法，如《季春紀》中的《論人》篇就記載了「反諸己」以「求諸人」的論人之法，對內則用「六戚四隱」，對外則用「八觀六驗」。相關篇章又如《仲秋紀‧簡選》《慎行覽‧求人》，可以發現，在這些篇目中，全無相術的色彩與氣息，尤其是在《不苟論‧貴當》中，更是鑿破鴻蒙般地指出「臣非能相人也，能觀人之友也」〔註45〕，揭示了相人之術的本質卻又不反對相術。從思想史的角度看，這反映出《呂氏春秋》既保留了傳統數術的資料作為論證的依據，又注意釐清

〔註42〕「精神性知識」的說法參見葛兆光：《中國思想史》第一卷，上海：復旦大學出版社，2015年，第68頁。
〔註43〕（漢）司馬遷著：《史記》，北京：中華書局，1982年，第2510頁。
〔註44〕參見姚海濤：《荀子對數術的系統批判——以占卜、相術、厭劾祠禳為中心》，《周易研究》第1期，2020年，第84～86頁。
〔註45〕張雙棣：《呂氏春秋譯注》，北京：北京大學出版社，2011年，第738頁。

鬼事與人道，其關於人才鑒別與選拔的思想正是對荀子等諸家的批判繼承與發展，而又有著更為全面、客觀、具體而又可操作的特點。究其本質，乃是呂不韋與荀子的立論立場決定的，荀子反相學，更多地是基於學理的考量；呂不韋包容相學，乃是為了團結與利用一切有助於強秦的力量。與其說呂不韋是為了與荀子之徒爭奪名望，更不如說是呂不韋在文化輿論戰線上試圖貢獻行之有效的強秦之策。

春秋以降，秦國醫學與醫術在諸國之中一直處於領先地位，秦地的醫學名家輩出，《呂氏春秋》對相術之學的重視與秦國對醫學的重視殊途同歸，密不可分，都體現出了對功利主義的實用之學推崇備至的態度，〔註46〕具有重要的科技史意義。實際上，醫學與相學本就同源卻目的各異，而醫術就是以健康為目的的科學化的相人、六畜之術也。

二、由相面術談及《知士》中的「仁」「佞」相通之例

總結完《呂氏春秋》中的相術類型及其具體作用後，我們再檢討一下其中一則涉及相面術的案例，可以發現前賢時彥對此相術實例存在著誤讀。

《呂氏春秋・季秋紀・知士》載：

> 靜郭君善劑貌辨……數年，威王薨，宣王立，靜郭君之交，大不善於宣王，辭而之薛，與劑貌辨俱。留無幾何，劑貌辨辭而行，請見宣王。靜郭君曰：「王之不說嬰也甚，公往，必得死焉。」劑貌辨曰：「固非求生也。」請必行，靜郭君不能止。劑貌辨行，至於齊，宣王聞之，藏怒以待之。劑貌辨見，宣王曰：「子靜郭君之所聽愛也？」劑貌辨答曰：「愛則有之，聽則無有。王方為太子之時，辨謂靜郭君曰：『太子之不仁，過頤涿視，若是者倍反。不若革太子，更立衛姬嬰兒校師。』靜郭君泫（按：舊校言一作「泣」，《齊策一》、《太平御覽》卷 368 同，《永樂大典》卷 13453 誤作「沆」，馮振先生以「泫而」連讀，以「泫」為是，彭鐸、王利器、蕭旭先生均從之〔註47〕）而曰：『不可，吾不忍為也。』且靜郭君聽辨而為之也，必無今日之患也，此為一也。至於薛，昭陽請以數倍

〔註46〕此承方韜先生惠示寶貴的指導意見，謹致謝忱！

〔註47〕參見蕭旭：《〈呂氏春去〉校補》，新北：花木蘭出版社，2016 年，第 147 頁。

之地易薛，辨又曰：『必聽之。』靜郭君曰：『受薛于先王，雖惡于後王，吾獨謂先王何乎？且先王之廟在薛，吾豈可以先王之廟予楚乎？』又不肯聽辨，此為二也。」宣王太息，動於顏色，曰：「靜郭君之於寡人一至此乎！寡人少，殊不知此。客肯為寡人少來靜郭君乎？」劑貌辨答曰：「敬諾。」〔註48〕

　　從相術的實質看，誠如陳筱芳先生在《春秋相術與相術預言》一文中所論及的相術中的具體分支，「相面預言」問題時就指出：「春秋預言者不是宗教『先知』，而是世俗的智者，數政治地位是世襲貴族，比才學乃同輩的佼佼者，論經驗有家教和親歷的雙重積累。對於多數預言者而言，他們的認知結構中不僅有傳統的宗教觀念，也有對社會知識、政治經驗、人際關係乃至社會發展規律的自覺或不自覺的把握。因而，儘管春秋預言大多籠罩在宗教信仰的氛圍中，但是，預言者在發出預言的時候，不是靠與神交流來預見未來，而是憑藉知識、經驗和智慧。」〔註48〕劑貌辨正是依據人體特徵的徵兆預測物件之吉凶禍福、善惡臧否、窮通興衰、壽夭安危，可以說，「儘管中國古代的『相術』具有迷信成份，但是也不可否認它反映了古人對於複雜事物的一種樸素的認識，也反映出我們民族注重直覺體驗的傳統思維方式，反應了當時條件下古人從人的五官、骨相、聲音、體態等表像認知人本質的經驗總結」〔註50〕。至於齊宣公的具體面相，所謂「過䫙豕視」云云，又見於《戰國策‧齊策一》：

　　　　辨謂靖郭君曰：「太子相不仁，過頤豕視，若是者信〈倍〉反。

　　不若廢太子，更立衛姬嬰兒郊師。」〔註51〕

　　高誘《注》以為應從《知士》如字讀，原文當句讀為「過頤豕，視若是者倍反」，意為「太子不仁甚于頤豕，視如此者倍反，不循道理也」〔註52〕。許維遹、陳奇猷先生均非之，以為曲說，但陳奇猷先生誤解了高誘《注》，「不仁之人」非人名也，陳說的批評未得彼義。朱永嘉、蕭木先生繼承了清代學者劉辰翁的觀點，認為當以《齊策一》為是，「過頤，即所謂『耳後見腮』，下巴後跟

〔註48〕張雙棣：《呂氏春秋譯注》，北京：北京大學出版社，2011 年，第 209～210 頁。
〔註48〕陳筱芳：《春秋相術與相術預言》，《西南民族大學學報（人文社科版）》第 9 期，2009 年，第 212 頁。
〔註50〕史少博：《探析中國古代「相面術」的人臉認知》，《社會科學論壇（學術研究卷）》第 8 期，2009 年，第 19 頁。
〔註51〕何建章注釋：《戰國策注釋》，北京：中華書局，1990 年，第 302 頁。
〔註52〕俞林波：《元刊呂氏春秋校訂》，南京：鳳凰出版社，2016 年，第 119 頁。

長過於耳。豕視，即相術家所說的『下邪偷視』，目光斜而下視。有此種異相的人，古時被看作為人不仁」〔註53〕，朱起鳳先生《辭通》亦同是說。宋華強先生則認為《齊策一》「頤」為「䞓」之誤字，又以「頤豕」連讀，蕭旭先生已駁其非，可從。實際上，檢討諸說，並沒有充分的證據證明此面相與不仁之間有何種關係，而清代學者畢沅已經指出古注訓「顁涿」為不仁之人未知何據，方以智《通雅》、王紹蘭雖均有新說，迂曲難從。何建章先生將「過頤豕視」解釋為「面頰過長，眼神不正」之義，「是俗鄙怪誕之象，不是尊貴高雅之象。」〔註54〕蕭旭先生在繼承譚戒甫先生之說的基礎上認為「顁」與「頤」（有一種寫法作「𩔞」）為訛文關係，「過頤」即是「咼頤」，正字作「𩕳頤」，俗作「歪頤」，乃歪下巴之義。〔註55〕蕭旭先生揭示出劉辰翁之說源自宋人俗語「腦後見腮」，然歪下巴與劉說「耳後見腮」、宋人俗語「腦後見腮」的關係究竟如何，蕭說並無根據。從用字習慣上看，「頤」，銅馬式寫作「台」，馬王堆帛書《相馬經》又寫作「𦣞」，即「𦣞」，與「頰」相對。至於「豕視」，從早期文獻《周禮·庖人》《禮記·內則》《孔叢子·執節》的引文看，均是目光朦朧遠視特點，從目相上看均是不正之義，但並不能與不仁產生聯繫。值得一提的是，用動物的形象與特點來比附人體進行相術學的判斷有助於我們正確地彌補文獻中的闕文。唐白居易《白氏六帖》卷31始載「豕視淫」，唐張鷟《朝野僉載》卷1載「准相書，豬視者淫」〔註56〕，則敦煌寫本失名相書殘卷S.3395＋S.9987B1V中的「□視，淫，煞夫及長子」中的闕字，王晶波女史未曾給出補文的意見，〔註57〕我們據此可知應當補作「豕」或「豬」。

總結諸說，劉辰翁與何氏最為近理，但在「過頤」問題上依然存在著分歧，「頤」既有下頷之義，〔註58〕也有口車輔之義，「過顁涿視」明確包含目相，可能包含耳相及面下之相。蕭旭先生何氏的引申雖然有自己的發揮，但也很準確地說明了齊宣王田辟疆的相貌並非相學意義上與「仁人」相對的不仁之人。

〔註53〕 朱永嘉等：《新譯呂氏春秋》，臺北：三民書店，1995年，第293頁。
〔註54〕 何建章注釋：《戰國策注釋》，北京：中華書局，1990年，第304頁。
〔註55〕 參見蕭旭：《〈呂氏春去〉校補》，新北：花木蘭出版社，2016年，第146頁。
〔註56〕 諸說轉引自蕭旭：《〈呂氏春去〉校補》，新北：花木蘭出版社，2016年，第147頁。
〔註57〕 參見王晶波：《敦煌寫本相術研究》，北京：民族出版社，2010年，第392頁。
〔註58〕 按：董珊先生據《方言》認為「頤」「頷」「顁」三字皆指下頷。參見董珊：《樂從堂藏銅馬式考》，載氏著：《秦漢銘刻叢考》，上海：上海古籍出版社，2020年，第213頁。

所謂不仁之人的圖像，如《左傳·文西元年》從容貌與音聲的角度記載了「忍人」楚成王太子商臣具體的相貌與音聲，「蜂目而豺聲」〔註59〕。又如太史公《史記·秦始皇本紀》也借尉繚之口從形貌、音色的角度描述了秦王政之象，「秦王為人，蜂准，長目，摯鳥膺，豺聲，少恩而虎狼心」〔註60〕。可以說，從傳統相學的角度看，齊宣王的面相算不上殘忍不仁，而是俗鄙怪誕，沒有人君應有的形貌氣象。

值得注意的是，從劑貌辨補充論述「倍反」的角度看，太子田辟疆「不仁」之像導致的結果恰可與古書中「不仁（佞）」所對應的言行的記載合觀，如《晏子春秋·內篇諫上第一》載：

> 公使韓子休追之，曰：「孤不仁，不能順教，以至於極。夫子休
> 國焉而往，寡人將從而後。」〔註61〕

《晏子春秋·內篇諫下第二》載：

> 妾父不仁，不聞令，醉而犯之。〔註62〕

這裡的「不仁」對應的均為觸犯、違反之義，其所形容的言行恰與「倍反」義所指契合。陳奇猷先生將「倍反」理解為「背叛」，二者為古今字的關係，言劑貌辨之意為齊閔王田地將背靜郭君不革太子、更立校師之恩。〔註63〕然陳說轉換主語，寔難信從，從《太平御覽》卷368的引文「若是法背父」可知，「倍反」的主語應當還是齊宣公。譚戒甫、王利器借鑒王引之《經傳釋詞》，均以《齊策一》「信反」為「倍反」之訛文，可從。至於「仁」義，劉樂賢先生則系統梳理過清代學者于鬯、孫詒讓等諸位學者的意見，指出這裡的「仁」均當通作「佞」，〔註64〕「不仁」即「不佞」，不才者也。因此，《知士》與《齊策一》中的「仁」均與「佞」相通，「太子之不仁」與「太子相不仁」應當理解為「太子之不佞」與「太子相不佞」，劑貌辨的相面斷語意指太子田辟疆沒有足夠的才貌配得上繼任齊國國君之位也。或有學者從歷史建樹與評價的角

〔註59〕（清）阮元校刻：《十三經注疏》，北京：中華書局，2009年，第3988頁。

〔註60〕（漢）司馬遷著：《史記》，北京：中華書局，1982年，第230頁。

〔註61〕張純一：《晏子春秋校注》，北京：中華書局，2014年，第22～23頁。

〔註62〕張純一：《晏子春秋校注》，北京：中華書局，2014年，第72頁。

〔註63〕參見陳奇猷：《呂氏春秋新校釋》，上海：上海古籍出版社，2002年，第501頁。

〔註64〕劉樂賢：《由「仁」「佞」相通說到〈趙正書〉的一處簡文》，《出土文獻與中國古代史》第一輯，上海：中西書局，2021年，第331～332頁。

度反駁這樣的理解，認為齊宣王繼承了齊國自齊威王以來在東方六國中的強勢地位，使田齊進入了歷史上的又一個強盛時期。在文化建設上，尤其是戰國時期諸子百家爭鳴的思想文化中心——稷下學宮，在齊宣王時期得到了擴置，「齊稷下學士復盛，且數百千人」〔註65〕，可以說，無論是文治還是武功上均有所建樹，怎麼算得上是「無佞（才）」呢？但是，據《列女傳》的記載可知，齊宣王即位初期，齊國的國內外形勢堪稱極為嚴峻，有「四殆」之危，〔註66〕他卻貪圖安逸，不思進取，乃是聽從齊國無鹽邑的賢醜之女鍾離春的諫言轉而勤奮治國，遂使齊國大治。從這個層面看，劑貌辨對齊宣公「不佞」的面相斷言應當是極為準確的。

三、兼論：《趙正書》中的「仁者」與「財」之關係平議

討論完《知士》中的「仁」「佞」相通之例，澄清了是則相術的疑義之後，我們再來看一下與此相關的一則簡文，在北大漢簡《趙正書》中記載了《呂氏春秋》的編者李斯〔註67〕對秦王政的進言：

臣聞**不仁者有所盡其財**，毋勇者有所盡其死。〔註68〕

整理者及大部分學者都認同簡文中「仁者」當如字讀，但劉樂賢先生認為傳世文獻如《大學》中雖然有「仁者」不重視錢財的論述，但「不仁者」與貪財特性的對接並不緊密。細繹文意，「仁者」與「財」的關係並沒有「勇者」與「死」的關係密切，不構成強烈對比的關係。故「財」應讀為「才」或「財」，「仁者」應該讀為「佞者」，相對而言，「佞者」與「才」或「財」的關係更為緊密。如此解讀，「可以使『不仁（佞）者有所盡其財（才）』與『毋勇者有所盡其死』兩個並列句的共同點及對仗關係得以更為清晰地呈現出來」〔註69〕。劉先生的討論確實頗有理致，但劉文在討論「仁者」與「財」之關係時顯然忽

〔註65〕（漢）司馬遷著：《史記》，北京：中華書局，1982年，第1895頁。

〔註66〕參見（清）王圓照：《列女傳補注》，上海：華東師範大學出版社，2012年，第260～261頁。

〔註67〕參見拙著：《〈呂氏春秋〉編者探賾：對李斯參與編撰〈呂氏春秋〉問題的考察》（未刊稿）

〔註68〕北京大學出土文獻研究所：《北京大學藏西漢竹書（三）》，上海：上海古籍出版社，2015年，第190頁。

〔註69〕參見劉樂賢：《由「仁」「佞」相通說到〈趙正書〉的一處簡文》，《出土文獻與中國古代史》第一輯，上海：中西書局，2021年，第335頁。

略了全面地檢索先秦文獻中關於二者關係的資料,尤其是在作者問題上有密切關係的直接書證。

《呂氏春秋》的《恃君覽》八篇主要論述為君之道,其《觀表》篇則主要討論了君主憑藉觀察萬事萬物的表徵以明確認識事物本質的問題。是篇記載了一則孔子對因國事聘問晉國的魯國大夫邱成子的一則評語:

> 夫智可以微謀、<u>仁可以托財者</u>,其邱成子之謂乎!〔註70〕

邱成子有智謀,也有仁心,有能力理解衛國右宰谷臣的心意,幫助右宰谷臣的妻、子脫離困境,其仁德之心也值得右宰谷臣的璧玉之托。曾參與編撰《呂氏春秋》的李斯顯然是熟悉「仁者」與「財」之關係的,「仁者」之所以不貪財,恰恰是因為在他們的心目中,「仁」的價值遠遠高於世俗眼光中的錢財的價值,劉先生未能從直接相關的文獻入手理解二者的關係,所提出的問題意識自然存疑,其通假之說新意有餘然不需辭費改讀明矣,若如劉樂賢先生的校改意見,則《觀表》當改讀為「仁(佞)可以托財(才)者」,不辭顯矣。陳奇猷先生在《呂氏春秋新校釋》中據清代學者阮元校注中援引《孔叢子·陳士義》「智可以微(按:「微」,一本作「徵」,傅亞庶先生《孔叢子校釋》引錢熙祚校「微」為是)謀、仁可以托孤、廉可以寄財者」判斷「財」與「仁」義不相蒙,《觀表》顯然是脫文而以《孔叢子》為是,〔註71〕朱永嘉〔註72〕、俞林波等先生俱從之。〔註73〕《孔叢子》與《觀表》有可以合觀的材料,但二者顯然不是脫文的關係,且《資治通鑑外紀》卷7所引與《觀表》全同,陳說並不可從,究其實質,乃未能理解「仁者」與「財」之關係也,可以說,要想理解二者的關係,要在明晰仁德之人才可以妥善地面對財富誘惑的道理。

〔註70〕張雙棣:《呂氏春秋譯注》,北京:北京大學出版社,2011年,第638頁。

〔註71〕參見陳奇猷校釋:《呂氏春秋新校釋》,上海:上海古籍出版社,2002年,第1428頁。

〔註72〕朱永嘉等注譯:《新譯呂氏春秋》,臺北:三民書店,1995年,第888頁。

〔註73〕俞林波:《元刊呂氏春秋校訂》,南京:鳳凰出版社,2016年,第337頁註腳6。

《戰國策》「商於」不作「商于」考辨*

陶雯靜*

摘　要

2022 全國高考語文甲卷的古漢語閱讀材料節選自《戰國策·秦策二》，其中「臣請使秦王獻商于之地，方六百里……而私商于之地以為利也」，「商于」係「商於」之誤。「商於」為地名，「於」亦作「烏」，追加義符「邑」寫作「鄔」，因此不可隨意改為「于」。本文試從漢字形音義的角度分析「于」「於」的區別及用法，輔之相關的歷史文獻材料加以驗證。結合辭書修訂，對《漢語大詞典》漏收條例進行補正。

關鍵詞：形；音；義；辭書修訂

引言

　　《戰國策》作為先秦歷史散文的代表之一，記錄了戰國時期各階層的社會生活場景，諸侯與謀士間的交談辯論的內容，具有豐富的文史價值，為後人研究戰國時期的歷史、社會、生活、政治、思想、文化，及語言問題提供了極為

---

*　基金項目：國家社會科學基金重點項目「大型語文辭書編纂與修訂研究」（17AYY018）。文章承蒙蔣宗福老師、譚偉老師的悉心指導，蔡英傑老師亦對本文提出了指導性意見，特此忱謝！本文在第二屆全國漢語音義學研究國際學術研討會上宣讀，感謝專家學者對文章提出的寶貴意見！

*　陶雯靜，女，1996 年生，雲南省昆明市人，博士研究生，研究方向為漢語史、訓詁學、詞彙學和少數民族語言文字。四川大學漢語史研究所／文學與新聞學院，成都610200。

寶貴的文獻資料。2022 年全國語文高考試題甲卷中的古漢語閱讀材料就選自
《戰國策》，其中「臣請使秦王獻商於之地」是錯的，「商于」當作「商於」。地
名用字，不能隨意改換，不以人名作地名。本文試從「于」、「於」的來源、字
形、字音、字義及用法的角度談談二者之間的區別與聯繫，以及「商於」不作
「商于」的原因。並結合大型語文辭書的修訂工作，補足《漢語大詞典》「於」
詞條下的失收義項。

一、關於「于」來源的討論

介詞「于」的來源說：

「于」用作虛詞是由實詞長期虛化而來，「于」在甲骨文中已經是一個成熟
的介詞。可知，於的產生比甲骨文時代要早，其原始面貌難以探尋。而「于」
的來源問題又眾說紛紜，學界主要有以下幾種觀點：

（一）「于」乃「吁」之本字。籲氣之象，舒氣之形。此說與許慎「從丂從
一，象氣之舒虧」意合，陳邦福、白玉崢均持此觀點。

（二）「于」解釋為「往」，本用作動詞。郭錫良（1997）將甲骨文中「於」
用作動詞的情況加以考察，並論證介詞「于」是甲骨文中動詞「于」的「到、
往」義，逐漸語法化為介詞的。梅祖麟（2004）也肯定「于」在甲骨文中可用
作動詞的情況，「往」義由動詞逐漸語法化為介詞，提出漢語介詞「于」起源
於「共同漢藏語」的觀點。楊樹達、饒宗頤也持此觀點。

（三）「于」是「竽」的初形，本義與樂器有關。張玉金（2009）、（2012）
持此觀點，並進一步論述了介詞「于」後來在甲骨文中由「往、到」義的動詞
假借而來，並由此虛化出一系列介詞的用法。

（四）徐中舒在《怎樣考釋古文字》（1985）一文中認為「于」的初始字形
象畫大圓的圓規，故後來的從「於」之字如「紆」、「迂」等有「迂回、紆遠」
義。

（五）「于」來源於遠古漢語的格助詞。時兵（2003）對郭錫良先生的說法
提出質疑，通過漢藏語材料的比較及甲骨文「于」字功能特徵的分析，推測介
詞「於」來源於原始漢語的格助詞，其語法功能與古藏語格助詞 la 相當。時兵
的說法得到梅祖麟的贊同，梅祖麟也認為介詞「于」來源於共同漢藏語「住、
行」義動詞。

　　郭錫良（2005）對時兵及梅祖麟的觀點進行商討，進一步分析了動詞「于」演變為介詞「于」的語法化過程。

　　胡光煒（1928）總結出卜辭「于」的三種用例：一以示地，二以示時，三以示人。陳夢家（1988）也認為「于」為關係詞「用以說明事物的聯繫關係或動作發生的時間、地方的條件，及與人物的關係。」

　　縱觀漢語史的研究，「于」和「於」是出現較早，使用頻率較高的兩個虛詞，廣為學界所關注。早期的研究者多用隨文釋義的方法，將「于」、「於」當作獨立的虛詞訓釋。《說文・虧部》：「于，於也。」劉淇《助字辨略》（1954：38）：「於同于。」王引之《經傳釋詞》（1954：52）：「于」、「於」兩字用法相同。馬建忠《馬氏文通》（2004：255）「『於』，介詞也，聯繫實字也，而為用不一。用於比較，則表示相差之義。」王力《漢語史稿》（1980：351）從漢語史的角度，對「於」的發展作了分析。認為「『于』是『於』的較古形式……『于』和『於』是駢詞。『於』字後起，除了繼承『于』的原始意義，它還兼有後起的一些意義，而這些後起的意義就不用『于』來表示。『于』的原始意義只限于表示行為發生的處所（包括方向等）和時間，以及表示對人的關係。」前人多從語法的角度對專書中的虛詞「於」展開研究，以及「于」、「於」二者用法的比較。何樂士（1980）系統分析了《左傳》「于」和「於」的語法功能，並總結出二者的區別和聯繫，成為「于」、「於」語法研究的典範。也有學者對《詩經》中「于」、「於」的用法問題做了研究，朱小健（1988）、周崇謙（1997）（1999）、陳雪梅（2001）、鮑紅霞（2008）、王依娜（2017）、徐振鵬（2011）等。筆者試從漢字形音義的角度討論「于」「於」的不同，試分析「商於」不作「商于」的原因，以彌補前人研究之空白。

二、「于」形音義的演變

　　王念孫《廣雅疏證・序》：「小學有形、有音、有義。三者互相求，舉一可得其二。有古形有今形，有古音有今音，有古義有今義。六者互相求，舉一可得其五。」〔註1〕漢字的形、音、義是一個相互聯繫、相互制約、相互生成的系統。漢字有古音有今音，有古義與今義，而且古今形體也不相同。漢字的形音義關係是錯綜複雜的，決不能以今音律古音，不區分漢字古今形音義之間的

〔註1〕　（清）王念孫：《廣雅疏證・序》，上海：上海古籍出版社，1988，序頁1。

關係。「因形以得其音，因音以得其義」，要抓住漢字形音義之間的聯繫，從整體出發，考察語言文字各要素之間的關係。「于」、「於」二字是兩個使用頻率極高的虛詞，二者是如何發展出虛詞的用法。「于」、「於」的詞義是如何演變的，二者之間究竟又有何不同？對「于、於」形音義演變歷史進行一番考察，是很有必要的。

1. 古文字形體

甲骨文：扜（合 20133）、扚（合 21631）、亏（合 38762）毛（合集 5165）

金文：亐（麥鼎）、亐（井侯簋）、亐（集成 5415）

小篆：亏

2.「于」的古音

于古為匣母魚部字。《廣韻·亏部》：雲母虞韻。《中原音韻》：「影母，魚、模韻。」王力先生擬音為 iu。

根據「於」的甲骨文字形扜（合 20133），像人在吹奏笙竽之類的樂器。運用以形索義法，根據於的甲骨文字形以判定其本義與「吹奏竽類的樂器」有關，「芋」為「于」的初文。裘錫圭、谷衍奎、黃德寬先生均持此觀點。黃德寬：「本作亐，後省作于，或以為甲骨文之扚（一六二四三）省簡其上，其左筆劃，即成為扜，乃竽之初文。換言之，扚象竽形，於旁為聲符。」〔註2〕裘錫圭（1998：208）認為「於」可能是「竽」的初文，張玉金（2009）、（2012）亦持此觀點。《說文·竹部》：「竽，管三十六簧也。」《玉篇·竹部》：「竽，三十六簧樂也。」谷衍奎（2003：16）：「甲骨文左邊像一種吹奏樂器，或許是最早的簡單竽形，右邊象徵著樂聲的宛轉悠揚，與『兮』、『乎』造意相同，皆與吹奏樂器有關。金文省去標誌樂聲的符號，篆文大概是甲骨文的訛變，上邊斷開，下邊取其彎曲。隸變後楷書承接金文和篆文分別寫作於和虧，當是『竽』的初文。」〔註3〕《說文·虧部》：「虧，於也。象氣之舒虧。從丂，從一。一者，其氣平之也。凡虧之屬皆從虧。」徐鉉曰：「今變隸作於。」許慎根據隸變後的小篆形體為依據進行解釋，與本義不合，許說為「于」的引申義。由於樂聲宛轉悠揚，後引申泛指「聲氣舒徐」。《爾雅·訓詁上》：「於，曰也。」郝

〔註2〕黃德寬：《古文字系譜疏證》，北京：商務印書館，2005，第 1285 頁。
〔註3〕谷衍奎：《漢字源流字典》，北京：華夏出版社，2003，第 16 頁。

懿行疏:「于者,語氣之舒也,故亦訓曰。」查《漢語大字典》從「于」的相關漢字:「紆、迂、盂、籲、邘、扜、杅、衧、玗」等,幾乎都包含了「曲折」、「彎曲」的義項,與「竽」的「樂聲婉轉曲折」義有關係。

「竽」假借作動詞「于」,表示「往」、「去」義。楊樹達(1986:22)以「貞卿事于燎北宗,不遘大雨?」〔註4〕等三個例子,分析「卿事于燎北宗」之「于」用作動詞,當訓「往」,即「卿士往燎祭北宗」。並以「之子於歸」中「于」訓「往」為佐證。郭錫良先生贊同楊樹達先生的說法,舉例並論證介詞「於」是由動詞「往」、「來」義虛化而來。《詩·豳風·七月》:「一之日於貉。」孔穎達疏:「於,謂往也。」《詩·周南·桃夭》:「之子於歸,宜其室家。」毛傳:「于,往也。」又演變為介詞,同「於」。引進動作、對象、行為的時間、處所等,詞義相當於「在」、「到」、「在⋯⋯方面(上、中)」。如:《詩·召南·采蘩》:「于沼于沚。」《書·禹貢》:「既修太原,至於岳陽。」「于」也表示「甚于」,《書·泰誓》:「惟受罪浮于桀。」

三、「於」與「烏」的關係

異體字是音義完全相同,在任何情況下都可以互相替換的字。「烏」為古文「於」形,因此「烏」與「於」為異體字關係。

1. 「烏」的古文字形體

甲骨文:🐦(合集9011)金文字形:🐦(集成4330)🐦(集成271)、🐦(集成183)

小篆:🐦

🐦(烏《說文》古文)古文字形體🐦(於楚系簡帛)🐦(於睡.秦76)🐦《說文》古文)🐦(烏《說文·烏部》)

《說文·鳥部》:「長尾禽總名也,象形。」《說文·烏部》:「烏,孝鳥也。象形。孔子曰:『烏,盱呼也。』取其助氣,故以為烏呼。🐦,古文烏,象形。🐦,象古文烏省。」段玉裁注:「此即今之於字也,象古文烏而省之。此字蓋古文之後出者,此字既出,則又於於為古今字。」徐鍇曰:「烏,反哺也。會參有孝德。三足烏巢其冠言,此字本象烏形,假借以為烏呼也。」「烏」是一

〔註4〕楊樹達:《楊樹達文集》之五,上海:上海古籍出版社,1986,第22頁。

個象形字，字形像一隻張著嘴嗷嗷待哺的烏鴉。《說文》的古文字字形又作⿰、⿱，《睡虎地秦簡》作⿰，像一隻張開翅膀飛行的烏鴉。字體的左邊的構件⿰後演化為「方」，右邊的構件後演化為「仒」，隸變後楷書寫作「於」。谷衍奎（2003：389）：「篆文簡化，隸變後楷書寫作於，用作介詞作於。」〔註5〕因此，「烏」與「於」為異體字的關係，本義為「烏鴉」。

2. 「烏」的古音

烏古為影母魚部。《廣韻·魚部》：「影母模韻。《中原音韻》：「影母，魚、模韻。」王力先生擬音為 u。

3. 「烏」詞義演變

「烏」本義為「烏鴉」。「烏」字下許慎云：「孔子曰：『烏，盱呼也。取其助氣，故以為烏呼。』」烏鴉（孝鳥）因其鳴聲「烏烏」，「於」又引申出嘆詞的用法，表示讚美、讚歎的語氣。《詩·大雅·文王》：「於昭於天。」毛傳：「於，嘆詞。」後借用為介詞，讀音為［y35］，古代常與「于」通用，今寫作「于」。相當於「在」，《左傳·隱西元年》：「鄭武公娶於申。」《儀禮·士昏禮記》：「故至於某之室。」鄭玄注：「今文於為於。」《廣韻·魚韻》：「於，居也，代也，語辭也。又商於，地名，亦姓。今淮南有之，央居切，又音烏。」

「烏」作地名，為增強其表意性，追加義符「邑」作「鄥」，表示「烏地」。黃德寬（2009：492）：「烏，作地名，用其本義。」〔註6〕魏勵（2018：435）「隸定為『鄥』，用於地名或姓。」綜上，「於」是「烏」的異體字，烏亦表示地名，後加義符寫作「鄥」。「於」後借用做介詞，「於」常與「于」通用。「于」字的出現要早於「於」，甲骨文中有「于」無「於」。從古文字形體上看，「⿱」為「于」的初文。由甲骨文動詞的「往」、「到」義逐漸演化為虛詞的，我們同意郭錫良、張玉金先生的觀點。「于」、「於」二字古今差異較大，不能混為一談。對「于」、「於」二字的用法進行區別：1.「于、於」二字是同義詞。2. 動詞詞頭作「于」，嘆詞作「於」，則不相混。現在用作介詞時以「於」為正字，以「於」為異體字，用「于」不用「於」〔註7〕。

〔註5〕谷衍奎：《漢字源流字典》，北京：華夏出版社，2003，第389頁。
〔註6〕黃德寬：《古文字系譜疏證》，北京：商務印書館，2005，第492頁。
〔註7〕王力：《古漢語常用字字典》，北京：商務印書館，2019，第501頁。

四、「商於」之地的來源

「商於」表示地名，始見於《戰國策》。《戰國策·秦策》：「臣請使秦王獻商於之地」。漢高誘注：「商於，秦邑。」商於古道是指戰國時期商邑與於邑的水陸通道，古稱「商於之地六百里」。《辭源》（第三版）對「商於」的解釋為：「於〔u55〕。地名。在今陝西商洛市商州區丹鳳縣商南縣山陽縣，河南淅川縣內鄉縣一帶。秦孝公封衛鞅以商於十五邑。戰國時，張儀說楚懷王，勸楚絕齊親秦，秦願以商於之地六百里獻楚，均指此。參閱史記六八商君傳、七十張儀傳。」〔註8〕「商於」是秦地名，張儀以商於之地為誘餌，拆散了齊楚聯盟。屈原促成的齊楚聯盟，對秦國向東發展非常不利。秦惠文王圖謀破壞齊楚聯盟，便於西元前313年派張儀入楚遊說。以六百里商於之地誘騙楚與齊國斷交。商於之地，從今陝西商縣到河南內鄉，土地肥沃，物產豐富，在經濟上、政治上、軍事上對秦楚都非常重要。原本是楚國的土地，後被秦國奪去。

戰國時期，有個著名的人物叫商鞅。商鞅本姓公孫，因其出身屬衛國諸庶孽子，又稱「衛鞅」。入秦後，因頒佈法令，助秦變法圖強，遂功受封侯，賜烏之地十五邑。衛鞅所封之地在商，複名「商鞅」，史稱「商君」。《史記》卷五《秦本紀》第五：「封鞅為列侯，號商君。」《史記》卷六十八《商君列傳》第八：「衛鞅既破魏還，秦封之於商十五邑，號為商君。」裴駰《集解》引徐廣曰：「弘農商縣也。」根據《竹書紀年》的記載，衛鞅的封地也稱作「鄔」。《竹書紀年》：「秦封衛鞅于鄔，改名曰商。」《水經注》卷十《濁漳水》引《竹書紀年》：「秦封衛鞅于鄔，改名曰商。」《史記》卷七十《張儀列傳》：「儀說楚王曰：『大王誠能聽臣，閉關絕約於齊，臣請獻商於之地六百里。』」《史記》卷二《楚元王世家》：「懷王十六年（前313），秦遣張儀誘使楚懷王與齊絕交，以『取故秦所分楚商於之地六百里。』」《水經注》卷二十《丹水》：「丹水逕流兩縣（指內鄉、丹水兩縣）之間，歷於中之北，所謂商於者也。故張儀說楚絕齊，許以商於之地六百里，謂以此矣。」漢代的弘農郡商縣舊名稱為「鄔」，是秦孝公分給衛鞅的封地，後改為「商」，亦作「商於」、「商鄔」。

通過檢索歷代文獻，地名均作「商於」，不寫作「商于」。例如：《後漢書》卷一百十二《郡國志》第二十二：「成都襄鄉、南鄉、丹水，故屬弘農。南鄉、丹水二縣有商城。張儀與楚商於之地，有章密鄉、有三戶亭。」（嘉慶）《四川

〔註8〕何九盈、王寧、董琨《辭源》（第三版），商務印書館，2018，第721頁。

通志》卷四十八《輿地志》：「張儀未嘞三寸舌，奔入強秦，猶狡譎。商於七百里落掌中，復欲西喋巴人血。」（民國）《四川郡縣志》卷一《輿地志》：「涪水與楚商於之地接，司馬錯由之取楚商於地為黔中郡。」

五、地名的用字問題

李運富《試論地名標準化「語文標準」的原則問題》（2002）認為地名語文標準化應遵循以下幾個原則：（一）理據性原則（二）區別性原則（三）同一性原則（四）規範性原則（五）簡易性原則（六）習慣性原則。

首先，「地名用字的理據性原則要求做到形音義統一，要根據命名取義來確定。在一字多音多義的情況下，應據理定音，即選擇跟命名取義相應的讀音。」〔註9〕根據《竹書紀年》、《商君列傳》的記載，可知衛鞅的封地為鄔地，因衛鞅封號商君，後改為「商於」，因「於」同「烏」，故又寫作「商於」。地名用字要講究理據，做到形音義統一。應首選跟命名取義相關的本字或常用字，少用或不用意義無關的同音字。「商於」就不能隨意改為「商於」，因為「於」、「于」二字形音義不同。關於地名用字的異體字問題，李運富先生主張「一般情況下，如果『異體字』表示的地名不同（即所指不是同一物件），就應該保持各自不同的用法，不要合併，因為所指不同。」〔註10〕「于」、「於」雖然是一對異體字，但其所指不同。比如雲南玉溪的撫仙湖又叫「澄江」，取湖水澄澈、潔淨之義，而不能改為「沉江」。再如陝西省「醴泉縣」，若改為「禮泉縣」則欠妥當。「醴」指甜酒。「醴泉」指「甘甜如醴之泉」。《尚書·中候》：「醴泉出山。」《禮記·禮運》：「地出醴泉。」為其命名理據，若改為「禮泉」，既不符合漢語的構詞規律，也體會不到「醴泉」的甘甜了。取「禮泉」的字面含義，也不符合漢語的組詞規律，無法成詞。若認為「醴」和「禮」是通假字的關係，也當按本字「醴」的「甘甜的美酒」義來理解。因此，地名用字不能隨意簡化。應遵循形義統一的原則。

其次，「區別性原則要求地名在一定的範圍內應該是唯一的，所以必須保證每個名稱都有一定的區別度。在複合構詞和附加通名的基礎上，前人採用創製地名專用字的方法來增加地名的區別度。」四川酆都縣，陝西的鄠縣，均屬

〔註9〕李運富《試論地名標準化「語文標準」的原則問題》，語言文字運用，2002 第 2 期。
〔註10〕李運富《試論地名標準化「語文標準」的原則問題》，語言文字運用，2002 第 2 期。

於此類情況。「眉」加上義符「邑」表示地名郿縣，「豐」追加義符「邑」表示酆都縣，均與此地的歷史沿革有關，而不能隨意簡化。地名往往跟姓氏和古代方國名稱相關，所以地名的用字和讀音也應該注意跟相關姓氏和古代國名保持一致，遵循同一性原則。「烏」作為商鞅的封地，而非「于」。此外，規範性原則要求地名應符合構詞規範，避免出現「不辭」現象。「于」從動詞虛化為介詞，用於引介對象、時間、地點，若替換為「商於」不知當作何解？不符合漢語的構詞條件。「『于』字和它後面的名詞、代詞或名詞性片語合成介詞結構，少數置於謂語動詞之前作狀語，多數置於謂語動詞（或形容詞）之後作補語。」〔註11〕「商於」的命名理據，得從「於」「于」的形音義及用法出發。加之古商於之地自古沿用至今，應遵循習慣性原則，而不是隨意變更。

「鄔」用作地名，漢字中由「邑（阝）」作義符的字大都是國名、地名和姓氏的專用字，一般來說不要隨便改動，如果要改，就應該把相關的地名、國名和姓氏作統一更改，否則就可能造成混亂或失據。「商於」當遵循古地名用字，不能隨意更改，更不能隨意簡化為「于」。倘若將「商於」改為「商于」，那麼「商烏」、「商鄔」又該改為什麼？不以人名作地名，地名用字不能隨意更改。因此，2022 全國甲卷語文高考的命題人，誤將「商於」改為「商于」，不符合地名用字的規範性原則。

六、《漢語大詞典》修訂問題

《漢語大詞典》「於」字條下，共收錄了三個詞條。於 1〔u55〕、於 2〔y35〕、於 3〔yi55〕。於 1〔u55〕下分別收錄了兩個義項：義項一「鳥名」。參見「於鵲」。義項二，嘆詞。《漢語大詞典》在修訂時應該增補漏收義項，於 1〔u55〕詞條下當增補三個義項。義項三：「於」用作地名，指古商於之地，亦作「商烏」或「商鄔」。並增補文獻用例，《戰國策·秦策二》：「臣請使秦王獻商於之地，方六百里。」義項四：「於」用作人名或姓氏。《戰國策·燕策》：「荊軻知太子不忍，乃遂私見樊於期，曰：『秦之遇將軍，可謂深矣。父母宗族，皆為戮沒。今聞購將軍之首，金千斤，邑萬家，將奈何？』」義項五：「於」作「於菟」，古楚人稱虎為「於菟」。《左傳·宣公四年》：「楚人謂乳穀，謂虎於菟。」

〔註11〕白兆麟《說于》，安徽教育，1979 第 6 期。

七、餘論

　　首先，因秦孝公賜衛鞅爵號為「商君」，並分封於「烏」地。遂改「烏」為「商」，「烏」指古地名。「烏」後追加義符寫作「鄔」，亦可用其異體字「於」來表示。遂又稱為「商鄔」、「商於」，古地名、古國名的用字需符合理據性原則，要求做到形音義統一，要根據命名取義來確定。其次，地名用字應當遵循漢語言文字學科的規律，若改作「商于」即不符合構詞規則，按字面意思也解釋不通，應當按本字本義「烏」來理解。再者，「于」「於」二字古音義不同，絕不能以今音律古音，將其混為一談。「于」作介詞的用法比較常見，只有當介詞使用時，「于」、「於」二者的語法功能才有相同之處。但又不完全等同，以《詩經》中「於、于」的用法為代表。「商烏」、「商鄔」、「商於」為同一種地名的不同寫法，所以不能隨簡化為「於」。根據國家最新頒佈的《地名管理條例》（2022），只有國家才有權發佈政令改換地名中的文字，這就是「商於」不能改換為「商于」的原因。2022 全國語文甲卷高考試題中「商于」屬用字之誤，當予以訂正。

八、參考文獻

1. 〔西漢〕司馬遷，《史記》，武漢：崇文書局，2010 年。
2. 〔東漢〕許慎撰、〔南唐〕徐鉉校訂，《說文解字（下）》，北京：中華書局，1954 年。
3. 〔北魏〕酈道元原注、陳橋驛注釋，《水經注》，杭州浙江古籍出版社，2001 年。
4. 〔清〕陳逢衡撰，竹書紀年集證。
5. 〔清〕劉淇著，章錫琛校注，《助字辨略》，北京：中華書局，1954 年。
6. 〔清〕馬建忠，《馬氏文通》，北京：商務印書館，2004 年。
7. 〔清〕王念孫，《廣雅疏證》，上海：上海古籍出版社，1988 年。
8. 〔清〕王引之，《經傳釋詞》，北京：中華書局，1953 年。
9. 白兆麟，說于，《安徽教育》，第 6 期，1979 年，頁 26～27。
10. 丁福保，《說文解字詁林》，北京：中華書局，1999 年。
11. 谷衍奎，《漢字源流字典》，北京：華夏出版社，2003 年。
12. 郭錫良，介詞「于」的起源和發展，《中國語文》，第 2 期，1997 年，頁 131～138。
13. 何九盈、王寧、董琨，《辭源》，北京：商務印書館，2018 年。
14. 黃德寬，《古文字系譜疏證》，商務印書館，2005 年。
15. 李運富，試論地名標準化「語文標準」的原則問題，《語言文字運用》第 2 期，2002 年，頁 11～19。

16. 梅祖麟，介詞「于」在甲骨文和漢藏語裡的起源，《中國語文》，第 4 期，2004 年，頁 323～332＋383～384。

17. 裘錫圭，《文字學概要》，北京：商務印書館，1988 年。

18. 上海辭書出版社語文辭書編纂中心，《古漢語字典》，上海：上海辭書出版社，2017 年。

19. 時兵，也論介詞「于」的起源和發展，《中國語文》，第 4 期，2003 年，頁 343～347。

20. 王力，《漢語史稿》，北京：中華書局，1980 年。

21. 王力，《漢字古今音表（修訂本）》，北京：中華書局，1999 年。

22. 王力，《古漢語常用字字典》，北京：商務印書館，2019 年。

23. 魏勵，《常用漢字源流字典（第二版）》，上海：上海辭書出版社，2018 年。

24. 楊樹達，《楊樹達文集之五》，上海：上海古籍出版社，1986 年。

河北赤城話
定語領屬結構中的代詞研究*

李文張、張學敏*

摘　要

　　赤城話中，代詞參與名詞性領屬結構主要有三種情況，分別是人稱代詞作領有者成分、第三人稱代詞作定語領屬結構的標記以及指示代詞作定語領屬結構的標記，三種不同領屬結構的使用特點不同。其中人稱代詞及其單複數變化有兩讀以及多讀現象，指示代詞通過內部的語音交替區別近指和遠指。人稱代詞多重複數標記可能與赤城話和北方官話的接觸有關，指示代詞的內部曲折可能與赤城話歷史上與阿爾泰語深度接觸有關；赤城話中指示代詞作領屬標記時，其語法化也有不同的程度序列。

關鍵詞：赤城話；定語領屬結構；代詞；指示詞語法化；語言接觸

一、引言

（一）赤城話

　　赤城縣，位於河北省西北部，東接承德市，南界北京市，西鄰張家口市，

　＊　基金項目：中央民族大學研究生科研實踐項目「語言接觸視域下晉方言赤城話的變異研究」（SZKY2022057）

　＊　李文張，1998 年生，河北省張家口人，博士研究生，研究方向是語言類型學、社會語言學，方言學；中央民族大學中國少數民族語言文學學院，北京 100074。張學敏，2003 年生，河北省張家口人，本科生，研究方向是現代漢語、方言學、社會語言學。西北大學文學院，陝西西安 710127。

北靠壩上草原，與懷柔區、延慶區、懷來縣、宣化區、崇禮縣、沽源縣、豐寧滿族自治縣接壤。赤城話指的是河北省張家口市赤城縣境內的方言，屬於晉方言張呼片。

（二）語料來源

本文以筆者母語赤城話為研究對象，文中語料主要來源於觀察記錄（主要是筆者對家庭成員及附近商場人員的話語觀察記錄）和母語自省。

（三）領屬結構

張敏（1998）從認知語言學的角度分析名詞短語，對領屬結構也展開了探究；吳早生（2011）從句法形式的角度，把領屬範疇分為名詞性領屬、謂詞性領屬和外部領屬三種；劉丹青（2013）指出領屬「表示主體對客體的一種廣義的擁有關係」，把領屬範疇分為領屬關係（定語領屬）和領有關係（謂詞性領屬）兩種，本文主要討論的是赤城話中的定語領屬。定語領屬一般由兩部分組成：領有者（possessor）和被領有者（possessed）。為了稱說簡便，下文分別記為 Pr 和 Pd。

（四）晉方言代詞研究

關於晉方言的代詞研究，喬全生（1996）指出山西省境內方言人稱代詞的特點，主要包括多樣化的單數形式、複數詞尾的語音特點、人稱代詞單複數的內部曲折變化、人稱代詞的格形式。顧宣宣（2008）研究了張家口方言的人稱代詞，指出張家口方言的人稱代詞受到普通話的影響較大。張蓉（2016）描寫分析了晉方言並州片的人稱代詞、指示代詞、疑問代詞。史秀菊（2010）指出山西方言人稱代詞的變化主要通過附加、合音、變調、異根四種方法。王瑞鑫（2021）、馬麗娜（2021）、施樂琪（2021）分別描寫了萬榮、陽曲、晉城市的方言語法，其中對代詞展開了研究。類似的還有馮子偉（2010），秦瑞（2020）、呂昭君（2011）等。張晶（2011）比較了臨汾方言、太原方言與西安方言的代詞。史秀菊；尹國梁（2015）討論比較了晉方言區興縣和盂縣指示代詞四分現象。赤城話中，代詞包括人稱代詞、反身代詞、指示代詞和疑問代詞。由於反身代詞和疑問代詞較少參與定語領屬結構，因此，本文主要討論的是人稱代詞和指示代詞。具體又分為人稱代詞作領有者成分，以及第三人稱代詞和指示代詞作定語領屬結構的標記。

二、赤城話定語領屬結構的基本類型

赤城話中的定語領屬結構主要分為兩大類，有標記領屬和無標記領屬。赤城話中常見的領屬標記有「這1〔tsəʔ〕」「這2〔tsaɪ⁵³〕」「那1〔nəʔ〕」「那2〔tsaɪ⁵³〕」「的」「這1／2個」「那1／2個」「個」「他〔təʔ〕」等，所以赤城話中的定語領屬結構主要有零標記形式①「Pr＋Pd」，和②「Pr＋指示詞＋Pd」，③「Pr＋指量結構＋Pd」，④「Pr＋的＋Pd」，⑤「Pr＋他（們）＋Pd」，⑥「Pr＋量詞＋Pd」等六種形式。涉及到代詞的主要是前五種。

（一）Pr 為人稱代詞

赤城話中第一、第二、第三人稱代詞都有單複數形式，複數形式都有合音現象，領屬結構中人稱代詞的單複數同形現象比較普遍；第一人稱和第三人稱代詞在領屬結構中和主賓語位置上語音形式有所不同，領屬結構中同一人稱不同的語音形式代表了不同的語義內涵；與普通話相比，赤城話的第一人稱複數也有包括式和排除式的區別，但第二人稱沒有尊稱與普通稱謂的對立。

赤城話人稱代詞及定語領屬結構表

	主賓語位置		領屬結構
	單　數	複　數	
第一人稱	我〔uo³¹²〕	我〔uaŋ³¹²〕排除式 我們〔uaŋ³¹² məŋ³¹〕排除式 咱〔tsaŋ³¹²〕包括式 咱們〔tsaŋ³¹²məŋ³¹〕包括式	我〔uo³¹²〕爺爺單數形式 我〔uəʔ〕姐單數形式 我〔uaŋ³¹²〕家複數形式 我們〔uaŋ³¹² məŋ³¹〕家複數形式 咱〔tsaŋ³¹²〕娘複數形式 咱們〔tsaŋ³¹²məŋ³¹〕家複數形式
第二人稱	你〔ni³¹²〕	你〔niʊŋ³¹²〕 你們〔ni³¹² məŋ³¹〕	你〔ni³¹〕哥單數形式 你〔niʊŋ³¹²〕老大複數形式 你們〔ni³¹² məŋ³¹〕家複數形式
第三人稱	他〔tʰa³¹²〕 他〔tʰəʔ〕	他〔tʰaŋ³¹²〕 他〔tʰəʊŋ³¹〕 他們〔tʰaŋ³¹² məŋ³¹〕 他們〔tʰa³¹² məŋ³¹〕 他們〔tʰəʔməŋ³¹〕	他〔tʰa³¹²〕弟弟單數形式 他〔tʰəʔ〕姐單數形式 他〔tʰaŋ³¹²〕學校複數形式 他〔tʰəʊŋ³¹〕學校複數形式 他們〔tʰaŋ³¹² məŋ³¹〕家複數形式 他們〔tʰa³¹² məŋ³¹〕意思複數形式 他們〔tʰəʔməŋ³¹〕家複數形式

1. 零標記「人稱代詞＋Pd」

在零標記「Pr＋Pd」形式中，領屬語在前，被領屬語在後，二者直接組合。即唐正大（2014）所說的「並置式」。當 Pr 為人稱代詞，Pd 又分為如下情況：

（1）Pd 為親屬稱謂時，例：我媽，我姐，我〔uaŋ³¹²〕老奶奶，他哥哥，你弟弟，我姥姥，他三舅等，一般 Pr 根據實際情況選擇單複數，但是 Pd 為姻親長輩時，Pr 要用複數形式，例：

我〔uaŋ³¹²〕／我們〔uaŋ³¹²məŋ³¹〕老奶奶婆婆；我〔uaŋ³¹²〕／

我們〔uaŋ³¹²məŋ³¹〕老爺子公公

我〔uaŋ³¹²〕／我們〔uaŋ³¹²məŋ³¹〕外務娘岳母；我〔uaŋ³¹²〕／

我們〔uaŋ³¹²məŋ³¹〕外父岳父

（2）Pd 為社會稱謂

A. 當 Pd 為上級和平級時，第一、第二、第三人稱代詞都採用複數形式，意義上單複數同形。例：

上級：我〔uaŋ³¹²〕／我們〔uaŋ³¹²məŋ³¹〕校長；你〔niʊŋ³¹²〕

／你們〔ni³¹²məŋ³¹〕老闆；他〔tʰaŋ³¹²〕／他們〔tʰa³¹²məŋ³¹〕老闆

平級：我〔uaŋ³¹²〕／我們〔uaŋ³¹²məŋ³¹〕同學；你〔niʊŋ³¹²〕

／你們〔ni³¹²məŋ³¹〕同學；他〔tʰaŋ³¹²〕／他們〔tʰa³¹²məŋ³¹〕同學

B. 當 Pd 為下級時，Pr 根據實際意義選擇單複數。例：

這孩子是我〔uo³¹²〕學生，咱們〔tsaŋ³¹²məŋ³¹〕學生在高中表現

得都挺好。

「我〔uo³¹²〕學生」強調的是我自己班培養出的學生，是單數意義；「咱們〔tsaŋ³¹²məŋ³¹〕學生」強調的是我們學校這個集體培養出的學生，是複數意義。第二人稱、第三人稱與此類似。

（3）Pd 為人名／地名／機構，第一、第二、第三人稱代詞都使用複數形式，意義上單複數同形。例：

我〔uaŋ³¹²〕琪琪可是個好孩子。

你〔niʊŋ³¹²〕／你們〔ni³¹²məŋ³¹〕剛剛學習好。

他〔tʰaŋ³¹²〕／他們〔tʰa³¹²məŋ³¹〕鵬鵬今年考大學。

我〔uaŋ³¹²〕／我們〔uaŋ³¹²məŋ³¹〕學校今年又招了許多學生。

你〔niʊŋ³¹²〕／你們〔ni³¹²məŋ³¹〕單位今年重新裝修呀吧。

他〔tʰɑŋ³¹²〕／他們〔tʰɑ³¹²məŋ³¹〕村兒離這兒不遠。

其中，Pd 為人名，一般都指的是 Pr 的晚輩親屬，用「並置式」表示親切的含義。

（4）Pd 為方位名詞、指示代詞以及其他詞時，根據實際情況選擇單複數。例：

你咋走我〔uo³¹²〕前頭去了。（強調個人，單數）

我〔uɑŋ³¹²〕／我們〔uɑŋ³¹²məŋ³¹〕後頭住了四家人。（強調集體，複數）

2. 其他結構

當 Pr 為人稱代詞時，除「並置式」外，還有「Pr＋指示詞＋Pd」、「Pr＋指量結構＋Pd」、「Pr＋的＋Pd」三種形式。前兩種結構中，指示代詞作為領屬標記，下文將詳談；而在赤城話中，「人稱代詞＋的＋Pd」結構使用的頻率很低，而且和指示代詞作為領屬標記的定語領屬結構關係密切，所以在此不再贅述。

3. 人稱代詞的語音特點

（1）單數形式的內部曲折

第一人稱和第三人稱單數在構成定語領屬結構時有兩種語音形式，且使用條件是互補的。例：

A. 我〔uəʔ〕姐今兒回來奧，我得去火車站接她。

B. 不是，你姐明天回來，剛剛他〔tʰəʔ〕姐今兒回來，你去給接一下。

C. 他〔tʰɑ³¹²〕姐我才不管，我就管我〔uo³¹²〕姐。

在以上對話中，當 Pd 被特意強調時，如 C 句，使用的是「他 [tʰɑ³¹²]」、「我 [uo³¹²]」這樣的形式；而在一般語體中，即 Pd 無強調時，如 A 句、B 句，則使用帶有喉塞音的入聲形式「我 [uəʔ]」、「他 [tʰəʔ]」，在赤城話中，這兩種用法互補分佈。區別兩種 Pd 的方法是通過 Pr 的內部曲折。

（2）複數形式的合音多個複數標記

在官話以及晉方言中，人稱代詞的複數合音現象比較普遍，比如第一人稱複數「俺」，第二人稱複數「您」等，有些第二人稱和第三人稱的複數形式已經由複數意義轉為尊稱意義，如普通話的第二人稱尊稱「您」，北京話的第三人稱

尊稱「您」蒙古語大部分方言的第二人稱尊稱「塔」／$t^h a$／（蒙古語科爾沁土語中／$t^h a$／仍舊表示第二人稱複數）。李作南，李仁孝（1993）認為「我們」和「咱們」分指第一人稱排除式和包括式以及「們」轉為專門表示複數的標記都是受到蒙古語的影響。而赤城位於京晉冀蒙交界處，語言接觸與方言接觸現象明顯，赤城話受到蒙古語、北京官話、冀魯官話影響較大，赤城話中的人稱代詞也有這種語言及方言接觸的痕跡。赤城話人稱代詞的複數形式普遍存在的兩讀甚至多讀的現象，我們認為是赤城話受到蒙古語以及周邊方言影響的結果。赤城話人稱代詞單複數變化主要通過以第一人稱排除式為例，第一人稱單數只有一種形式「我〔uo^{312}〕」，其複數形式「我〔$uaŋ^{312}$〕」可以理解為是複數形式「我們〔$uo^{312} məŋ^{31}$〕」的語音合音現象，但是具體的語言使用中，第一人稱複數的排除式除了「我〔$uaŋ^{312}$〕」之外，還有「我們〔$uaŋ^{312} məŋ^{31}$〕」這種用法。即「我〔$uaŋ^{312}$〕」本身就是複數用法，再附加複數標記〔$məŋ^{31}$〕構成「我們〔$uaŋ^{312} məŋ^{31}$〕」這樣的用法。二者都可以表示複數，赤城話「我〔$uaŋ^{312}$〕」的使用頻率遠高於「我們〔$uaŋ^{312} məŋ^{31}$〕」。在第一人稱包括式以及第三人稱單複數的變化也存在著同樣的現象。例：

第一人稱排除式：

（1）我們〔$uaŋ^{312} məŋ^{31}$〕家有這幾本書，等我回去給你找找。

（2）我〔$uaŋ^{312}$〕家有這幾本書，等我回去給你找找。

（3）*我們〔$uo^{312} məŋ^{31}$〕家有這幾本書，等我回去給你找找。

第一人稱包括式：

（4）咱〔$tsaŋ^{312}$〕家院裡的菜該澆水了。

（5）咱們〔$tsaŋ^{312} məŋ^{31}$〕家院裡的菜該澆水了。

（6）*咱們〔$tsan^{312} məŋ^{31}$〕家院裡的菜該澆水了。

第三人稱：

（7）他〔$t^h əʔ$〕姐前天就從北京回來了。

（8）他〔$t^h aŋ^{312}$〕學校已經停課放假了。

（9）他〔$t^h aŋ^{312} məŋ^{31}$〕家每年都去南方度假。

「我們〔$uaŋ^{312} məŋ^{31}$〕」「咱們〔$tsaŋ^{312} məŋ^{31}$〕」「他〔$t^h aŋ^{312} məŋ^{31}$〕」這樣的多重複數標記現象，則是赤城話和蒙古語以及周邊官話在歷史上深度接觸的結果，具體的機制應是語法的類推作用，受到「們」作為複數標記的影響

而產生的，但是使用的頻率均比較低。李作南，李仁孝（1993）認為「們」由「指括作用」作為複數標記是受到蒙古語的影響，而人稱代詞和「們」結合之後在北方官話區和晉方言區都有合音現象，而複數形式的合音現象基礎上再加複數標記這樣的現象不止在赤城話中存在，根據史秀菊（2010），偏關話的第三人稱複數還有「他們們」的說法，陵川話複數形式基礎上也可加複數詞尾，史秀菊（2010）將之概括為合音形式與附加形式疊用，而當地人在日常生活中更傾向於不疊用的形式，這與赤城話當地人的使用習慣是一致的。偏關位於山西西北邊陲，偏關話屬於晉方言五台片。陵川位於山西省東南端，陵川話屬於晉方言邯新片。赤城位於張家口市東部，東臨北京，赤城話屬於晉方言張呼片。三個方言點都處於晉方言區與官話區的過渡地帶，方言接觸現象明顯，而且這種接觸是具有層次性的，人稱代詞的多種說法就體現了不同層次的接觸。而在赤城話中，年輕一代的使用者也會使用「我們〔uo³¹²məŋ³¹〕」「他〔tʰaŋ³¹² məŋ³¹〕」這樣赤城話和普通話語音雜糅的說法，這是赤城話和普通話接觸而產生的年齡變體。

第二人稱的單數形式為「你〔ni³¹²〕」，複數形式有兩種，一種是「你〔niʊŋ³¹²〕」，一種是「你們〔ni³¹² məŋ³¹〕」。與第一三人稱複數形式的羨餘現象不同，第二人稱不存在複數形式「你〔niʊŋ³¹²〕」再附加「們〔məŋ³¹〕」這樣的用法，這可能與語言的省力原則相關，第二人稱的複數形式不只是增加了輔音〔ŋ〕，還增加了元音〔ʊ〕，在此基礎上再增加複數標記「們〔məŋ³¹〕」會增大語言使用的發音難度。與之類似的是赤城話第三人稱複數形式之一「他〔tʰəʊŋ³¹〕」，「他〔tʰəʊŋ³¹〕」也是在原有基礎上增加了輔音〔ŋ〕，還增加了元音〔ʊ〕，也沒有對應的複數標記疊加現象，所以赤城話中沒有「他們〔tʰəʊŋ³¹ məŋ³¹〕」這樣的說法。

（二）第三身代詞作領屬標記

赤城話中，第三身代詞作領屬標記，單數的語音形式必須是〔tʰəʔ〕。第三身代詞作領屬標記主要有兩種結構。

一種是「人名＋他（他們）＋Pd」，這種結構中，領屬標記的單複數形式根據實際情況選擇。

例：麗麗她〔tʰəʔ〕姐今兒有沒有來上班？（麗麗自己的姐姐，單數）

麗麗她〔t^həʊŋ³¹〕／她們〔t^hə?məŋ³¹〕老師。（麗麗和同學們的

老師，複數）

　　一種是「親屬稱謂＋他（他們）＋Pd」，例：大姐她 [t^hʊŋ³¹] 兒子；哥哥他

[t^hʊŋ³¹] 家。這種結構中，一般使用領屬標記的複數形式，只有在單數指向性

特別明顯的結構中，才會使用單數形式，如：兒子他 [t^hə?] 對象。

　　對比以上兩種結構，可以發現，在「人名＋他（他們）＋Pd」結構中，第

三人稱代詞的語法化程度較低，詞彙意義和語法意義並重，領屬標記還有明顯

的單複數變化；而在「親屬稱謂＋他（他們）＋Pd」這種結構中，第三人稱代

詞的語法化程度更高，詞彙意義更不凸顯，而究其原因，是因為親屬稱謂與 Pd

的關係更加密切，在使用頻率上更高，所以語法化程度更高。

（三）指示代詞以及指量結構作領屬標記

　　在赤城話中，指示代詞系統二分，分別是近指「這」和遠指「那」，二者

又分別有兩讀現象。所以赤城話中常見的指示詞領屬標記有「這1 [tsə?]」

「這2 [tsaɪ⁵³]」「那1 [nə?]」「那2 [naɪ⁵³]」，指量結構領屬標記有「這1/2個」

「那1/2個」。其中，「這1 [tsə?]」和「那1 [nə?]」對應使用，「這2 [tsaɪ⁵³]」和

「那2 [tsaɪ⁵³]」對應使用。在赤城話中，近指與遠指是通過內部曲折實現的，

這種形態變化可能和赤城話與阿爾泰語深度接觸有關，阿爾泰語系中各種語

言都有通過語音內部曲折來區分指示代詞的現象。指示詞是赤城話中最常見

的定語領屬結構標記。情況列舉如下：

1. 人稱代詞＋指示代詞＋（量詞）＋Pd，例：

　　咱這〔tsə?〕樓上來人人往也不少。

　　她那〔naɪ⁵³〕個抖音玩兒了好長時間了。

　　她那〔nə?〕意思是今天不打算去逛街了吧。

　　他那〔naɪ⁵³〕殼殼兒太小，裝不下。

　　我這〔tsaɪ⁵³〕碗吃完可早呢！

　　我那〔naɪ⁵³〕勺子大，盛飯方便。

　　你這〔tsaɪ⁵³〕條秋褲太薄，現在穿還不行。

　　你那〔naɪ⁵³〕頭多長時間沒洗了，有幾斤重吧。

　　咱這〔tsaɪ⁵³〕空調當時安裝的時候就裝好了。

　　她那〔naɪ⁵³〕閨女學習挺好的。

你們這〔tsaɪ⁵³〕事辦的挺好的。

我那〔naɪ⁵³〕響屋子現在一點兒都不冷。

2. 親屬稱謂＋指示代詞＋（量詞）＋Pd，例：

二姐這〔tsəʔ〕手機屏幕又不清楚了。

哥這〔tsaɪ⁵³〕肚子需要點時間才能減下來。

3. 一般名詞＋指示代詞＋（量詞）＋Pd，例：

現在人這〔tsəʔ〕個權，那〔nəʔ〕個權都得到保障了，有問題就

得及時求援。

紅那〔naɪ⁵³〕爸爸一天天的無所事事。

人家那〔naɪ⁵³〕一盆花開的可好的了。

白天那〔naɪ⁵³〕電視晚上也演。

你瞅瞅他幹笨笨那〔nəʔ〕勁兒，一天天的不吃飯。

街上那〔nəʔ〕人可多了，趕緊去看熱鬧吧。

4. 結構雜糅

地下跟起那〔nəʔ〕裡頭有醃雞蛋。

洋洋他那〔naɪ⁵³〕媽可伶俐的了。

田田他那〔naɪ⁵³〕媽辦事也是精打細算。

咱們這〔tsə⁵³〕兒的情況現在比較不錯，繼續保持。

根據以上語料，一般情況下，指示代詞及指量結構作領屬結構的標記時，無論是哪種語音形式，都有很強的方向指向性。

根據語言象似性原則，有的是時間距離上的近指和遠指，例：白天那［naɪ⁵³］電視晚上也演，不過咱們這［tsaɪ⁵³］節目也不錯。其中「那［naɪ⁵³］」「這［tsaɪ⁵³］」指的是電視節目距離現在說話的時間遠近。

有的是空間距離上的近指和遠指，例：咱這［tsaɪ⁵³］空調當時安裝的時候就裝好了，他們那［naɪ⁵³］空調就不行。其中「這［tsaɪ⁵³］」「那［naɪ⁵³］」指的是空調距離說話人距離的遠近。

有的是心理距離上的近指和遠指，例：你這［tsaɪ53］肚子需要點時間才能減下來。此例句中，沒有採取並置式，而是加入標記「這［tsaɪ⁵³］」，體現了心理象似性，因為相對於使用並置式的「Pr＋親屬稱謂」來說，對於身體部位的心理距離要大於和親屬的距離，所以加入了「這［tsaɪ53］」。

但是，有一些定語領屬結構中指示代詞並沒有明顯的指向性，反而有一些無實在意義。例：①咱這〔tsəʔ〕樓上來人人往也不少。②現在人這〔tsəʔ〕個權，那〔nəʔ〕個權都得到保障了，有問題就得及時求援。③你瞅瞅他幹笨笨那〔nəʔ〕勁兒，一天天的不吃飯。④街上那〔nəʔ〕人可多了，趕緊去看熱鬧吧。

以上例句中，例①和③句中，這〔tsəʔ〕和那〔nəʔ〕的功能相當於結構助詞「的」，指向意義較小。例②句中，這個，那個表示泛指人民的各種權利，所以指示意義存在但是逐漸消失，表示領屬的語法意義逐漸增強。而例④句中，則體現了「那〔nəʔ〕」語法化的完成，詞彙意義消失，主要是語法意義的承擔著，試比較以下 AB 兩句。

A. 街上那〔nəʔ〕人可多了，趕緊去看熱鬧吧。

B. 街上那〔naɪ⁵³〕人賣西瓜呢，趕緊去買吧。

A 句句義為街上的人可多了，可以是這個人，也可以是那個人，沒有指示性，只強調街上的人數量多。B 句句義為街上的那個人在賣西瓜，就是特指的那個人，他有具體的活動，在賣西瓜。同時，賣西瓜的這個人又屬於街上，所以構成領屬意義。比較 AB 兩句可知，A 句中「那〔nəʔ〕」相當於普通話中的結構助詞「的」，只有語法意義，無實際詞彙意義，已經完成語法化。而 B 句中的「那〔naɪ⁵³〕」既有標記作用，同時也具有指示作用，處於語法化的過渡階段。區分這種語法化的標誌之一，就是語音內部曲折。帶有喉塞音的入聲形式是語法化程度較高的，而另一種舒化形式則是語法化程度較低的。

在歷史文獻中，也存在「那」及相關形式也有向領屬標記過渡的趨勢，例：

（1）我那個增福孩兒，還不曾定得親事，只等任二公受了我花紅酒禮時，我便好央媒去說親，不怕他不許我。（《全元曲》）

（2）若要會使的人，只除非是我那個姑舅哥哥。這鉤鐮槍法，只有他一個教頭。（《水滸全傳》中）

（3）趕到廟前，還不曾見個端的，我那個驢兒先不住的打鼻兒，不肯往前走。我看了看廟門，又關得鐵桶相似。（《兒女英雄傳》上）

（4）他說：「把我那黑叫驢合你換罷。」我說：「你還搭上些甚麼？」

他說：「我再添上匹生紗罷。」我合他換了。(《醒世姻緣傳》上）

綜上，我們可以擬測指示代詞在赤城話中的語法化路徑：指示詞指示意義＋量詞＋名詞→指示詞既有指示意義，又有領屬意義＋名詞→指示詞以領屬意義為主＋名詞。根據張磊（2021）的研究，「不可控制的領屬結構，定語標記的使用是可選的，領屬定語後不帶專用定語標記『的』為『那』演變為定語標記提供了突破口」，所以赤城話中的指示代詞根據這一規律呈現出不同程度的語法化，根據被領屬語的不可控制性程度以及上文提到的語音變化，赤城話指示代詞語法化的程度序列為：那 1 ［nəʔ］〉那 2 ［nsaɪ⁵³］〉這 1 ［tsəʔ］〉這 2 ［tsaɪ⁵³］。

三、結語

關於赤城話定語領屬結構中的代詞研究，本文通過人稱代詞作領有者成分，以及第三身代詞和指示代詞作定語領屬結構的標記，分別討論了三種結構中代詞的語音、語法、語義、語用等特點，也為赤城話的語言、方言接觸現象提供了一定的例證參考。本文不足在於，一方面相關的赤城話語料搜集還不夠，另一方面，赤城話中指示代詞的語法化路徑和機制還需要更多的語料例證以及條理化分析。

四、參考文獻

1. 崔玲，《山西偏關方言參考語法》，山西大學碩士學位論文，2021 年。
2. 姜毅寧、陳振宇，名詞性領屬結構的蘊涵關係考察，《漢語學習》第 1 期，2022 年，頁 27～36。
3. 李作南、李仁孝，論漢語第一人稱代詞的發展和蒙語對它的影響，《內蒙古大學學報（哲學社會科學版)》第 4 期，1993 年，頁 55～64。
4. 喬全生，山西方言人稱代詞的幾個特點，《中國語文》第 1 期，1996 年，頁 27～30。
5. 史秀菊，山西方言人稱代詞複數的表現形式，《方言》第 4 期，2010 年，頁 362～367。
6. 王曉宇，《晉語榆次方言名詞及名詞性短語研究》，遼寧師範大學碩士學位論文，2021 年。
7. 姚桂林，阿勒泰語系核心成分與從屬成分標記的類型學考察，《北方民族大學學報（哲學社會科學版)》第 4 期，2019 年，頁 149～157。

8. 姚小雲，侗語北部方言的名詞性領屬結構，《民族語文》第 2 期，2021 年，頁 58～67。

9. 葉婧婷，名詞性領屬結構的概念空間——對中國及其周邊語言的考察，《民族語文》第 5 期，2020 年，頁 34～45。

10. 張磊，山東無棣方言的定語標記「那〔‧ｎ？〕」，《方言》第 1 期，2021 年，頁 73～81。

基於《同源字典》的漢語同源詞韻部及聲紐關係再探

方樹益*

摘　要

　　提要：文章經聲、韻兩個維度考察《同源字典》繫聯產生的 1605 組同源詞間語音關係，佐證或探考了漢語同源詞的若干音轉規律，並得出下述結論：（1）漢語同源詞間韻部關係標注頻次從高到低分別是：疊韻、旁轉、對轉、通轉、旁對轉。聲紐關係標注頻次從高到低分別是：雙聲、旁紐、鄰紐、準雙聲、準旁紐。由於後者較貼合於作者理論上贊成的親疏預測，可知作者對於韻轉的關心程度不及聲轉。（2）漢語同源詞之間出現較多的韻轉類型多系對轉、旁轉，偶見通轉，聲轉類型則全部表現為旁紐或準雙聲，且以同類音內部聲轉或相近的非同類音之間聲轉為主。（3）比較《說文同文》《同源字典》及《廣雅疏證》的同源詞繫聯實踐，《同源字典》語音關係的把控程度大約介乎《說文同文》《廣雅疏證》之間。經比較，認為《同源字典》的詞目詞系統在一定程度上確能反映出上古漢語同源詞的實際分佈。

關鍵詞：同源字典；同源詞；語音關係；韻部；聲紐

＊ 方樹益，男，2000 年生，浙江生台州市人，碩士生，主要研究方向為數字人文。中國人民大學國學院，北京 100872。

一、引言

王力《同源字典》是國內最早將科學的理論同充分的實踐相結合，在綜合繼承前人研究成果的基礎之上突破創新的一部漢語語源詞典。在《同源字典》撰成以前，既有章炳麟《文始》、高本漢（B. Karlgren）《漢語詞族》（*Word Families in Chinese*）、藤堂明保《漢字語源辭典》等若干部真正現代意義上的漢語語源詞典公開問世，但從總體上看，都是不甚成功的。舉要而言，由章、高二氏面向漢語詞族的考徵教訓可以見出，在條件並不充分的前提下，苟若一味謀求收詞的系統性和全面性，勢必徒生附會之語，其後得到的詞群本身也多值得懷疑。《漢字語源辭典》雖在收詞規模上跟《同源字典》相仿佛，卻昧於同源詞之間的語音、語義關聯，既未形成足夠系統完備的聲轉、韻轉體系，如「從根本上否定旁轉，……在根本否定旁轉的同時，對對轉卻似乎用得過分了」，又在脫離客觀基礎的情況下，過分聯想語義特徵依據。

相形之下，《同源字典》雖稱不上盡善盡美，但它確實是「迄今錯誤量相對比較少的、最具實用價值」的一部漢語語源詞典。該書首次科學地建構起一套能夠付諸實踐的漢語語源研究模式，較深刻地總結了大批古代漢語同源詞及其古音、古訓，並為之提供廣泛豐富的材料例證。這項工作於當時是頗具開拓意味的，其目的在填補空闕。可以說，《同源字典》的撰成，無疑為後來的漢語同源詞研究提供了一條極為方便的門徑，也間接扭轉了國內語源研究一度停滯困頓的發展處境，真切推動著漢語語源研究步入新階段。

我們從韻部、聲紐兩個方面總結歸納《同源字典》各詞目及其變體所對應詞的上古音韻地位分佈情況，發現《同源字典》各聲、韻下的實際收詞數目並不均勻。這種平衡性的把握卻與語言事實息息相關。例如，就其分析韻部而言，當以魚部單字收錄最多，計得 394 個，遠超同表資料平均水準，而沃部、覺部、蒸部等有關單字的收錄則明顯偏少。我們揣度有以下兩個方面的因素：一是語言中以 / a / 作為主要母音的詞本來就多，這大抵與其發音舌位低、唇部鬆弛、聽感洪亮等特徵有關；二是魚部同其他韻部間的關係較為緊密，如之魚旁轉、魚鐸對轉、魚陽對轉、魚歌通轉、魚元通轉等，都是較常見的上古漢語韻轉現象，符合同源詞間據音繫聯要求的可能性更大。就其分析聲紐而言，王力在《同源字論》及《同源字典》凡例中都將上古漢語聲紐定為三十三類，且

均提到俟母（《同源字典》擬音記作「zh」）。但因俟母字本身存在不多，語源詞典在選詞立目方面又有其天然的特殊性，故於之後的詞典詞目中再未出現任何的俟母單字。神母單字的收錄僅次於俟母，為 21 個。究其原因，或是由於王力不贊成「喻四歸定」說，故在《同源字典》當中另立「神母」，且將其讀音構擬為與／d／十分接近的／dj／。如此，神母的收詞數目必然不多。

　　這樣看來，《同源字典》看似劄記性質的撰書體例背後，其實對於選詞本身是很有考量的，實際的收詞範圍也相對覆蓋全面。故而，我們準備就商務本《同源字典》已經標注出的 1605 組〔註1〕同源詞間語音關係情況進行統計，在前人基礎上重新探求漢語同源詞間的聲轉及韻轉規律。

二、《同源字典》的韻部關係標注

　　王力先生認為漢語同源詞中「疊韻最為常見，其次是對轉。至於旁轉、旁對轉、通轉，都比較少見」。就相近程度而言，除疊韻外，當屬對轉關係最為密切，其次是旁轉，而後是通轉和旁對轉。我們發現，王力在《同源字論》中所指明的說法，跟他在同源詞繫聯實踐上的表現其實存在出入。《同源字典》實際的韻部關係標注分佈如下。

表 1 《同源字典》的韻部關係標注分佈表

韻部關係	被標注的組數	所占比例
疊韻	1030	64.17%
對轉	199	12.40%
旁轉	210	13.08%
通轉	132	8.22%
旁對轉	32	1.99%

　　《同源字典》已經標明的韻部關係分佈顯示，疊韻的確是最為常見的韻部關係，而旁轉次之，略高於對轉的出現頻率。通轉較旁轉、對轉而言，也不算低。只有旁對轉出現頻率顯著低於其餘四者。恰如裘錫圭（1992）所描述的那樣，「在韻母的關係上，旁轉、旁對轉、通轉這類稍嫌疏遠的關係，其出現次數似乎還是多了一些」，這不免成為《同源字典》在語音關係甄別上的些許遺憾。

〔註1〕其中出現 2 例「合音」的標注，暫不納入統計範圍之中。它們分別是商務本第 422 頁「二十：卄（廿）」、商務本第 618 頁「三十：卅（丗）」兩組。

　　為深入考察不同韻部之間的具體相通數量，我們參考了韓琳（2001）的意見，以甲韻部為列，乙韻部為行，交叉形成儲存格內數字標示該類韻轉出現次數，進而繪製《同源字典》的韻轉頻次統計表。〔註2〕

表2 《同源字典》韻轉頻次統計表

	之部	支部	魚部	侯部	宵部	幽部	職部	錫部	鐸部	屋部	沃部	覺部	蒸部	耕部	陽部	東部	微部	脂部	歌部	物部	質部	月部	文部	真部	元部	緝部	盍部	侵部	談部
之部	40	5	10	1		3	13						5		1		1				1		7					2	
支部		24	3			1	8						2		1		2												
魚部			83	8	3	2	1		18	2					14	1			13				8		13				
侯部				36	5	8	1			11						2													
宵部					57	18						13	3		2														
幽部						37	2		1	2	1	8			2														
職部							27	5	3	3	1	2	2							2		1	2				2	3	
錫部								18	1	2	2			1					2			2			2	1			
鐸部									32	4	1				3				3				1		6				
屋部										18	2	1			3														
沃部											10	2																	
覺部												15			2													1	
蒸部													13	1	2													5	1
耕部														44	13	4		1						5					
陽部															68	7		1	3					2	9			1	2
東部																37								1				6	
微部																	27	4	9	4		1	5		5				
脂部																		34	5	1	14			5					
歌部																			42	1		9	1	1	10				1
物部																				26	3	7	10		3			1	
質部																					19	9		4	2	1			

〔註2〕為便於比較，表中兼收疊韻的出現次數，但下文所說的「韻轉」實不包括疊韻一類。聲轉頻次統計表亦然。

月部	46	1	1	27		4		1
文部		50	5	18		4		
真部			27	7			1	1
元部				110				2
緝部					15	8	4	
盍部						13	5	
侵部							34	8
談部								28

　　結果顯示，《同源字典》出現最多的韻轉類型為月元對轉，約占韻轉總比的 4.71%。而後是魚鐸對轉和宵幽旁轉，各占韻轉總比的 3.14%。凡 15 種韻轉類型出現頻次在 10 以上，它們分別是：之魚旁轉、之職對轉、魚鐸對轉、魚陽對轉、魚歌通轉、魚元通轉、侯屋對轉、宵幽旁轉、宵沃對轉、耕陽旁轉、脂質對轉、歌元對轉、物文對轉、月元對轉、文元旁轉。這些都是漢語同源詞中常見的韻部關係。不難看出，個中確以對轉、旁轉居多，只是偶見通轉的例子。

三、《同源字典》的聲紐關係標注

　　另一方面，王力先生也指出，從聲轉分佈來看，「雙聲最多，其次是旁紐。其餘各種類型都比較少見」。就相近程度而言，除雙聲外，當屬旁紐關係最為密切，其餘諸類均不及。王力的這一說法基本是正確的，《同源字典》實際的聲紐關係標注分佈如下。

表 3　《同源字典》的聲紐關係標注分佈表

聲紐關係	被標注的組數	所占比例
雙聲	1080	67.29%
旁紐	343	21.37%
準雙聲	53	3.30%
準旁紐	4	0.25%
鄰紐	123	7.66%

　　表 3 可給予王力先生的論斷以確切的佐證。其中，以雙聲、旁紐兩種較密關係所標注的同源片語占到了絕多數，剩下的準雙聲、準旁紐、鄰紐等關係出

現次數甚是有限。對比表 1 所呈現出的資料分佈特徵，我們認為《同源字典》在聲紐關係的把控上相比韻部關係或要更見嚴苛。

需要說明的是，魏清源（2011）[6] 根據《同源字典》標注的韻部、聲紐關係亦完成過相同統計。在就韻轉的統計上，凡得疊韻 1027 次（包括同音 419 次、疊韻 608 次）、對轉 194 次、旁轉 200 次、通轉 29 次，這跟我們的參考結果很不一致。其中，作者關於通轉的統計次數明顯少於我們認為的 132 次，且沒有對旁對轉作出統計，當是遺漏甚多。在就聲轉的統計上，凡得雙聲 1112 次、旁紐 329 次、鄰紐 81 次、準雙聲 58 次、準旁紐 14 次，也是存有較大出入。經核商務本原文，逐條加以檢驗，我們認為儘管魏文的研究思路同我們相仿佛，但其數字結果實未可信，基於數位結果推出的定性結論理當值得進一步商榷。例如，魏清源基於「同音 419 次；疊韻 608 次；對轉 194 次；旁轉 200 次；通轉 29 次」的分佈狀況，認定「這一結果基本符合王力先生的認識，只是旁轉的比對轉的稍多些」，顯然有悖於表 1 中反映出的事實。

我們遵照相同的方法、原則繪製《同源字典》的聲轉頻次統計表，其結果如下。

表 4 《同源字典》聲轉頻次統計表

		喉	牙						舌頭					舌面							正齒				齒頭					唇			
		影母	見母	溪母	羣母	疑母	曉母	匣母	端母	透母	定母	泥母	來母	照母	穿母	神母	日母	喻母	審母	禪母	莊母	初母	床母	山母	精母	清母	從母	心母	邪母	幫母	滂母	並母	明母
喉	影母	85	3	1			4	1																									
牙	見母		107	26	21	3	7	20																									
	溪母			41	7	1	8	6																									
	羣母				22		2	2																									
	疑母					51	1	3				1					2																1
	曉母						30	10																									
	匣母							69																									
舌頭	端母								36	2	20	1	3	19	1				2		1				1		2						
	透母									22	21		3	1	1	1		3	3	3			1				1						
	定母										69	3	2	9	1	1		5	6	4	1	1				1	3	2	4				
	泥母											15				15											1					1	1
	來母												71					1	5														5
舌面	照母													34	2			2	2	2	3	1					2						
	穿母														9			1	2			1	1										
	神母															2		1	2	3							4						
	日母																28	1		1													
	喻母																	40									1	1	3				
	審母																		12	1		1		1			5	1					
	禪母																			20			1	1		1		2					
正齒	莊母																				6		1	4	3		2	1	2				
	初母																					5	1	1	1	7	1						
	牀母																						3	2	1	2	2	2					
	山母																							8	2	1		6					

組	聲母	精	清	從	心	邪	幫	滂	並	明
齒頭	精母	24	7	14	6	2				
	清母		15	9	7	1				
	從母			32	4	4				
	心母				32	1				
	邪母					9				
唇	幫母						38	18	19	8
	滂母							23	20	6
	並母								39	8
	明母									83

　　結果顯示，《同源字典》出現最多的聲轉類型為見溪旁紐，約占聲轉總比的4.97%。凡 10 種聲轉類型出現頻次在 10 以上，它們分別是：見羣旁紐、見匣旁紐、端定旁紐、定透旁紐、照端準雙聲、泥日準雙聲、精從旁紐、幫滂旁紐、幫並旁紐、滂並旁紐。這些都是漢語同源詞中常見的聲紐關係，且全部表現為旁紐或準雙聲。

　　除此之外，牙音內部聲轉發生 117 次，舌音內部聲轉發生 156 次，齒音內部聲轉發生 97 次，唇音內部聲轉發生 79 次，喉音、牙音之間聲轉發生 9 次，牙音、舌音之間聲轉發生 3 次，牙音、唇音之間聲轉發生 1 次，舌音、齒音之間聲轉發生 49 次，舌音、唇音之間聲轉發生 6 次。可悉《同源字典》的聲轉判定以同類音內部聲轉或相近的非同類音之間聲轉為主，後者僅限「喉—牙」「牙—舌」「牙—唇」「舌—齒」「舌—唇」幾種，且舌音、齒音互轉的比率獨高。比較黃侃《說文同文》的聲紐關係資料，《說文同文》的非同類音相轉總比還要略高於同類音，且喉、牙、舌、齒、唇之間互有相轉的例子，前者在這方面儼然已經控制得極為審慎。

四、《同源字典》的聲、韻地位比較

　　黃侃《聲韻略說》直陳自宋吳棫以來，諸家探賾古音之弊有三，當先一條即「但能得韻而不能得聲，或但能得聲而不能得韻」[7]。《同源字典》在語音繫聯問題上的考量很好地兼顧了聲和韻的問題，這點毋庸置疑。

　　不過，聲、韻兼顧，絕不意味著二者在語源繫聯的過程中所起到的作用是平行、等同的。現將《同源字典》韻轉時聲紐的變化和聲轉時韻部的變化分別統計如下。

表5 《同源字典》韻轉時聲紐變化分佈表

韻轉類型	被標注的組數	聲紐變化	占同韻轉類型組數的比例
疊韻	1030	雙聲	64.27%
		旁紐	23.59%
		準雙聲	3.30%
		準旁紐	0.29%
		鄰紐	8.54%
對轉	199	雙聲	64.32%
		旁紐	25.13%
		準雙聲	2.51%
		準旁紐	0.50%
		鄰紐	7.54%
旁轉	210	雙聲	77.62%
		旁紐	10.95%
		準雙聲	3.33%
		準旁紐	0.00%
		鄰紐	6.19%
通轉	132	雙聲	75.76%
		旁紐	13.64%
		準雙聲	5.30%
		準旁紐	0.00%
		鄰紐	5.30%
旁對轉	32	雙聲	84.38%
		旁紐	15.63%
		準雙聲	0.00%
		準旁紐	0.00%
		鄰紐	0.00%

表6 《同源字典》聲轉時韻部變化分佈表

聲轉類型	被標注的組數	韻部變化	占同聲轉類型組數的比例
雙聲	1080	疊韻	61.30%
		對轉	11.85%
		旁轉	15.09%
		通轉	9.26%
		旁對轉	2.5%

旁紐	343	疊韻	71.72%
		對轉	14.87%
		旁轉	7.87%
		通轉	5.25%
		旁對轉	1.46%
準雙聲	53	疊韻	64.15%
		對轉	9.43%
		旁轉	13.21%
		通轉	13.21%
		旁對轉	0.00%
準旁紐	4	疊韻	75.00%
		對轉	25.00%
		旁轉	0.00%
		通轉	0.00%
		旁對轉	0.00%
鄰紐	123	疊韻	71.54%
		對轉	12.20%
		旁轉	10.57%
		通轉	5.69%
		旁對轉	0.00%

　　如表 5、表 6 所示，《同源字典》在開展同源詞語音繫聯的過程中，誠然同時關注到了聲和韻兩個部分。在兩者關係都不甚密切的情況下，所對應到的同源片語數量也會大幅減少，乃至趨零。另外，魏清源（2011）的結論亦可成立，即「韻部關係的相近程度與聲紐關係的相近程度呈反比」，雙方條件下此消彼長、互為牽制。當韻轉關係較為疏離的時候，聲紐間的關係反而密切，如發生旁轉、通轉、旁對轉時所對應的雙聲、旁紐出現條件明顯泛於疊韻或對轉的情形。同理，當聲轉關係較為疏離的時候，韻部間的關係也會更為緊密，如視準雙聲、準旁紐、鄰紐為依據進行繫聯時，疊韻、對轉也會有所增多。

　　參以表 1、表 3 中的資料，不難知悉《同源字典》在據語音關係考釋同源詞的過程中，或常倚重聲紐一邊的關係，而非韻部。理由如下：其一，雙聲、旁紐作為最趨近的兩種聲紐關係，其出現總頻要略高於地位相當的疊韻、對轉；其二，無論何種韻轉類型的條件下，其聲紐關係方面雙聲、旁紐的比例

始終保持在 90%左右或更高，而同類型聲轉的條件下，同源詞韻部關係方面
疊韻、對轉的比例則波動較大，約占 70～85%之間；其三，在一些不甚密切
的聲轉條件下，如準雙聲、鄰紐，其所對應的旁轉、通轉、旁對轉比例仍多高
於 15%乃至 25%，類似的情況並未出現在旁轉、通轉、旁對轉條件下的韻部
關係統計中。這樣的關係宜頗契乎語言事實，因為漢語的聲、韻分別主要由
輔音和母音組成，一般地，輔音替換在語言距離的測量中比起母音替換需要
被賦予更多的權重。Gooskens（2008）[8] 等認為，輔音之間的替換可能會導致
一個詞的整體「框架」發生改變，故而比起母音表現出更加明顯的相關性。

最後，考慮到王力向來推崇王念孫在「因聲求義」上的貢獻，且明謂「假
使王念孫寫一部《同源字典》，一定寫得很好的」，王念孫在語源研究方面的代
表性著作即《廣雅疏證》，不妨針對前後二者在語音繫聯層面的規律性差異作同
步的比較研究。胡繼明（2003）曾就《廣雅疏證》通書涉及到的全部 379 組漢
語同源詞間語音關係予以窮盡梳理，為我們初窺這一問題提供了便利。特基於
胡氏所言聲轉、韻轉分佈製表示意如下〔註3〕。

表7 《廣雅疏證》的韻部及聲紐關係分佈表

韻部關係	所占比例	聲紐關係	所占比例
疊韻	69.66%	雙聲	53.30%
對轉	12.66%	旁紐	34.56%
旁轉	9.76%	準雙聲	4.22%
通轉	3.69%	準旁紐	5.80%
旁對轉	4.22%	鄰紐	2.11%

聯合對比表 1、表 3、表 7，我們發現除通轉外，相同指標的比例資料浮動
變化不大，《廣雅疏證》繫聯雙聲、旁紐的次數也略高於疊韻、對轉。就《廣
雅疏證》《同源字典》最終的繫聯成果而言，其在語音關係類型的分佈上既然
表現得十分近似，或能互證王念孫、王力二人各自總結得到的大批漢語語詞的
確來源廣泛且設置合理，相對科學地反映出了上古漢語內部同源詞分佈的實
際狀況。

至於二者的差異，大約集中在對旁轉、通轉的把握上。王念孫關心旁轉繫

〔註3〕 但與此同時，胡繼明所直接給出的比例資料皆不可採，因為作者只關心非雙聲、疊
　　　　韻條件下各聲轉、韻轉的出現類型分佈，故其比例的計算方式是將雙聲、疊韻排出
　　　　在外的。現已將其重新納入統計範疇。

聯的頻率也很高，但尚未超過對轉，在這一點上較《同源字典》有所節制。《廣雅疏證》對於通轉的考量較《同源字典》來說更為合理、慎重，僅居總規模的3.69%，相比於後者的8.22%，無疑是大大減少了。

五、小結

我們通過窮盡分析《同源字典》既收同源詞間的韻部及聲紐關係，可以初步推出下述針對漢語同源詞間語音關係的論斷：

（1）漢語同源詞之間韻部關係的出現可能性從高到低分別是：疊韻、旁轉、對轉、通轉、旁對轉。聲紐關係的出現可能性從高到低分別是：雙聲、旁紐、鄰紐、準雙聲、準旁紐。由於後者較貼合於作者理論上贊成的親疏預測，可知作者對於韻轉的關心程度不及聲轉。

（2）漢語同源詞之間出現較多的韻轉類型從高到低分別是：月元對轉、魚鐸對轉、宵幽旁轉、之魚旁轉、之職對轉、魚鐸對轉、魚陽對轉、魚歌通轉、魚元通轉、侯屋對轉。漢語同源詞之間出現較多的聲轉類型從高到低分別是：見溪旁紐、見羣旁紐、見匣旁紐、端定旁紐、定透旁紐、照端準雙聲、泥日準雙聲、精從旁紐、幫滂旁紐、幫並旁紐。前者多係對轉、旁轉，偶見通轉，後者則全部表現為旁紐或準雙聲，且以同類音內部聲轉或相近的非同類音之間聲轉為主。

（3）比較《說文同文》《同源字典》及《廣雅疏證》的同源詞繫聯實踐，《同源字典》語音關係的把控程度大約介乎《說文同文》《廣雅疏證》之間。與此同時，由於《同源字典》《廣雅疏證》同源詞的語音關係分佈十分接近，說明《同源字典》的詞目詞系統在一定程度上確能反映出上古漢語同源詞的實際分佈。

六、參考文獻

1. Gooskens, C. & Wilbert, H. & Karin, B., Phonetic and lexical predictors of intelligibility. *International Journal of Humanities and Arts Computing*, 2008（2）：63~81。

2. 王繼如，藤保明堂《漢字語源辭典》述評，《辭書研究》第 1 期，1988 年，頁115～124。

3. 王鳳陽，漢語詞源研究的回顧與思考 //《漢語詞源研究（第一輯）》，長春：吉林教育出版社，2001 年，頁 29～119。

4. 王力，《同源字典》，北京：商務印書館，1982 年。

5 裘錫圭，談談《同源字典》//《古代文史研究新探》，南京：江蘇古籍出版社，
1992 年，頁 179～208。

6. 韓琳，《黃季剛〈說文同文〉研究》，北京：中國社會科學出版社，2021 年。

7. 魏清源，同源字的韻部和聲紐關係，《河南大學學報》第 5 期，2011 年，頁 150
～153。

8. 黃侃，《黃侃論學雜著》，上海：上海古籍出版社，1980 年。

9. 胡繼明，從《廣雅疏證》看漢語同源詞的語音關係類型和音轉規律，《廣西師範
大學學報》第 1 期，2003 年，頁 88～92。

嶺西五家詞用韻與清代廣西方言*

畢原浩*

摘　要

　　清代嶺西五家詞中的四位桂柳官話詞人用韻情況十分獨特，共可歸納為 16 韻部，其中陰聲韻與元代通語總體保持一致，但支齊尚未分韻；陽聲韻完全符合西南官話鼻韻尾〔n〕〔m〕〔ŋ〕混並的特徵；入聲韻的保留情況則體現了廣西境內平話的底層。另一位粵方言詞人在用韻特徵上與今平南白話的音系基本相符。地理位置的偏遠封閉，方言母語的影響，以及不同方言間的接觸與替換，是造成五家詞用韻特性鮮明的三大主要原因，這同時也在一定程度上反映出清代廣西方音的語音特徵。

關鍵詞：嶺西五家詞；詞韻；清代；桂柳官話；平話

　　彭昱堯、龍啟瑞、王拯、蘇汝謙和龍繼棟同為道光咸豐年間粵西詞派的重要代表人物，他們不僅影響了王鵬運[註1]的詞文創作，更直接促進了清代嶺西詞壇的繁榮。梁揚、黃紅娟（2014）將五家詞合編為《嶺西五家詞校注》，「嶺西五家詞人」的名號因此而得以確定。其中，彭昱堯是粵方言詞人，而

---

* 2019 年度國家社科基金一般項目「明清文獻所輯「南音」「北音」研究」
　（19BYY141）

* 畢原浩，男，2001 年生，山東威海人，碩士研究生，主要研究方向為藏緬歷史形態句法，語言接觸和語言類型學。

〔註1〕王鵬運（1849～1904），字佑遐，廣西臨桂詞派領袖，與況周頤、朱孝臧、鄭文焯合稱「清末四大家」，且王鵬運居首。中山大學中國語言文學系，廣東510275。

龍啟瑞、王拯、蘇汝謙和龍繼棟是桂柳官話詞人；他們雖屬同一詞人團體，卻因各自方言的影響，而呈現出不同的用韻特徵。

　　廣西是我國語言的富礦區，歷史上平話、白話和官話等強勢方言在廣西境內頻繁接觸，相互影響，但目前關於廣西歷代韻文材料的研究卻十分匱乏；所操不同方言母語的廣西文人留下的韻文材料表現出不同的用韻特徵，並與當今歸納出的明清通語 15 韻部〔註2〕存在顯著差異。儘管我國明清時期的許多方言音韻都有了較為系統的考察，但就目前而言，廣西詞人的方言音韻研究仍存在巨大缺口，其歷史韻文的價值尚未受到學界足夠重視。而嶺西五家詞作為清代嶺西詞壇的代表之作，無疑能在某種程度上反映出清代廣西方言的一些語音特點。

一、嶺西五家詞人及其方言歸屬

　　彭昱堯（1811～1851），字子穆，廣西潯州平南縣人，曾拜入呂璜〔註3〕門下學習古文，並結識王拯、龍啟瑞等人。其詞集《懺綺盦詞稿》今本為民國陳柱重新校刊而成的，共收詞 40 首。

　　龍啟瑞（1814～1858），字翰臣，廣西臨桂人，與朱琦、彭昱堯、王拯等以詩文論交。龍啟瑞於道光二十一年（1841）狀元及第，官至江西布政使；其子龍繼棟刻其詞集，名《漢南春柳詞鈔》〔註4〕，共收詞 102 首。

　　王拯（1815～1876），字定甫，號少鶴。原籍山陰，寄籍廣西馬平（今柳江縣）。道光二十一年（1841）進士，官至通政使。陳乃乾輯《清名家詞》，收王拯《茂陵秋雨詞》與《瘦春詞》，總名《龍壁山房詞》，共收詞 197 首。

　　蘇汝謙（？～1870），字虛谷，一字栩谷，廣西靈川人。道光十七年（1837）舉人，曾與王拯、龍啟瑞等俱在北京應會試，後授直隸新樂縣知縣。民國陳柱校刊《雪波詞》，收蘇詞 37 首。

　　龍繼棟（1845～？），原名維棟，字松琴，號槐廬，廣西臨桂人，龍啟瑞

〔註2〕　王力（1987：484）分明清韻部共 15 部：1. 中東；2. 江陽；3. 支思；4. 衣期；5. 居魚；6. 姑蘇；7. 懷來；8. 灰堆；9. 人辰；10. 言前；11 遙迢；12. 梭波；13. 麻沙；14. 乜邪；15. 由求。

〔註3〕　呂璜（1778～1838），字禮北，號月滄，廣西永福人，為廣西五大桐城派古文家之一。

〔註4〕　龍啟瑞、蘇汝謙、王拯之詞最初都見於唐岳咸豐四年（1854）刊《涵通樓師友文鈔》的第十卷，其中龍啟瑞詞集名《漢南春柳詞鈔》。

之子，約於同治十年（1871）始為戶部主事。龍繼棟詞為《槐廬詞學》，共收詞40首。

在五家詞人中，方言母語為粵方言的僅彭昱堯一人，其出生地為平南縣，當地人自稱母語為「白話」；自中晚清至今，當地方言始終以「白話」為主，而未發生大規模改變。另四位詞人：龍啟瑞、王拯、蘇汝謙和龍繼棟，他們的方言母語同屬西南官話的桂柳片，四人的整體語音特徵保持一致。

本文所討論的五家詞共404首，韻段443個，韻字3158個，其中桂柳官話詞人（龍啟瑞、王拯、蘇汝謙、龍繼棟）364首，韻段398個，約各占總詞數和總韻段數的90%。白話詞人彭昱堯40首，韻段45個，約各占總詞數和總韻段數的10%。因受方言母語影響，彭昱堯的用韻特徵與另四位桂柳官話詞人相差較甚，故桂柳官話詞人詞作統一討論，彭昱堯詞只作參照討論。我們依據韻攝和《廣韻》韻目，繫聯韻字，採用不同韻部通押超過10%則合為一部的標準，結合實際情況歸納韻部，分別從陰聲韻、陽聲韻、入聲韻三方面討論嶺西五家詞的用韻。

二、五家詞用韻情況

根據龍啟瑞、王拯、蘇汝謙和龍繼棟四位桂柳官話詞人的用韻特點，我們一共歸納出16韻部，其中陰聲韻7部，陽聲韻4部，入聲韻5部。由於粵方言詞人彭昱堯的部分數據空缺，無法歸納出總韻部，但依舊可以顯示部分特徵，故不單獨列表，只在文字上作參照與補充討論。下文各表中「《廣韻》韻目」為《廣韻》獨用同用的規定韻目，分押韻目右下角數字為符合《廣韻》獨用同用規定的韻目韻字出現的次數，通押韻目右下角數字為該韻目韻字出現的次數，「韻部」為繫聯歸納出的韻部及其右下角數字為該韻部押韻的總次數。（表中《廣韻》韻目皆舉平以賅上去）

（一）陰聲韻

四位桂柳官話詞人的陰聲韻共歸納出7個韻部：歌戈、家麻、懷來、魚模、支微、蕭豪和尤侯，總體上更類似元代《中原音韻》的音系特徵，魚模韻尚未分出姑蘇［u］和居魚［y］，但齊微韻又與支脂韻之間存在交叉，家麻韻也並未分出車遮韻，具體情況見「表1」：

表 1　桂柳官話詞人陰聲韻用韻情況〔註5〕

《廣韻》韻目		歌戈	麻	皆佳	灰咍	魚	模虞
分押		8	5	1	7	2	4
通押	不可歸部		庚 1		先 1	脂 3	脂 1 麻 1
	可歸部		夬 2	麻 13	皆 5 佳 4 泰 3	模 2 虞 9	魚 48
韻部		歌戈 8	家麻 21		懷來 19	魚模 65	
《廣韻》韻目		脂支之	微	齊	豪	肴	宵蕭	侯尤幽
分押		13	1	2			3	25
通押	不可歸部	灰 3					尤 1	
	可歸部	微 21 齊 25	支 1 齊 1	之 1 支 1	蕭 2	宵 1	宵 1 豪 18 肴 7	
韻部		支微 66			蕭豪 32			尤侯 25

首先，我們在此重點討論一下支齊通押。

微部字除 1 例獨用外皆與支脂韻字通押，共 21 例：開口三等微部「幾」「歸」「支」與「時」字各 1 次，「氣」「衣」「稀」字各 2 次；合口三等微部「非」「微」「未」和「尾」字各 1 次，「飛」字 2 次，「味」字 3 次，皆混入支脂韻。另有開口三等支韻「枝」字叶入微韻 1 次。

齊部字除 2 例獨用外，都與支脂韻字通押，共 25 例：開口四等齊部「翳」「髻」「睇」「砌」「系」「嗁」「洗」「細」「低」「西」「啼」「堤」字各 1 次，「底」字 2 次，「迷」和「計」字各 3 次；合口四等齊部「攜」字和「桂」字各 1 次。另有開口三等支韻「蘼」字以及開口三等之韻「絲」和「時」字各叶入齊韻 1 次。

以上統計表明，詞作中的微部字和齊部字仍與支脂韻是混在一起的，二者通押比例高達 70%，葉桂郴（2015）考察王鵬運詞中的支思部也是與齊微部相混的。根據王力（1987）的歷史擬音，我們可以得知，在隋唐五代之前，支思與齊微韻部之間尚未分開，它們都讀為舌面元音 [i]；而到了隋唐五代之時，脂微韻仍保留 [i] 的音，而資思韻已經發展出了舌尖元音 [ɿ]，自此開始，脂微韻和資思韻就分為兩韻了。至晚唐兩宋時，資思韻部還只包括支脂之的精系字，其餘所有三四等的支脂和齊微韻字仍歸入支齊部；而到了元代，

〔註5〕表例：以魚模韻為例，陰聲韻表中「模 2 虞 9」表示模韻共押入魚韻 2 次，虞韻共押入魚韻 9 次。

支思韻部便同時也包括了支脂之小韻下的照莊系字了。然而本文所表現出的
情況卻是支思與齊微韻部依舊尚未分開，如王拯詞《唐多令·秋蝶》：「迷淒
衣菲幃飛緋枝支」，其中章母支韻「枝」字仍叶入齊微韻中；再如王拯詞《青
玉案·人生恁廎居何易》：「系唳裏矣纁紫旎易水醉」，其中「紫」和「醉」都
是精母字，卻依然與其他的照莊系支脂韻字通押。因此，桂柳官話詞人的支
脂韻與齊微韻大抵依舊未分，仍保留了中古時期的相關語音面貌，其實這在
今天的桂柳官話中仍有一定的體現。即便現在桂柳官話中大部分地區都已分
別了舌面元音［i］和舌尖元音［ɿ］與［ʅ］，但荔浦和白石等部分地區的官話
卻依舊只停留在［i］這一步，而尚未分化出［ɿ］和［ʅ］（楊彧 2009），這無
疑是當今桂柳官話中得以殘留下來的語音底層，至少應與清代的情況大致相
符。

此外，我們還發現有兩例陽聲韻字混入到陰聲韻中的現象。其一是庚韻
「打」字混入家麻韻韻，「打」字韻尾［ŋ］的脫落至遲不應晚於唐末五代時
期，該音變發生的具體原因學界多有討論（如黃典誠 1985；王耀東，敏春芳
2011 等），本文在此不贅述。然另有一先韻「邊」字混入懷來韻中，見龍繼棟
詞《天香·官樐欺人》：「邊先快怪賣海礙載改帶」，陽聲韻與陰聲韻通押的情
況較為特殊，但這大抵也與受到方音影響有關。余瑾（2016：57）曾提到百年
前桂林靈川的語音特點，其中包括「部分鼻音韻尾變成元音韻尾」，如「川」
讀為「錘」的音［uei］。

（二）陽聲韻

四位桂柳官話詞人的陽聲韻共歸納為 4 個韻部：言前、江陽、人辰和鍾
東［註6］，其中人辰韻部包括了臻攝、梗攝、曾攝和深攝的所有小韻，中東韻
部則只包含了通攝字；而王力（1987：484）明清通語陽聲四韻部中，人辰韻
只包含了臻攝字和深攝字，中東韻則包括了大部分的梗攝和曾攝字，具體情
況見「表2」：

〔註6〕這是為了與王力先生（1987：484）歸納的明清通語陽聲四韻部保持一致，但是其
中人辰和中東兩個韻部實際包括的小韻卻大相徑庭，詳見文中論述。

表 2　桂柳官話詞人陽聲韻用韻情況

《廣韻》韻目		覃談	鹽添嚴	咸銜凡	寒桓	山刪	先仙	唐陽	江
分押					5		10	13	
通押	不可歸部								
通押	可歸部	咸2銜1元2	寒5桓6先7仙8元7	覃3鹽1山1先3仙1元1	覃5談2刪3咸2山11銜1元14	覃3談2先14仙14	寒18桓15覃5談1元22	江6	陽6
韻部		言前200（包括元韻獨用1次）							江陽25	

《廣韻》韻目		真諄	元痕魂	文欣	青	侵	庚耕清	登蒸	東	冬鍾
分押		1	3						2	1
通押	不可歸部	宵1						東1		
通押	可歸部	侵6青10	真10諄7侵1青1	諄6痕3魂7庚3侵3真12	文2欣3蒸6侵2庚9清6	文2欣1登1蒸2庚4清2	真15諄4痕1魂4文1登1侵1	真8諄1魂3文3欣4庚4清2	冬1鍾2	東4
韻部		人辰163							鍾東10	

　　四位桂柳官話詞人的人辰韻共押韻 163 次，而臻攝、梗攝、曾攝以及深攝字之間的通押多達 86 次，占總韻次的半數以上，充分反映了其鼻音韻尾的混並特徵。西南官話鼻音尾的混並時間至遲不晚於宋代，劉曉楠（2004）就已明確指出「宋代四川詩人用韻真文、庚青兩部得合併為一部」。同樣，在桂柳官話詞人中，不同鼻音韻尾間的混押共有 4 種類型，各舉 1 例如下：

　　1.［m］［ŋ］，王拯詞《思佳客·元夕出遊二解》：「輕清生庚行庚簪侵屏青明庚」；

　　2.［n］［ŋ］，蘇汝謙詞《鷓鴣天·郊行》：「鳴庚耕庚行庚明庚村魂成清」；

　　3.［n］［m］，王拯詞《浣溪沙（又十）》：「親真輪諄真真沉侵因真」；

　　4.［n］［m］［ŋ］，龍啟瑞詞《玉漏遲·立秋》：「鬢震盡軫井靜警梗冷梗沁沁忍軫信震影梗」。

　　其次，還有［n］尾山攝字與［m］尾咸攝字的通押，在此也任舉 1 例：龍啟瑞詞《瑣窗寒·贈內》：「變線短緩見霰倦線面線羨線硯霰豔豔」。

　　此外，粵語詞人彭昱堯詞中共押陽聲韻 17 次，並且未出現任何鼻韻尾混並使用的情況，這也從側面反映出鼻音韻尾的混並是屬於桂柳官話詞人的獨有特徵；彭昱堯詞的異部通押的情況也只有一次，為漾韻掠字混入鹽添韻中，

即《南鄉子・曉月掛樓簷》:「簷簾纖尖淹掠漾厭添」,若非傳抄刊刻之訛字,則此處出韻的原因仍待進一步考察。

(三)入聲韻

在五家詞人中,無論是四位桂柳官話詞人,還是粵語詞人彭昱堯,都能較為明確地區分出入聲字,這點是十分值得注意的。因為至遲到元代的《中原音韻》中,官話區的入聲字就已經完全消失了,並經歷了「韻尾消失→獨立成調→併入四聲」這樣一個過程。今天的西南官話中入聲字幾乎全部併入陽平,但四位桂柳官話詞人依然能夠分辨出入聲字,至少說明當時桂柳官話中的入聲字還未完全消失;且經本文考察發現,其表現出的特徵與今天桂北平話的入聲系統極為相合,我們將四位桂柳官話詞人的共 356 個入聲韻字暫附以今桂北平話的入聲讀音,發現能夠合韻的韻字共有 348 個,契合度高達近 98%。因此,本文推測這是平話的底層在清中晚期桂柳方言中的體現。具體情況見「表 3」:

表 3　桂柳官話詞人入聲韻用韻情況

《廣韻》韻目		質術櫛	陌麥昔	錫	職德	緝	屋	沃燭	覺	藥鐸
分押			1							1
通押	不可歸部				屋₁	屑₁				
	可歸部	德₁緝₁昔₁錫₁	質₁術₅櫛₂錫₂	昔₁職₁	昔₄錫₂陌₃緝₃質₁麥₂	昔₁	燭₂	屋₄德₁		覺₄
韻部		職德 36					屋燭 7		覺藥 4	

《廣韻》韻目		物	月沒	曷末	屑薛	葉帖	業乏	點鎋	合盍	洽狎
分押			1		2					
通押	不可歸部				狎₁點₂曷₁				葉₁業₁	脂₁
	可歸部				葉₄貼₄月₁₃物₂業₂錫₁質₁鐸₁昔₁			洽₂狎₁點₁	鐰₁合₃盍₂	
韻部		月薛 29						合洽 10		

1. 入聲歸五部

根據四位桂柳官話詞人的入聲使用情況，本文將其歸納為五個韻部：藥覺、屋燭、合洽、職德和月薛，葉桂郴（2015）同樣將王鵬運詞的入聲韻部分為以上五部〔註7〕，這絕非巧合；而王鵬運詞入聲五部之間異部通押的次數又遠比五家詞多，這或正體現了近代桂柳官話中入聲韻的不斷混並進而趨向於消失。葉文僅對入聲韻部進行了歸納，而並未說明其中的原因和機制，本文認為當時桂柳官話的入聲情況體現出平話的語音底層。因為在廣西境內，仍保留完整入聲系統的強勢方言無外乎平話和勾漏粵語兩種，而根據我們對入聲部分的擬音發現，其表現出的特徵與勾漏粵語存在較大差異，但與桂北平話保持相當高的一致性。

（1）藥覺部（包括《廣韻》的覺藥鐸）

四位桂柳官話詞人共押藥覺韻部 4 次，其中覺韻字 4 次全部與藥鐸韻通押，分別為：

王拯詞《疏影·江樓跨鶴》：「鶴鐸壑鐸昨鐸箔鐸薄鐸幕鐸角覺酌藥薄鐸」；

王拯詞《石州慢·艷絕媧雲》：「閣鐸魄鐸壑鐸落鐸托鐸學覺霍覺角覺掠藥」；

王拯詞《尾犯·自題填詞圖》：「閣鐸角覺落鐸薄鐸昨鐸托鐸錯鐸」；

龍繼棟詞《前調·塵夢尚分明》：「索鐸閣鐸卻藥角覺」。

藥覺部的押韻非常整齊，而無異部字叶入。據陳海倫、劉村漢（2009）的調查顯示，在桂北平話中，覺藥鐸三個小韻的韻母大多讀作 [ɔʔ]，它們也是以 [ɔ] 為主元音的主要組成韻部，其主元音 [ɔ] 在入聲韻部中有著較為顯著的語音區別特徵，歷史上也很少有其他韻部混入其中。

（2）屋燭部（包括《廣韻》的屋沃燭）

四位桂柳官話詞人共押屋燭韻部 7 次，其中燭韻獨用 1 次，屋韻押入沃燭韻 4 次，燭韻押入屋韻 2 次，另有德韻叶入沃燭韻 1 次。

燭韻獨用 1 次為龍啟瑞詞《減字木蘭花·為陳幼舫茂才題羅杏初女史盆蘭小幀》：「綠燭曲燭」。屋韻共押入沃燭韻 4 次，如龍繼棟詞《百字令·蕙房深窈》：「竹屋曲綠獨屋燭玉觸蜀屋」。燭韻共押入屋韻 2 次，如王拯詞《滿江紅·重經

〔註7〕雖然同樣分為五類，但本文中的業小韻歸入月薛部，點鎋韻歸入合洽部；而葉文中的業小韻歸入合洽部，點鎋韻歸入薛月部。

古北口》：「簇束燭曲燭綠燭肉目錄鏃服」。德韻叶入沃燭韻 1 次的為王拯詞《滿江紅‧郡郭蕭條》：「竹麓燭北德足獨綠曲」。

屋燭部的押韻也十分整齊，除了有 1 次德韻「北」字叶入之外，再無其他異部叶入；而我們在今桂林兩江小片平話中發現「北」字有讀為 [po?] 的情況，這說明該附近區域內在歷史上的「北」字可能發生過元音高化現象，但是今天大多未能保留下來。桂北平話中屋沃燭三個小韻的韻母大多讀作 [u?]，它們同樣是入聲字中以 [u] 為主元音的主要組成韻部，其主元音 [u] 的獨立性也很強，在漢語語音史上也很少與其他韻部字相混。因此，清中晚期保留平話語音底層的桂柳官話也形成了屋燭部的高度獨立。

（3）合洽部（包括《廣韻》的合盍洽狎黠鎋）

四位桂柳官話詞人共押合洽韻部 10 次，且全部為合盍韻、洽狎韻以及黠鎋韻之間的通押，其中洽狎共押入合盍 3 次，合盍押入洽狎 5 次，黠鎋韻押入合盍與洽狎各 1 次。另有異部叶入 3 次，其中葉、業韻各與合盍通押 1 次，脂韻與洽狎通押 1 次。

合盍韻、洽狎韻以及黠鎋韻之間共有 10 次通押，如王拯詞《淒涼犯‧露槐徑踏》：「踏合答合匝合點黠嗒合閤合榻合塔合插洽翣狎」。葉、業韻各與合盍通押1 次的為王拯詞《暗香‧灤陽歲晚行眺酒仙祠下有作》：「匝鎋颯甲臘踏怯業闔摩葉靉槢壓」，其中「摩」字和「怯」字在上古韻部中同屬於盍部字，因此這裏可能是仿古押韻。合盍韻與洽狎韻在宋代時就已經合為一個韻部「合洽」了，今桂北平話的山攝二等字與咸攝開口一二等字的入聲主要元音都擬作 [a]，所以便造成了合洽韻與黠鎋韻的通押。

（4）職德部（包括《廣韻》的質術櫛陌麥昔錫職德緝）

四位桂柳官話詞人共押職德韻部 36 次，另有 2 次與異部通押。

職德部不與異部通押的情況佔據絕大多數，如龍啟瑞詞《好事近‧談笑說江湖（又一）》：「策麥得德跡昔識職」等。異部字叶入的情況共有 2 次，如屋韻叶入的為王拯詞《念奴嬌‧京盧病起》：「出櫳屋積得側陌憶昔」。

職德部內部的情況與漢語史的語音發展存在較大出入，卻與桂北平話入聲語音面貌高度相似，我們現依照桂北平話的入聲系統將職德部的主母音暫擬作 [ə]，其來源為深攝、臻攝、曾攝和梗攝的絕大部分入聲韻，就連其中的三

四等字也並沒有保留細音而選擇向央元音［ə］演變。在舌面元音中，央元音［ə］的發音最為省力，這或許也可以解釋為何五家詞中歸為職德部的韻字數量最多，這與發音的簡易程度大抵是密切相關的。

（5）月薛部（包括《廣韻》的屑薛物月沒曷末葉帖業）

四位桂柳官話詞人共押月薛韻部 29 次，另有 4 次與異部通押。

月薛部不與異部通押的情況同樣佔據大多數，如王拯詞《水龍吟・送春》：「節屑缺屑說薛雪薛結屑別薛莢貼怯業月月」。異部字叶入的情況共有 4 次，如王拯詞《尋聲苦恨極》中鐸韻：「極得力索鐸隙客色寂壁織跡陌息碧側」，龍繼棟詞《曲遊春・獨詣長椿寺作》中狎韻：「疊歇滅掣嫛狎觑咽鳷血雪潔」等。

月薛部的情況看似複雜，因為其中的韻字在今天大部分方言中都分為［i］和［y］兩種不同的讀音，即便是粵方言也不例外。然而，現代漢語中的韻母［y］，實則是母音發展到明清時期才出現的（王力 1987：661），余瑾（2016：47）也稱：「平話祖方言無撮口韻［y］，［y］是後起的演變。」這便可以解釋本文中月薛部的來源：其主要來自臻攝、山設、咸攝和梗攝的三四等字，而無論開合。

2. 彭昱堯的入聲情況及討論

彭昱堯詞中共有入聲押韻 19 次，雖然總數不多，但其押韻情況卻完全符合今平南白話的語音特徵，根據李玉（2008）所整理的平南白話同音字表可知，平南白話的入聲主要元音包括［a］，［ɐ］，［i］，［u］，［y］，［ɛ］，［ɔ］及［œ］，參照翁慧珊（2014）對粵語韻書《分韻撮要》的整理，平南白話的入聲韻同樣可以歸為五部：I.［a］／［ɐ］，II.［i］，III.［u］／［y］，IV.［ɛ］，V.［ɔ］／［œ］，第 I 部如《滿江紅・無計能留》：「刻德泣緝石昔濕緝笛錫尺昔謫麥只昔急緝」，第 II 部如《齊天樂・多情自古傷離別》：「別薛節屑撇屑結屑咽屑疊屑絕薛訣屑割曷說薛」。

四位桂柳官話詞人之所以能夠分辨入聲，大抵是受到桂柳官話中存在的古平話底層影響，即便是在今天，柳州方言中也「有少量殘存的入聲字，韻尾是［-ʔ］」（李榮 1995：15），而今天桂北平話的入聲韻尾也簡化至只剩下喉塞音［-ʔ］。雖然今天廣西境內最強勢的方言為粵語和官話，但宋元明清時期廣西境內最具優勢地位的漢語方言是平話（洪波 2004）；此外，根據張均如（1982）

的研究，平話人的祖先是北宋時隨狄青南征而從中原來到廣西的，而進入廣西的官話則是明朝沐英平定雲貴時留戍的軍民所說的話，除勾漏片外的廣西粵語則主要是清開海禁後隨廣東人經商而帶到廣西的。因此，今桂北的桂柳官話區和桂南的粵方言區，曾經應都是平話流行的地帶，只是從明清至今發生了大規模的語言替換。這或許也可以解釋，為什麼今天桂北平話的入聲韻尾大多只剩下喉塞音〔-ʔ〕，而桂南平話的入聲韻尾仍較完整地保留了〔p〕〔t〕〔k〕三個輔音：因為語言間接觸的作用是相互的，桂北平話與沒有入聲系統的官話接觸，使自己的入聲韻尾不斷簡化，而同時也使官話獲得了簡單的喉塞音〔-ʔ〕；而桂南平話與帶有入聲系統的粵語接觸，便依舊完整地保留了自身的三個輔音韻尾。

三、結語

　　嶺西五家詞中的四位桂柳官話詞人有著極為特殊的用韻特徵，多種語言因素共同影響著桂柳官話詞人的語音面貌，觀察其 16 韻部的情況，具有相當鮮明的地域典型性。

　　陰聲韻：廣西較為遠離中原文化區，在清代以前的文化發展也始終較慢，其語音面貌的變化也相對滯後，這是四位桂柳官話詞人的陰聲韻仍保留著元代通語大致語音面貌的原因。

　　陽聲韻：作為西南官話區中的一部分，他們又選擇了在陽聲韻的使用情況上與西南官話保持高度一致，鼻韻尾的混並是西南官話最顯著的特徵，這在四位桂柳官話詞人的陽聲韻部中也完全符合。

　　入聲韻：平話作為宋元明清時期廣西境內實力最強的漢語方言，使得後來進入廣西境內的大多漢語方言（白話、西南官話、客家話等）大多具有一個平話的底層，這在清代桂柳官話的入聲韻中仍能較為明顯地體現出來。

四、參考文獻

1. 〔宋〕陳彭年，《宋本廣韻》，南京：江蘇教育出版社，2008 年。

2. 陳海倫、劉村漢，《粵語平話土話方音字彙（第二編）桂北、桂東及周邊平話、土話部》，上海：上海教育出版社，2009 年。

3. 洪波，壯語與漢語的接觸史及接觸類型//石鋒、沈鍾偉，《樂在其中王士元教授七十華誕慶祝文集》，天津：南開大學出版社，2004 年，頁 104～120。

4. 黃典誠，普通話「打」字的讀音，《辭書研究》第 1 期，1985 年，頁 84～85。

5. 李榮，《柳州方言詞典》，南京：江蘇教育出版社，1995 年。

6. 李蕊，《全元曲用韻研究》，華中科技大學博士學位論文，2009 年。

7. 李玉，平南話同音字匯（上），《廣西師範學院學報》第 4 期，2008 年，頁 108 ～111。

8. 李玉，平南話同音字匯（下），《廣西師範學院學報》第 1 期，2009 年，頁 123 ～127。

9. 梁揚、黃紅娟，《嶺西五家詞校注》，四川：巴蜀書社，2014 年。

10. 劉曉楠，宋代四川詩人用韻及宋代通語音變若干問題，《四川大學學報》第 6 期，2004 年，頁 79～88。

11. 覃小航，廣西粵語的線性分佈和歷史成因，《中南民族學院學報（哲學社會科學版）》第 1 期，1998 年，頁 122～124。

12. 王力，《漢語史稿》，北京：中華書局，2013 年。

13. 王力，《王力文集（第十卷）漢語語音史》，濟南：山東教育出版社，1987 年。

14. 王耀東，敏春芳，「打」字的來源及讀音考，《寧波大學學報（人文科學版）》第 2 期，2011 年，頁 36～39。

15. 翁慧珊（Eng Hooi Sun），《〈分韻撮要〉音系研究》，南京大學博士學位論文，2014 年。

16. 楊彧，《桂柳官話音韻層次研究》，蘇州大學碩士學位論文，2009 年。

17. 葉桂郴，清代臨桂詞人王鵬運詞作用韻研究（上），《桂林航太工業學院學報》第 1 期，2015 年，頁 78～84。

18. 葉桂郴，清代臨桂詞人王鵬運詞作用韻研究（下），《桂林航太工業學院學報》第 3 期，2015 年，頁 392～398。

19. 余瑾，《廣西平話研究》，北京：中國社會科學出版社，2016 年。

20. 張均如，廣西中南部地區壯語中的老借詞源於漢語古「平話」考，《語言研究》第 1 期，1982 年，頁 197～219。

說脒、膰、皤與便便[*]

凌嘉鴻[*]

摘　要

《山海經》耳鼠「食之不脒」之「脒」與古代辭書中訓「大腹」的「膰」字是一字異體，均从采得聲，與《左傳》「城者謳」之「皤」表示同一個詞，亦是成語「大腹便便」之「便」的本字。「脒」與「皤」「便」的關係即所謂「本有本字的假借」，後「皤」「便便」存而「脒」「膰」皆廢。

關鍵詞：山海經；脒；膰；皤；便便

《山海經·北山經》有：

（1）又北二百里，曰丹熏之山，其上多樗柏，其草多韭、韭，多丹
　　　 雘。熏水出焉，而西流注于棠水。有獸焉，其狀如鼠，而菟首
　　　 麋身，其音如獂犬，以其尾飛，名曰耳鼠，食之不脒，又可以
　　　 禦百毒。[註1]

＊ 基金項目：2022 年四川省社會科學重點研究基地（擴展）「中國出土醫學文獻與文
　 物研究中心」一般項目「出土戰國至西漢養生類文獻新校注」（CTWX2202）；2022
　 年廣東省普通高校人文社科重點研究基地「母語教育與研究基地」項目「基於語文
　 教師專業發展的古書校讀條例整理與研究」（2022WZJD007）。
＊ 凌嘉鴻，男，1994 年生，廣東省湛江市人，主要研究方向為出土文獻與古文字。廣
　 東第二師範學院文學院，廣東廣州 510303。
〔註1〕例見袁珂（2013），第 64 頁。

　　文中有「脿」字，郭璞注「脿，大腹也，見《埤蒼》。音采。」郝懿行箋疏：「《本草經》云：『鼺鼠主墮胎，令產易』，陶注云『鼺即鼯鼠，飛生鳥也。人取其皮毛，以與產婦持之，令兒易生。』義與此近。」〔註2〕此字《漢語大字典》（2010：2240）釋為「肚子鼓脹」並注音「cǎi」。據《廣韻》反切「倉代切」，此字應如《上古音手冊》《古音彙纂》《故訓彙纂》《〈廣韻〉反切今讀手冊》等注「cài」。然細繹文獻，此字音讀尚可商榷。

　　除《廣韻》外，「脿」亦見於其他古代辭書，如：《篆隸萬象名義》：「千代反，大腹。」《新撰字鏡》〔註3〕、宋本《玉篇》二書訓釋與切語亦同前書。《玉篇》云：「《山海經》云『耳鼠食之不脿』。脿，大腹也。」《廣韻·代韻》：「脿，大腹」，音「倉代切」。〔註4〕至《集韻》，「脿」字則有三個音讀：一是「倉何切」，訓「大腹也」。〔註5〕二是「此宰切」，訓「大腹」。〔註6〕三是「倉代切」，訓「大腹也」並云「《山海經》丹熏山有耳鼠，以其尾飛，食之不脿。」同時代的《類篇》記載與《集韻》無明顯差別：「倉何切，大腹也。又此宰切。又倉代切。《山海經》丹熏山有耳鼠，以其尾飛，食之不脿。文一，重音二。」〔註7〕以郭注與《篆隸萬象名義》諸書對讀，不難看出，諸音義均是從「脿」「音采」而來。故有《廣韻》以前之書均注「千代反」或「倉代切」，後世辭書或因方音或因誤讀才有「此宰切」的切語。《集韻》「倉何切」，趙振鐸《集韻校本》注引姚觀元《集韻校正會編》卷三云：「按：《廣韻·代韻》倉代切有『脿』字，注云：『大腹。』本書《代韻》倉代切同，並引《山海經·北山經》為證，郭注音采，此音不知何據。姚校：『許云：「脿無蹉音，注云大腹，似是膰字之譌。番下脫田，采譌采。」』」〔註8〕姚引「許說」〔註9〕有見，但譌字之說不可取。然古文字中，後世从番之字古文字多从采。劉釗已注意到此字音

────────────────

〔註2〕　見郝懿行（2019），第90頁。
〔註3〕　見昌住（1993），第36頁。
〔註4〕　《廣韻》此音本自宋跋本王仁昫《刊謬補缺切韻》。
〔註5〕　見丁度等（2012），第421頁。
〔註6〕　「明周本、錢鈔注『腹』字作『𦝫』。潘校同。誤。潭州本、金州本、毛鈔本作『腹』。」見丁度等（2012），第734（上冊）、463頁（下冊）。
〔註7〕　見司馬光（1988），第147頁，原書「丹熏山」誤作「丹黑山」。
〔註8〕　見丁度等（2012），第270頁。
〔註9〕　姚氏所引「許說」未檢得原文，目前僅見於姚觀元《集韻校正會編》卷三（第18頁）。

義有問題，錄其考釋如下：

> 按脄字的形、音似都存在問題。從「采」為聲不應有「大腹」
> 之義。故在此稍加分析。「脄」字不見於《說文》，見於《玉篇》、
> 《廣韻》、《集韻》等書。音「千代切」「倉代切」，均訓為「大腹」，
> 疏證只有《山海經》一條……字書另有一「膰」字，見於《說文》、
> 《玉篇》、《廣韻》、《集韻》等書，《集韻》亦訓為「大腹」。脄與膰
> 之間有無關係呢？按古『采』『番』一字，金文與《說文》古文播
> 字作『𢿙』（引者按：《說文》古文作𧴪，金文與傳抄古文有作𢿙者。）
> 可證。早期從『采』的字後來皆從『番』作。『采』字與『采』字
> 字形極近。極易相混。從這一點出發，可推測《山海經》的『脄』
> 字很可能是『膰』字的初文，本從肉采聲，後所從之『采』訛為『采』，
> 字音亦『音隨形轉』誤讀為「采」音。……從語源上看，從「采」
> 得聲的字沒有「大」「多」一類的意思，而從「番」得聲的字正有
> 「大」「多」一類的意思。〔註10〕

劉氏所揭「膰」字亦見於《篆隸萬象名義》，注「扶園反，祭肉嬏字。」
又《新撰字鏡》卷一：「附袁反。祭餘完（宍）。」〔註11〕「扶遠反。祭肉也。」
〔註12〕又《玉篇》：「扶袁切。膰，肝也。」又《廣韻》：「膰，祭餘熟肉」，音
「附袁切」。此一系音義與《說文》「燔」字表示的是同一個詞，許慎云「宗廟
火孰肉。從炙番聲。《春秋傳》曰：『天子有事嬏焉，以饋同姓諸矦。』」然至
《集韻》，「膰」字卻有三個音讀：一是符袁切，云「《說文》：『宗廟火熟肉』。
引《春秋傳》『天子有事嬏焉，以饋同姓諸侯』。或从肉从示。」此與《說文》
《廣韻》等同。二是蒲官切，訓「大腹」。三是蒲波切，訓「大腹也」。《類篇》
所載與《集韻》同：「符袁切，宗廟火熟肉。又蒲官切，大腹。又蒲波切。文
一，重音二。」《廣韻》以前「膰」多注「扶園反」「附袁反」「扶遠反」「扶袁
切」等切語，訓「祭肉」「肝也」，其音義顯然是一脈相承。至《集韻》卻旁出
「蒲官切」「蒲波切」，前一切語亦訓「大腹」。又考慮到《廣韻》「采」字即注
「蒲莧切」，與「膰」字「蒲官切」僅有開合之別，上古音同屬並母元部字。

〔註10〕見劉釗（2004），第229頁。
〔註11〕見昌住（1993），第31頁。
〔註12〕見昌住（1993），第40頁。

可見劉氏所考可信度極高。所以從形音義三方面看，「脬」「膰」二字很有可能是一字異體。

如「脬」「膰」確為一字，則《廣韻》「倉代切」等切語均誤，應如「膰」作「蒲官切」。此外，《說文》訓「老人白也」的「皤」在《左傳》宣公二年「城者謳」中亦作「大腹」解，與表示「大腹」義的「脬」「膰」二字或是一音義而用多字形的關係。文例見下：

> （2）宋城，華元為植，巡功。城者謳曰：「睅其目，皤其腹，棄甲
>
> 而復，于思于思，棄甲復來。」（《左傳》宣公二年）

此「皤」字，杜預注「大腹也。」孔穎達疏：「皤是腹之狀，腹以大為異，故為大腹也。」此字亦從番得聲。《經典釋文》音「步何反」。《廣韻》注薄波切、博禾切，二切語只有聲紐細微的不同。《集韻》注逋禾切、蒲官切（音盤），後一音義引《易·賁卦》「賁如皤如」為疏證，云「董遇說」。「皤如」之「皤」，帛書本《周易》作「蕃」，阜陽漢簡本此字殘作 𤲀，《經典釋文》云「鄭、陸作燔，音煩，荀作波」。可見最晚至唐代《賁卦》「皤」字便有二讀，與「脬」「膰」二字亦相類。以「皤」「脬」「膰」三字形音義律之，三字表示的應該是同一個詞，三字諸音義的不同可以用「歌元對轉」解釋，也可能是「音隨形轉」而造成的異讀。

值得注意的是「蕃」字與「便」字有異文關係。前揭《左傳》一例，竹添光鴻《左氏會箋》箋曰：「皤，番之假借。番與便便之便音近。便番左右作便便左右可證。」竹添氏所引見《詩·小雅·采菽》「平平左右」，《韓詩》作「便便左右」，《左傳·襄公十一年》引詩作「便蕃左右」。〔註13〕今有成語「大腹便便」正與本文所論有關，典出晉司馬彪《續漢書》：

> （3）邊韶，字孝先，以文學知名，教授數百人。韶口辯，曾晝假臥，
>
> 弟子嘲之曰：「邊孝先，腹便便。懶讀書，但欲眠。」韶潛聞之，
>
> 應時對曰：「邊為姓，先為字。腹便便，五經笥。但欲眠，思經
>
> 事。寐與周公通夢，坐與孔子同意。師而可嘲，出何典記？」
>
> （《藝文類聚卷二五·人部九·嘲戲》）〔註14〕

〔註13〕見袁梅（2013），第 596 頁。
〔註14〕見歐陽詢（2013），第 702 頁。

又范曄《後漢書・文苑列傳・邊韶》：

（4）邊韶，字孝先，陳留浚儀人也。以文章知名，教授數百人。韶口辯，曾畫日假臥，弟子私謿之曰：「邊孝先，腹便便。懶讀書，但欲眠。」韶潛聞之，應時對曰：「邊為姓，孝為字。腹便便，五經笥。但欲眠，思經事。寐與周公通夢，靜與孔子同意。師而可謿，出何典記？」謿者大慚。韶之才捷皆此類也。〔註15〕

「腹便便」之「便」李賢等注：「便音蒲堅反。」此字上古音亦屬並母元部，與「脮」字音同，此音義不見於《廣韻》《集韻》等書，亦未見於其他先秦兩漢古書。《山海經》「脮」字、《集韻》「膰」字與此字音義俱近，或是表「大腹」義之「便」的本字。可能是「脮」或「膰」在《續漢書》《後漢書》的時代已多不識得，故借音近之「便」迻音以表示「大腹」的狀態，正可與「嬔其腹」相參。〔註16〕

此外，「脮」「膰」二字所表示的詞義，亦可稍作補說。一般而言，古書中「大腹」一般指腹部肥滿，偶爾亦指女子懷孕，近似今謂女子「大肚」。〔註17〕《山海經》本云，耳鼠「食之不脮」，郭璞注「脮，大腹也」，並云見於張揖所著《埤蒼》。一般認為「耳鼠」即《神農本草經》卷四之「鼺鼠」，經云：「微溫。主墮胎，令產易。生平谷。」〔註18〕前引郝懿行箋疏即認為《山海經》「耳鼠」與《神農本草經》「鼺鼠」為一物，有墮胎、助產的作用。如聯繫《神農本草經》很容易讓人以為「食之不脮」是指「食用它（鼺鼠）不會懷孕。」但《山海經》中作「食之不某」「食之無某」者多是表示較好的意思，如「食之不饑」「食之不勞」「食之無疫疾」等，《山海經・西山經》又有「食之使人無子」，即是表示「食用它使人不會懷孕」。所以解作「不會懷孕」顯然不合適。

結合《山海經》原文與郭注分析，「食之不脮」應與前述的「嬔其腹」「腹便便」聯繫起來，解作「不會大肚子」。古代醫書中多有稱說「腹脹」者，指腹

〔註15〕見范曄（2012），第2623頁。

〔註16〕蒙賀兄張凡賜告：也有可能是「脮」「膰」所從「采」聲已不能準確表音，故後世借用「便」字，「便」字從人，「人」旁也有表意的作用。

〔註17〕見《周易・說卦》：「離為火，為日，為電，為中女，為甲胄，為戈兵。其於人也，為大腹。」孔疏：「『其於人也，為大腹』，取其懷陰氣也。」《禮記・郊特牲》：「諸侯為賓，灌用鬱鬯，灌用臭也。大饗尚腶修而已矣。」二句後，孔疏：「案：漸卦艮下巽上，九三上與九五互體為離，離為大腹，孕之象也。」

〔註18〕馬繼興（2013），第304頁。

部脹滿不適或腹部脹大，如《素問‧厥病論》「太陰之厥，則腹滿䐜脹後不利不欲食，食則嘔不得臥」，又《標本病傳論》「一日腹脹」。又有長沙馬王堆漢墓帛書《五十二病方‧嬰兒病癇方》：「閑（癇）者身熱而數驚，頸脊強而復（腹）大。」又《陰陽十一脈灸經》甲本：「心甬（痛）與復（腹）張（脹）死。」可見腹部脹大在古代是一個很常見的疾病，《山海經》有此記錄也就不難理解了。

總而言之，《山海經》「食之不䏶」之「䏶」右旁所從應不是「釆」，而應是《說文》「讀若辨」的「釆」字，與《左傳‧宣公二年》的「膰」字、《集韻》訓「大腹」的「膰」字表示的是同一個詞。在《山海經》的文例中，「䏶」表示「腹脹」，「食之不䏶」即「食用它（耳鼠）不會腹脹」；在《左傳》中，「膰」為意動用法，「膰其腹」的大意是「腆著他的大肚子」。

參考文獻

1. 〔南朝宋〕范曄撰，〔唐〕李賢等注，《點校本〈後漢書〉》，北京：中華書局，2012 年。

2. 〔唐〕歐陽詢撰，《宋本藝文類聚》，上海：上海古籍出版社，2013 年。

3. 〔宋〕丁度等撰，趙振鐸校，《集韻校本》，上海：上海辭書出版社，2012 年。

4. 〔宋〕司馬光編，《類篇》（附索引），上海：上海古籍出版社，1988 年。

5. 〔清〕郝懿行箋疏，欒保群點校，《山海經箋疏》，北京：中華書局，2019 年。

6. 〔日〕昌住，《新撰字鏡》// 吳立民編，《佛藏輯要》（第 33 冊），成都：巴蜀書社，1993 年。

7. 郭靄春主編，《黃帝內經素問校注》，北京：人民衛生出版社，2013 年。

8. 湖南省博物館、復旦大學出土文獻與古文字研究中心編纂，裘錫圭主編，《長沙馬王堆漢墓簡帛集成》，北京：中華書局，2014 年。

9. 漢語大字典編輯委員會編纂，《漢語大字典（第 2 版）》，武漢：崇文書局、成都：四川辭書出版社，2010 年。

10. 劉釗，《出土簡帛文字叢考‧讀書叢札》，台北：台灣古籍出版有限公司，2004 年。

11. 馬繼興，《神農本草經輯注》，北京：人民衛生出版社，2013 年。

12. 姚觀元，《集韻校正會編》卷三，http://read.nlc.cn/OutOpenBook/OpenObjectBook?aid=892&bid=152756.0。

13. 袁珂，《山海經校注》，北京：北京聯合出版公司，2013 年。

14. 袁梅，《詩經異文匯考辨證》，濟南：齊魯書社，2013 年。

古文字所見虤、虖、摅三者之字形差異*

李　游*

摘　要

　　虤、虖、摅三字在甲骨文和金文中的字形有相似之處，多有混淆。對比三者字形之差異，可知：「虤」字主要有又＋攴＋虎、又＋又＋虎、攴＋虎三種字形，主要用為方國名、姓氏、人名等；「虖」字字形多變，但其最基本的字形為從虎、從戈，其義主要為同「暴」、與虎搏鬥等；「摅」在甲骨文及金文中均較為少見，其或為古書所載徒手搏虎之本字。

關鍵詞：虤；虖；摅；字形

　　虤、虖、摅三字均從虎，此三者在甲骨文和金文中的字形有相似之處，某些字書、銘文釋文等會將它們混淆或隸定作其他字形，故有必要對此三字之結構作統一討論，對比差異，以期能為三者之標準字形提供一定的借鑒。

一、虤

　　《說文・虎部》：「虤，虎所攫畫明文也。從虎，乎聲。」林義光《文源》：「虤為虎攫，無他證，當為鞹之古文，去毛皮也。」《漢語大字典（第二版）・

　＊　國家社科基金冷門絕學研究專項學術團隊項目「遼海地區夏商周時期石構墓葬和青銅器視域下的多元文化互動研究」（21VJXT009）

　＊　李遊，女，1995年生，四川宜賓人，遼寧師範大學歷史文化旅遊學院碩士研究生，主要研究方向為古文字。遼寧師範大學歷史文化旅遊學院，大連116081。

虎部》：「虢，金文像兩手上下張革之形。從虎，像張口露齒，有頭及足尾的皮革，會意。」「虢」字在古文字中的字形大致有以下三種：

1. 又＋攴＋虎，如：

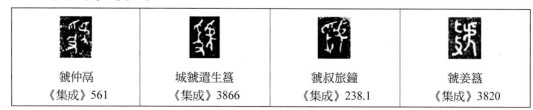

虢仲鬲	城虢遣生簋	虢叔旅鐘	虢姜簋
《集成》561	《集成》3866	《集成》238.1	《集成》3820

此種字形在金文中最為常見，多用作姓氏或國別名。

2. 又＋又＋虎，如：

（《合集》4531）、（《合集》18187）

此種字形一般見於甲骨文，當是「虢」字本義的體現，即似用兩隻手去虎毛皮。「虢」字小篆寫作「」，左側「寽」旁的上部為一手形，下部的「寸」為手形的訛變，很明顯是繼承了又＋又＋虎的字形。

（1）乙未，爭，貞乎虢眔受。八月。　　《合集》4531

此卜辭中的「虢」與「受」當均為方國名。受字寫作，與受鼎（《集成》1101）之、受川觚（《集成》6936）之字形相類，它們所指代的或許就是同一個受國。此卜辭即占卜關於虢國與受國的事。

3. 攴＋虎，如：

《合集》30998	《花東》14	《花東》381	獻父癸爵《集成》09024	錄伯䧹簋蓋《集成》04302

此種字形甲骨文與金文均見，亦是爭議較多的一種字形，筆者認為其當是第 1 種字形的省略體。

獻父癸爵之「」字，《新金文編》將其收在了「虤」字條目下，編者按曰：「（該字）從虎，從攴，即暴虎之暴。」〔註1〕而在不同著作中，此字還有其他釋法，如《集成》釋為「獻（敿、捈）」，《銘圖》08473、《陝西金文彙編》502 等僅隸定作「獻」，《古文字研究》則釋為「虢」〔註2〕，《金文總集》釋為「虢」

〔註1〕董蓮池，新金文編〔M〕，北京：作家出版社，2011：590 頁。
〔註2〕王光永，介紹新出的兩件虢器〔C〕／／四川大學歷史系古文字研究室編，古文字研究（第七輯），北京：中華書局，1982：185 頁。

與「敼」〔註3〕。■字從虎、從攴，隸定作「敼」是對此字形的直接體現。《玉篇・攴部》：「『攵』，同『攴』。」《廣韻・屋韻》：「攴，凡從攴者作攵。」《九經字樣》：「攵，音撲。《說文》作攴，隸省作攵。」故■亦可隸定為「敼」。

「虢」字在金文中多用於姓氏和國名。周文王分封其弟虢仲於制邑，建東虢國；封虢叔於雍邑，建西虢國。後東虢被滅，其後裔有被周平王復封於夏陽者，建立北虢國。而西虢則在厲王、宣王之際分為兩支，一支東遷至河南三門峽一帶，史稱南虢國；一支留在原地，稱小虢國。可見「虢」字作為國名是由來已久的，而國名轉化為姓氏也是常見現象。敼父癸爵之「■」顯然是作為姓氏而存在的，釋為「虢」當是可以信服的。

錄伯𣪘簋蓋之「■」字，《銘文選》180、《集成》等釋為「虢」，其銘曰：「奉（賁）㐭朱虢（鞹）靳」。《銘文選》曰：「虢通作郭，假借為鞹。《說文・革部》：『鞹，革也。』朱鞹是染成朱色的皮革。」《說文・革部》：「靳，當膺也。」靳表示的是服馬當胸的皮革。此處「虢」正與「靳」的意義相對應。此外，師克盨蓋（《集成》04468）、𡊒盨（《集成》4469）等器有銘曰：「朱虢（鞹）㐭靳」，與「奉（賁）㐭朱虢（鞹）靳」句型類似，顯然是同一句式的不同形式。師克盨蓋與𡊒盨之「虢」字分別寫作「■」與「■」，為第 1 種字形。由此可見，將「■」字釋為「虢」是沒有問題的。

綜上，此從虎、從攴之字形，當是「虢」字。

（2）□□卜，王其敼鼎。　　《合集》30998

此卜辭中的「敼」字當為人名或方國名，「敼鼎」即表示為一個叫虢的人或虢國作鼎。如甲骨文中有父庚庸、祖丁庸等詞，即表示為父輩祖庚和祖父武丁所作的鏞〔註4〕。

（3）乙酉卜：既粵，往敼，菁豕？　　《花東》14

此卜辭中的「敼」字用作地名或方國名。

（4）戊戌夕卜：曀己，子其□從𡈼□鄉敼菁？子占曰：不三其一，

　　其二，其又遟。一　　《花東》381

〔註3〕嚴一萍，金文總集〔M〕，臺北：藝文印書館，1983：第 3921 號器，重見第 4151 號器，兩處分別釋此字為「虢」與「敼」。

〔註4〕裘錫圭，甲骨文中的幾種樂器名稱——釋「庸」「豐」「鞀」〔C〕／／裘錫圭學術文集（第一卷），上海：復旦大學出版社，2015：38 頁。

此卜辭中的「㪔」字亦當為地名或方國名；「鄉」假借為「方向」之「向」；「㪔菁」乃「菁㪔」之倒文；「遵」為逸馬合文，或指野馬〔註5〕。此句大意即為從一地去往另一地，中途會遇見虢人嗎？占曰：不會遇見超過三次，一次遇見，二次遇見，三次就會遇見野馬。

二、虣

《廣韻·號韻》：「『虣』，同『暴』。」《周禮·地官·大司徒》：「以形教中，則民不虣。」《說文新附》：「虣，虐也；急也。從虎，從武。見《周禮》。」王玉樹拈字：「虣通作暴，《周禮》多作虣，惟《秋官》『禁暴氏』尚作『暴』。」鄭珍新附考：「虣，其形當左武右虎。」「虣」字字形較多，簡要列舉如下：

《合集》697 正	《合集》5516	《類纂》1683	㟒盨	《詛楚文》	後世典籍
					虣、虣

歸納以上字形可以看出，「虣」字在甲骨文中從虎、從戈，或從虎、從齐；金文從虎、從戈；詛楚文從虎、從齐，繼承了甲骨文的其中一種字形；古書從虎、從武。「虣」字字形雖多，但其最基本的字形，是為從虎、從戈，此戈形或變為戉形，《甲骨金文字典》曰：「虣，甲骨文象以戈搏虎之形，金文承之，而變戈為戉（鉞），戈、鉞均兵器。」〔註6〕

（5）勿事（使）虣虐從（縱）獄。　㟒盨

（6）內之則虣虐不辜。　《詛楚文》

辭例（5）（6）中的「虣」字均同「暴」。

（7）貞乎從虣侯。《合集》697 正

（8）……日王往虣……〔虣〕允王災。　《合集》11450

卜辭（7）（8）中的「虣」字當均為方國名。

（9）壬辰卜，爭，貞其虣，隻（獲）。九月。　《合集》5516

（10）壬辰卜，爭，貞其虣，弗其隻（獲）。　《合集》5516

辭例（9）（10）中的「虣」字意為搏虎，即卜問搏虎能否有收穫。

〔註5〕中國社會科學院考古研究所編，殷墟花園莊東地甲骨（第六分冊）〔M〕，昆明：雲南人民出版社，2003：1710 頁。

〔註6〕方述鑫等，甲骨金文字典〔M〕，成都：巴蜀書社，1993：368 頁。

「虣」字多與「虢」字的第 3 種字形相混，除《新金文編》將「」字釋為「虣」外，《新甲骨文編》亦將、等字收在了「虣」字條目下。裘錫圭亦曾有文曰：「甲骨文裡還有一個像以手執杖搏虎的字……這很可能也是虣的異體。」〔註 7〕

除字形外，「虣」與「虢」在字義上或亦已混淆，如唐代元結《至仁》曰：「不虢不虣，莫知其極。」清代薛福成《槍炮說・上》曰：「設以虢猛絕倫之將，而遇快槍精炮，不能不殞於飛鉛之下，雖拔山扛鼎之雄，亦奚益哉！」此二者之「虢」字訓為：暴，勇猛。或是因為「虣」與「虢」的字形在較早時期就已被人們混用，導致後世連義也混用了。

三、摢

上文討論「虢」字第 3 種字形時，論及《集成》09024 將戲、戲、摢三字等同，前二者為同一字當無異議，但「摢」當為另外一個字。《玉篇・手部》：「摢，批摢也。」《集韻・陌韻》：「摢，打也。」《篇海類編・身體類・手部》：「摢，亦作攎。」摢字在甲骨文和金文中均較為少見，例子不多，如：

《合集》15401	黽叔彪簠 《銘圖》05926	黽叔彪簠器 《銘圖三》0573

此字從虎、從又，《新甲骨文編》和《甲骨文合集釋文》均隸定作「虓」。《說文・又部》：「又，手也，象形。三指者，手之列多略不過三也。」因此，「又」形作為部首時，在很多情況下是可以等同於「手（扌）」或「宀」旁的，此種情況在金文中亦較為常見，如：

（扶，從又。冀扶父辛彝，《集成》5167.2）；

（擇，從又。伯公父簠，《集成》4628.1）；

（茲，從又。小臣茲卣，《集成 05379.1》）等。

故將「」隸定為虓、摢等形均可。

此外，雖說在古文字中，「攴（夂）」形有隸定為「手（扌）」形的情況，如：

〔註 7〕裘錫圭，說「玄衣朱襮裣」——兼釋甲骨文「虣」字〔J〕，《文物》1976 年第 12 期。

（𢼄，從攴，亦可隸定作「扶」。𢼄作旅鼎，《集成》01979）；

（敚，從攴，亦可隸定作「播」。師旂鼎，《集成》02809）；

（從攴，隸定作「擇」。中山王𧨊方壺，《集成》09735.1），

但事實上「手（扌）」旁和「攴（攵）」旁只是在部分字例中有替換現象，並不是一定的，倒不如說這些例子中的「攴（攵）」旁實際上是「手（扌）」形的訛變。《集成》09024 將「𠭥（𠭥）」字等同於「挠」，當不確。「𠭥（𠭥）」字無論是在錄伯𢼄簋蓋中釋為「皮毛」，還是在𠭥父癸爵作為姓氏，均以釋作「號」字更佳，而不當釋作「挠」。

在𪓷叔彪簋中，「挠」乃器主之名，諸家對於此名爭議頗多，大致分為兩種看法，一種認為器主之名為「某父」，如𪓷叔夛父（《集成》04592）、邾叔彪父〔註8〕、□叔虎父（《銘圖》05926）；一種認為器主之名為單字，名彪（如《銘圖三》0573）、號（如《全集》山東卷 263）等。筆者認為　、　上為虎形、下為手形，乃為一字，而不當釋為「某父」。「父」為男子美稱，冠於名後，金文習見。但在金文中，「父」字與名之間通常會用一定的距離，可以很明確地將名與「父」字區分開，而　、　下面手形與上面虎形的尾端是連在一起的。且「父」字通常寫作　（父癸方鼎，《集成》1275）、　（伯家父鬲，《集成》682）等形，比手形多一小短豎，像一隻手拿著工具。郭沫若《甲骨文字研究》曰：「父乃斧之初字。石器時代，男子持石斧（丨即石斧之象形）以事操作，故孳乳為父母之父。」而　、　字下面的手形並無那一短豎，比起「父」字，更應當是個「又」字，故此字當為「挠」字，𪓷叔彪簋亦當改名為𪓷叔挠簋。

對比「挠」與「虣」之字形，一為徒手搏虎，一為以戈搏虎，筆者認為二者最初很可能乃為一字。《詩經·鄭風·大叔于田》：「襢裼暴虎，獻於公所。」《毛傳》：「暴虎，徒搏也。」《爾雅·釋訓》亦有此言。高誘注《呂氏春秋·安死》與《淮南子·本經》，均釋「暴虎」為「無兵搏虎」。表示此「徒搏」的字很可能就是這個「挠」字，將其訓為「打」，或等同於「摑」，乃是後起之義。

〔註8〕雅南，讀《中國出土青銅器全集》瑣記〔J/OL〕，復旦大學出土文獻與古文字研究中心，http://www.fdgwz.org.cn/Web/Show/4475. 2019-10-25。

因徒手搏虎顯得不切實際，故用以戈搏虎來代替前者；或者是在後期摅字用來假借為「摑」了，虩字就專門用來表示與虎搏鬥之義。

（11）丙申卜：哉，弜用摅，祐。《合集》15401

此卜辭中的「摅」字當與虩同義，釋為暴，虐；「」為某先人之名。此句大意為不要變得殘暴，便會庇佑我們。

與「摅」字相關文例太少，故不知其具體釋義當如何，其在古文字中的具體用法有賴於更多新資料的發現。

綜上所述，「虢」字有三種主要字形，即又＋攴＋虎、攴＋虎、又＋又＋虎，其中第一種字形最為常見；「虩」字字形雖多，但其最基本的字形為從虎、從戈，在此基礎上有延伸出了另外從虎、從齐，從虎、從戉，從虎、從武三種主要字形；「摅」字則當僅有從虎、從又這一種字形。此三者在甲骨文字典、金文字典、金文集成等著作中常有混淆，但由於三者字形相近，也不排除其本身就有混用現象，當放入原文例以作具體討論。並且，除「虢」字在古文字中較為常見以外，「虩」與「摅」則相對少見，其更多用法有待新資料的發現。

四、文中所見書目簡稱與全稱

1. 《集成》──中國社會科學院考古研究所：《殷周金文集成》（修補增訂本），北京：中華書局，2007 年。
2. 《合集》──郭沫若主編、胡厚宣總編輯：《甲骨文合集》，北京：中華書局，1982 年。
3. 《花東》──中國社會科學院考古研究所：《殷墟花園莊東地甲骨》，昆明：雲南人民出版社，2003 年。
4. 《銘圖》──吳鎮烽：《商周青銅器銘文暨圖像集成》，上海：上海古籍出版社，2012 年。
5. 《銘文選》──馬承源：《商周青銅器銘文選》，北京：文物出版社，1988 年。
6. 《類纂》──姚孝遂：《殷墟甲骨刻辭類纂·字形總表》，北京：中華書局，1989 年。
7. 《銘圖三》──吳鎮烽：《商周青銅器銘文暨圖像集成三編》，上海：上海古籍出版社，2020 年。
8. 《全集》──李伯謙：《中國青銅器出土全集》，北京：龍門書局，2018 年。

二語學習者感知漢語塞音「清/濁」範疇線索初探——以孟加拉學習者為例

黃　樂*

摘　要

　　根據目前二語語音習得三大模型（CAH、SLM、PAM）的研究可知，當母語語音和目的語語音產生「一對一音系映射」關係時，不會產生語音習得困難。本文通過孟加拉漢語學習者習得漢語塞音的語音實驗發現，漢語塞音在孟加拉語中均存在對應音素，但孟加拉學習者在習得漢語塞音時仍出現「清音濁化」現象，這與漢語聲調、漢語塞音聲學特徵等因素有關。

關鍵詞：塞音；語音感知；清音；濁音

　　二語習得過程中，學習者對第二語言語音的加工過程和範疇感知一直是研究的熱點。目前二語語音習得的重要理論和感知模型主要包括對比分析假設（Contrastive Analysis Hypothesis）、語音學習模型（Speech Learning Model）、感知同化模型（Perceptual Assimilation Model）、母語磁吸理論（Native Language Magnet）等，根據相關理論可知，當目的語和母語產生「一對一音系映射」關係時，習得容易發生；當產生「多對一音系映射」關係時，會產生習得過程中

* 黃樂，女，1980 年生，湖北省宜昌市人，主要研究方向為國際漢語教育。華東師範大學國際漢語文化學院，上海 200062；湖州師範學院人文學院，湖州 313000。

的語音「空位」，形成語音習得過程中的「範疇合併」現象，從而增大習得難度。這是因為在第二語言的語音習得過程中，學習者常會將母語語音與目的語語音進行比較，並將母語經驗「遷移」到目的語的學習之中，這種遷移可以發生在語音音素內部特徵之間，Flege 等人（2004）就曾指出：義大利學習者習得英語母音時，很難區分 / i / ─ / ɪ /、/ ɒ / ─ / ʌ / 和 / ɛ / ─ / æ /，是因為這些音的聲學特徵有相似之處，之間的差異較小，如 / ɛ / ─ / æ /，都是前不圓唇母音，在母音舌點陣圖上的分佈也比較靠近，唯一的差異就是相對於 / ɛ / 而言，/ æ / 的舌位更低。遷移也可以跨層發生，如將母語清濁與漢語聲調進行對應，在此方面，王韞佳（2004）等人曾進行過研究探討。

漢語普通話有 6 個塞音，根據發音部位的不同可分為雙唇、齒齦和軟齶音，根據發音方法的不同可分為送氣音和不送氣音，對於母語中沒有送氣音的二語學習者來說，目的語和母語之間會產生「多對一音系映射」關係，因此習得漢語送氣音是一個難點，那麼語音習得中的「一對一音系映射」是否能完全幫助學習者更好習得目的語，這一點也是值得研究的。漢語塞音屬於「短時延」塞音類型，表現在其 VOT 長度較短，這一聲學特點是否會對二語學習者習得塞音產生影響？漢語塞音雖沒有「清／濁」對立，但漢語是有聲調的語言，學習者在習得漢語塞音時，會不會將這種高低的變化和母語中清濁音後接母音起始基頻的變化對應起來，從而對感知漢語塞音「清／濁」範疇產生影響？本文將通過對孟加拉學習者習得漢語塞音的語音實驗情況對此問題進行探討。

一、孟加拉學習者對漢語塞音「清／濁」感知實驗研究

（一）研究方法

採用感知同化實驗和訪談法進行研究，感知同化實驗的被試主要研究孟加拉學習者對漢語塞音的感知和歸類，觀察漢語不同聲調的塞音與孟加拉語塞音的清濁對應關係；訪談法主要通過對中級水準留學生進行口頭訪談，瞭解孟加拉學習者聲調感知的發展過程，對感知同化實驗過程中的問題進行進一步瞭解。

（二）實驗被試

34 名孟加拉學習者通過招聘參加了實驗，其中男生 24 人，女生 10 人，被

試年齡在 18～25 歲之間，平均年齡 20.5 歲。被試屬於漢語零基礎的學生，來中國之前未學習和接觸過漢語，來中國第二週參與了本次實驗。所有參與實驗的學生來中國之前均未學習過其他聲調語言。用英語和被試進行溝通，所有被試均不能發現漢語四個聲調的差異。

（三）實驗材料

實驗材料為漢語 3 個塞音／p／／t／／k／和母音／a／／i／／u／構成的 CV 組合，每個組合配四個聲調，以清塞音／p／和／a／的組合為例，一共形成 bā、bá、bǎ、bà 四個語音材料，其中／k／和母音／i／的搭配在漢語中沒有，／k／的聲母組只有 8 個組合。總計 32 個語音樣本，正式測試時加入了干擾項，干擾項不計入統計結果。

漢語共有 6 個塞音，本次實驗只選取了 3 個不送氣塞音作為聲母來形成語音材料，因為在對孟加拉學習者進行的預實驗和產出實驗中，只有不送氣清塞音出現了「清音濁化」的現象，並未發現孟加拉學習者將漢語清送氣音發成濁送氣的情況，因此在製作語音材料時，只選取漢語清塞音聲母與四聲搭配的語音材料。

請普通話一級的女發音人和男發音人對所有的語音材料進行錄製，男、女發音人各讀一遍。錄音軟體為 Adobe Audition，錄音音效卡型號為 Komplete Audio 6，話筒是 Samson C01 專業電容麥克風，錄音地點為學校專業錄音棚，取樣速率為 16bit，44.1kHz。語音錄製完成後，用 Praat 軟體對所有語料的語圖進行了觀察，確認語音材料均為清塞音，並用軟體對語音的順序進行了調整，讓語音呈亂序播放。

（四）實驗設計

感知同化實驗一般需要被試對刺激音進行強迫性選擇或者用母語對第二語言語音進行轉寫。Best（2001）曾讓英語母語者用英語記錄所聽到的祖魯語，並對聽到的語音進行描述，從而觀察被試是如何將祖魯語同化到英語之中，鄧丹（2017）對美國學習者習得漢語母音過程中的感知同化情況進行研究，讓美國學習者在聽到漢語母音之後，在美語母音音段表格上進行強迫性選擇，鄧丹（2018）在對漢語母語者感知韓語塞音的實驗中使用的是轉寫的方式，讓被試用漢語塞音轉寫聽到的漢語塞音，再進行統計分析。

　　本文的實驗採用強迫性選擇的方式進行，請所有被試聽漢語四個聲調的塞音聲母字的錄音，然後與母語塞音進行匹配，並在答卷上進行選擇。要求被試聽完錄音後完成兩個實驗任務，一是根據聽到的語音進行判斷和選擇，每位被試有一份答卷，答卷上有孟加拉語三個發音部位的 6 個不送氣塞音，每個發音部位有清、濁兩個塞音，均用孟加拉語和國際音標標注，被試聽到漢語塞音的錄音後將聽到的語音與表格中的孟加拉語進行比較，根據判斷結果對聽到的語音進行歸類，被試認為聽到的音的聲母與母語哪個塞音發音相同或者相似，就在對應的語音表格下打「√」；二是將聽到的語音與孟加拉語音進行對比，並判斷這兩個語音在多大程度上相似，共有 5 個等級可供選擇，其中選擇「5」表示完全相同，選擇「1」表示完全不同，依次類推。在實驗過程中每個音節播放 2 遍，一遍男聲一遍女聲，每個語音被試可以提出重複聽錄音，間隔時間不固定，直到所有被試完成一個語音的判斷之後才播放下一個音，確保每位被試在輕鬆的環境中進行思考和選擇，在正式實驗前播放 8 個測試音節以熟悉測試環境，測試實驗結果不計入統計結果。

（五）實驗結果

1. 孟加拉學習者漢語塞音感知同化結果總體分析

　　實驗共收集到 32*34＝1088 個樣本，對樣本結果進行統計，計算出被試選擇清濁音的百分比，結果如表 1：

表 1　孟加拉學習者漢語塞音感知同化結果（％）

	/ p /	/ b /		/ t /	/ d /		/ k /	/ g /
bā	92	8	dā	91	9	gā	76	24
bá	82	18	dá	88	12	gá	71	29
bǎ	81	19	dǎ	88	12	gǎ	76	24
bà	94	6	dà	91	9	gà	91	9
bī	85	15	dī	88	12			
bí	56	44	dí	67	33			
bǐ	56	44	dǐ	64	36			
bì	88	12	dì	97	3			
bū	94	6	dū	97	3	gū	76	24
bú	82	18	dú	79	21	gú	74	26
bǔ	79	21	dǔ	76	24	gǔ	65	35
bù	88	12	dù	85	15	gù	97	3

　　從表格中可以看出，孟加拉初級水準的學習者在將漢語塞音與孟加拉語塞音進行對比的過程中，所有的漢語清塞音都出現了被感知為孟加拉語濁音塞的現象，這個比例從 3%~44% 不等，其中占比最少的三個音分別是「dì」「dū」和「gù」，均為 3%，占比最多的音為「bí」「bǐ」，占比均為 44%，總體上均未超過 50%，也就是漢語的清塞音被同化到孟加拉語清塞音的比例占絕對優勢。從發音部位來看，軟齶部位的塞音被感知為濁音的比例比雙唇音和齒齦音高，除了去聲調之外，每個塞音被感知為孟加拉語濁塞音 / g / 的比例都在 24% 以上，從單項資料上看，漢語軟齶音被濁化的規律似乎只與聲調有關，除了去聲之外，發音部位和聲調之間產生的差異並不是很大。雙唇音和齒齦音呈現的規律相近，首先從聲調上看，陰平和去聲的比例都很低，未超過 15%，相比較而言，陽平和上聲的占比較高；從後接母音來看，當漢語清塞音與「i」相拼時，占比明顯高於其他兩個母音，占比最少的是與母音「a」相拼時。根據孟加拉學習者將漢語清塞音感知為濁音的百分比均值進行比較，從聲調上分析，上聲〉陽平〉陰平〉去聲；從發音部位上看，雙唇〉齒齦〉軟齶；從後接母音的不同可以看出，i〉u〉a，具體資料可參看表 2。

表 2　漢語清塞音被感知同化為孟加拉語濁音範疇的百分比均值表（%）

聲調類型	均值	發音部位	均值	後接元音	均值
陰平	12.6	雙唇	18.6	a	14.9
陽平	25.1	齒齦	15.8	i	24.9
上聲	26.9	軟齶	21.8	u	17.3
去聲	8.6				

二、發音部位和塞音特點對孟加拉學習者感知漢語塞音清濁範疇的影響

　　孟加拉初級水準的學習者在將漢語清塞音和孟加拉語塞音進行感知同化對比過程中，不同發音部位的塞音被感知為孟加拉語濁塞音的比例不同，總體上軟齶塞音占比最高，均值達到了 21.8%，漢語雙唇塞音和齒齦塞音被感知為孟加拉語濁塞音的占比均值分別是 18.6% 和 15.8%。在調查過程中發現，每個發音部位被感知為濁音的占比並不相同，軟齶音被感知為濁塞音的比例最高，除了與去聲搭配會降低感知濁化的比例外，其他幾組音的感知中，軟齶清塞音被

感知為濁塞音的比例均值達到了 27%，而且在後續的調查中也發現，經過兩年的學習，HSK 達到了四級和五級，能與中國人自由交談的漢語中級水準的留學生，在聽辨漢語塞音聲母的單字和詞語時，將／p／和／t／感知為濁塞音的比例大幅度減少，基本只有幾個字（主要是上聲字）被判斷為濁音，但／k／聲母的音節仍然有近 1／5 被判斷為濁音，由此可以看出，發音部位靠後的軟齶音更容易被感知為濁塞音，這可能與／g／的發音位置在喉部，而濁音發音主要是聲帶的振動，／g／離聲帶的位置比較近，容易引起聽感上的趨同性有關。前面對中國學生塞音產出的聲學分析中也發現，軟齶塞音的 VOT 值比雙唇、齒齦塞音的要長，並且雙唇、塞音塞音的 VOT 在統計學上沒有差異，但軟齶音與其他兩個部位的塞音有差異性。軟齶塞音與雙唇、齒齦塞音的不同，這一特點具有類型學意義，國內外學者在對塞音 VOT 值進行研究過程中，都發現了軟齶塞音的 VOT 值要長於雙唇和齒齦塞音（Ladefoged，1996；冉啟斌，2008），冉啟斌等總結這一現象與多種因素有關，主要原因包括喉上腔的差異產生了不同的氣壓，塞音部位接觸面積的大小不同，聲門打開面積的變化等。

除發音部位外，漢語清塞音的特點也會導致孟加拉學習者感知過程中的濁化現象。為了研究漢語塞音與孟加拉語塞音的相似程度，在感知同化實驗任務中，每聽一個語音，除了讓學生判斷所聽到的塞音為清塞音還是濁塞音外，還要求被試將這個語音和母語塞音進行對照評分，如果「完全相同」則評為「5」分，「完全不一樣」評為「1」分。根據判斷結果來看，大部分的評分為 4 和 3，實驗結束後對被試進行訪談，被試描述所聽到的漢語塞音雖然有的被他們判定為清塞音，有的判定為濁塞音，但從聽感上這些漢語的清塞音並不能完全歸入孟加拉語某個塞音範疇，而是與孟加拉語塞音稍有不同，是處於孟加拉語清塞音和濁塞音的中間狀態，被試用「middle」這個詞來形容。漢語與孟加拉語塞音的區別除了 VOT 數值上的差異，與漢語清塞音的音質特點也有關係。

關於漢語清塞音的問題，學者們曾有過相當多的研究。早在 1935 年，趙元任先生就曾對中國方言中塞音的種類進行過分析，趙元任先生指出：國音有三類，有兩類是清音，一類是濁音，這三類音又可以分出十類塞音，具體如圖 1 所示：

圖1　漢語方言爆發音種類（圖來源於趙元任《中國方言當中爆發音的種類》）

第一類 p 如上海"班" pɛ

第二類 ḅ 如北平"班" ḅan

第三類 pʰ如北平"坡" pʰɤ

第四類 ḅʰ如南昌"怕" ḅʰɑ

第五類 pˣ如太原"怕" pˣɑ

第六類 pʰ如江陰"爬" pʰɑ

第七類 bʰ 如寧波"牌" bʰa

第八類 b 如廈門"帽" bo

第九類 'b 如松江"飽" 'bo

第十類 ʔb 如文昌"板" ʔba

　　從趙先生的分類和標音方式可以看出，他認為漢語普通話中的清塞音和方音中的清塞音是有區別的，上海方言中「班」／pɛ／的聲母用國際音標標注是[p]，而北京話的不送氣清塞音「班」標注為／ḅan／，用濁音／b／下加一個清化的圓圈符號來進行標注，並指出，這兩類塞音是不同的，上海方言中的不送氣清塞音是強的，而北京話中的是弱的，上海人在學習法語時，完全可以用方言中的／p／去對應法語中的／p／，但是北京人用清不送氣塞音去對應則會讓法文老師認為是有差異的，會被認為讀得太軟，強塞音在正常發音時總是有很重的送氣，而它們的弱對立體則出現為弱塞音。石鋒（1983）也曾談過漢語普通話中清塞音問題：「有語音學訓練的人們普遍感到吳語中不同類型的塞音在鬆緊、軟硬、強弱方面有明顯差別，發清音時肌肉緊張，爆破力強，比普通話中相應的清塞音強得多。而在發濁音時則相反，肌肉不那麼緊張，爆破力也弱得多。普通話中的清塞音的強弱程度似乎恰好介於吳語的這二者之間。」羅傑瑞（1995）也認為北京話的不送氣塞音雖然是「清音」，但都是「弱音」，北京話的送氣塞音是「強音」，不送氣音的強音只在吳方言和少數湘方言中存在，「對沒受過語音訓練的人聽來好像是濁音」。石鋒、冉啟斌（石鋒、冉啟斌，2008；冉啟斌 2011）用塞音聲學格局分析方法比較了漢語普通話塞音和蘇州話塞音的不同，塞音閉塞段和嗓音起始時間建立二維座標，通過聲學格局圖發現，「北京話的清不送氣音比蘇州話的清不送氣音分佈位置低，幾乎接近於蘇州話的濁塞音。與此相應，蘇州話的清不送氣音分佈位置很高，充分體現了其『強』的特點。」通過塞音聲學格局分析，揭示了不同塞音的本質特點，「看似相同的塞音，在格局圖中分佈的具體位置往往不同，這是因為不同方言中的塞音往往具有雖然細微但卻很重要的差異，這種差異體現了塞音性質的不同。例如清不送氣的[p]和清送氣的[pʰ]，在北京話、太原話、蘇州話中都存在，但它們的性質並不完全相同。」冉啟斌、石鋒（2008）的文章運用語音聲學格局的方法來

看漢語普通話的「弱」的特徵，具有科學性，將此文相關資料進行整理，並合成一張不送氣清塞音格局圖，在格局圖上將塞音分成左右兩個部分，左邊是帶音區（濁音），右邊是不帶音區（清音），不帶音區的縱坐標超過 70ms 的為平音區，70ms 以下的鬆音區，漢語的不送氣清塞音和太原方言相似，都在鬆音區，而蘇州方言的不送氣清塞音在平音區，處在鬆音區的塞音從聽感上會出現「濁化」的傾向。通過圖 2 可以清楚看到不送氣清塞音在格局圖上的位置和「強」與「弱」的關係。

圖 2　普通話、蘇州話、太原話和水語不送氣清塞音聲學格局圖

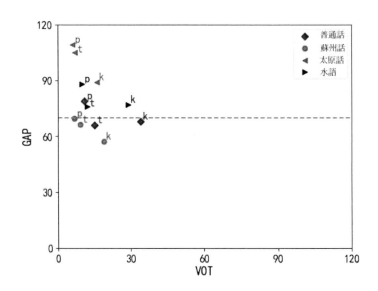

漢語清塞音「弱的」這一特徵在留學生習得漢語的過程中也有很好的體現，孟加拉初級水準的學習者感知漢語清塞音時會將清塞音聽成濁塞音，與漢語清塞音「弱」的特徵有很大關係，因為漢語塞音的這一特性，當受到前後語音或者聲調等因素的影響時，就會被誤聽成一個濁塞音，趙元任（1935）曾舉過一個例子，「爸爸」的第二個「爸」字會變成濁音，是因為這類「弱」的塞音在母音中間讀輕音時「往往變成濁音」，而上海方言中的清不送氣塞音則很穩定，即使在讀輕音時也不會出現濁化的現象，如「三百廿」中的「百」聲母仍是 / p /，不會發生濁化。趙元任先生所舉的例子具有代表性，在與孟加拉學習者（包括漢語初級水準和中級水準）訪談的過程中，學習者均明確表示漢語中是有濁塞音存在的。在無引導的情況下，有部分留學生舉出了「爸爸」這個例子，認為後一個「爸」字是濁音。

　　吳宗濟、林茂燦等（2014）在《實驗語音學概要》中引用了 Abramson（1973）等人的觀點，「聽辨濁輔音的信息還有一項就是它的基頻是高還是低。實驗證明，基頻的降低每每伴隨著 VOT 的負值或者極短的正值。也就是說，一個輔音儘管它是不帶音的，如果 VOT＝0，或是雖有一些正值但基頻極低，則聽起來仍有濁感。」根據吳宗濟等人的觀點，即使從聲學參數上分析 VOT 是正值的清塞音，也可能出現被感知為濁音的情況，造成這種聲學特徵和感知結果不對稱的原因是塞音後接母音的基頻降低，並且出現了 VOT 變得極短的情況。為探知孟加拉學習者將「爸爸」後一個字感知為濁音的語言，用 Praat 分析了普通話一級甲等女發音人的輕聲詞語「爸爸」的語圖，並提取了相關資料進行比較，具體見表 3：

表 3　普通話「爸爸」相關聲學參數表

bā				ba			
基頻（Hz）	音節時長（ms）	聲母時長（ms）	韻母時長（ms）	基頻（Hz）	音節時長（ms）	聲母時長（ms）	韻母時長（ms）
166	379	10	269	125	116	10	106

　　可以看出，在疊音輕聲詞語「爸爸」中，後一個字的音節時長明顯短於前字時長，後接母音的基頻後字明顯低於前字，前字的音節時長是後字的三倍，前字的基頻也比後字高了 41Hz，這中間唯一沒有發生變化的是塞音聲母／p／的 VOT 值，都是 10ms，前後兩個相同的字，因為這些資料的變化，導致聽感上從「清」變成了「濁」，並不是 VOT 變短引起的，而是韻母時長變短和基頻變低的緣故，根據吳宗濟等人的分析，可能是基頻變低造成了孟加拉學習者聽覺上的「濁感」。

　　漢語清塞音是「弱」的，這一特徵造成了學習者在感知漢語塞音時，很可能受到發音環境等因素的影響，出現感知中的「清音濁化」現象，這些因素有可能是前面談到的聲調，也可能是塞音出現在雙音節詞語的後字位置，受到前字母音的影響等。

三、聲調對孟加拉學習者感知漢語塞音清濁範疇的影響

　　在對大量跨語言語料研究的基礎上，學者們發現聲母和聲調之間存在著相互影響的關係。對於二者的關係，張吉生（2006）曾指出，聲母輔音的清濁決

定了聲調的高低，但「聲調的高低不能決定聲母輔音的清濁」。在對塞音的清濁和後接母音的音高進行資料統計研究後發現，濁塞音後的母音會出現較低的調（pitch），清塞音後的母音會出現較高的調。陳忠敏（2015）認為聲調的高低與輔音的清濁沒有直接的關係，聲調起源於不同的發聲態，如濁塞音引起氣嗓音的出現，而氣嗓音會導致聲帶振動的頻率降低，從而使人們將其感知為低調。朱曉農（2019）也曾認為氣聲、假聲等發聲態會引發音高的差別，音高差別伴隨著發聲態產生，而一旦上升為區別特徵，就產生了聲調。

對於聲母的清濁和聲調的關係，有學者認為是聲母的清濁決定了聲調的高低，有學者認為是清濁音導致發聲態產生變化，從而導致聲調的產生，也有學者認為聲調和輔音是相互影響的，學者們的研究結果各不相同，但有一點學者們的觀點是統一的，即濁音一般會伴隨低調出現，清音和送氣音一般會伴隨高調出現。對於母語中有清濁塞音的學習者而言，他們在發清塞音時，後接母音的基頻比發濁音的基頻要高，而且也能感知到這種高低的差異，在對孟加拉學習者進行訪談的過程中也發現了這一點，根據孟加拉學習者的表述，他們母語中的清濁音是高低不同的，這個高低的差異他們用「tones」這個詞來形容，濁塞音會有一個「low tone」，清塞音有一個「high tone」，這種高低並會引起詞義上的變化，他們也能明顯感知到高低調的區別，被調查的孟加拉學習者並未系統進行過語音學方面的專業訓練，因此在描述母語清濁塞音的差異能感知二者有高低上的區別，在發濁輔音時，調會降低，發清輔音時調會升高，並不能講述為什麼有這種區別。

為了更清楚觀察三個塞音基頻的變化，用腳本提取了一位孟加拉學習者（男）朗讀孟加拉語 / t // tʰo // do / 的三個塞音十個點的基頻值，具體見下圖 3。

從圖中可以看出， / t // tʰ // d / 三個塞音後接同一個母音 / o / 時，母音的起始點基頻是不同的，但是都有一個變化的趨勢，就是高起點的基頻有下降的趨勢，而低起點的基頻有上升的趨勢，因此可以推測，母音 / o / 與一個固有的基頻值，而不同的塞音聲母因為發音方式的不同，影響了母音 / o / 開始的基頻，但隨著時長的變化塞音聲母的影響減少，數值會慢慢回到 / o / 的基頻。Hombert（1978）曾對這一現象進行了解釋，F0 的升高是受到空氣動力學的影響，發清輔音時，氣流速度加快，物體與流體接觸的介面上的壓力會減小，頻

率增加，會導致聽感上聽到一個更高的音；發濁輔音時，聲帶閉合，口腔內壓力增加，壓力下降導致頻率降低，繼續發音之後，氣流突破發音的收緊點，基頻就會恢復到母音的固有基頻上，因此無論是清塞音還是濁塞音，後接母音的基頻在達到一定的時長之後，數值就會比較接近。王軼之（2012）研究了影響上海話清濁音感知的聲學線索，認為在前字位置上，起始基頻的高低不會對人們感知上海話的清濁，但是後接母音穩定段的基頻高低會引起清濁的感知變化，基頻高更多被感知為清音，基頻低更多被感知為濁音。以上分析可以看出，基頻的高低對人們感知塞音的清濁有一定的影響。本文對孟加拉語齒齦塞音後接母音基頻的統計結果與前人的研究結果一致。

圖 3　孟加拉語／to／／tʰo／／do／十個點基頻曲線圖

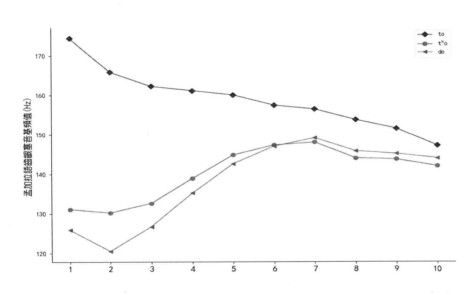

通過資料分析能明顯看到孟加拉語清濁塞音後的基頻有高低的不同，而且經過訪談也可知孟加拉學習者能感知到他們母語中的這種音調高低的變化。根據孟加拉學習者的自述，初級水準的學習者剛接觸漢語聲調時，並不能感知漢語四個聲調的差異帶來的意義上的區別，也就是對聲調的辨義功能並不能很好區分，尤其不能區分陽平和上聲，對於中國人來說，陽平是升調，上聲是凹調，但對孟加拉學習者而言，漢語聲調只有高的和低的調，也就是初學者對漢語四個聲調的感知僅僅停留在有高低的變化這個層面，能感知四個聲調是不一樣的，並且會將調比較低的語音與母語的濁塞音相對應，學習者經過 3～6 個月的學習，才基本能建立聲調的概念，儘管此時學習者在發四

個聲調時，調值和調域上仍然和中國人有差異，但從感知上已經能區分四聲。

圖4是四個不同聲調、三個不同部位的漢語清不送氣塞音被感知同化為孟加拉語塞音的結果，從圖中可以看出，漢語四個聲調的塞音均有被同化為孟加拉語濁塞音的現象，其中上聲和陽平的比例最高，分別為 26.9%和 25.1%，陰平和去聲的比例較低，為 12.6%和 8.6%。陽平、上聲和陰平與去聲的區別在與起始音高，陽平和上聲起始音高比陰平和去聲要低，孟加拉初級水準學習者在未建立聲調範疇時，當聽到陽平和上聲的漢語清塞音發音時，就會將其和母語中發音相對較低的濁塞音聯繫起來，並將這些帶聲調的漢語清塞音感知為濁塞音，將塞音的清濁範疇感知與聲調範疇感知進行匹配，同一個清塞音在不同聲調下被感知為清濁兩個範疇，是一種跨層的語音範疇類比現象。

圖4　在聲調類型上漢語清塞音被感知同化為孟加拉語塞音對比圖

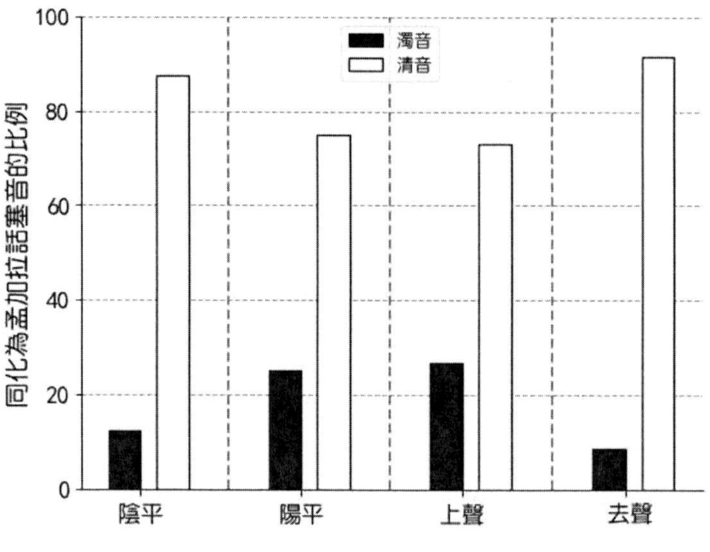

四、小結

本文通過實驗，初步探討了不同發音部位、塞音特徵和聲調對孟加拉學習者感知漢語不送氣清塞音的影響，通過分析可知學習者在感知過程中將漢語清塞音濁化的現象與以上因素都有關係，從聲調的角度看，陽平和上聲音節被感知為濁化的比例最高，其中上聲高於陽平；從發音部位來看，軟齶部位被感知為濁音的比例最高，其次是雙唇塞音，因此似乎可以做一個預測，即孟加拉學習者將漢語清塞音感知為濁音的比例最高的音節組合應該是「上聲＋軟齶」，因

為漢語中軟齶塞音不與齊齒呼相拼，所以這一最高組合應該是「上聲＋雙唇音」，根據本章實驗結果中的表 1 顯示的結果，32 個音節中，被同化為濁塞音占比最高的是「bǐ」和「bí」，均占 44%，其次是「dǐ」，另外占比較高的是「gǔ」「dí」，預測結果與實驗結果一致。

五、參考文獻

1. Best C T,Mcroberts G W,Goodell E.Discrimination of non-native consonant contrasts varying in perceptual assimilation to the listener's native phonological system. *The Journal of the Acoustical Society of America*, 2001, 109（2）:775～794.

2. Flege, J. E., & Mackay, I. Perceiving vowels in a second language. *Studies in Second Language Acquisition*, 2004, 26（01）, 1～34.

3. Hombert J M , Ohala J J & Ewan W G . Phonetic explanations for the development of tones. *Language*, 1979, 55（01）: 37～58.

4. Ladefoged, Peter; Ian Maddieson. *The Sounds of the World"s Languages*. Oxford: Blackwell. 1996.

5. 陳忠敏（Zhongmin Chen），氣嗓音與低調，Journal of Chinese Linguistics，2015（1A）：90～120。

6. 鄧丹，跨語言相似度與美國學習者漢語母音習得研究，《漢語學習》第 3 期，2017 年，頁 71～84。

7. 鄧丹，跨語言塞音的感知同化研究——兼論發聲類型、VOT、音高在塞音感知同化中的作用，《語言科學》第 5 期，2018 年，頁 496～509。

8. 羅傑瑞（Jerry Norman），張惠英譯，《漢語概說》，北京：語文出版社，1995 年。

9. 王韞佳、上官雪娜，日本學習者對漢語普通話不送氣／送氣輔音的加工，《世界漢語教學》第 3 期，2004 年，頁 54～66＋3。

10. 冉啟斌、石鋒，塞音的聲學格局分析//第八屆中國語音學學術會議暨慶賀吳宗濟先生百歲華誕語音科學前沿問題國際研討會（PCC2008／ISPF2008）論文集，2008 年，頁 1～6。

11. 冉啟斌，輔音聲學格局研究，《當代外語研究》第 9 期，201 年，頁 12～16＋60。

12. 石鋒，蘇州話濁塞音的聲學特徵，《語言研究》第 1 期，1983 年，頁 49～83。

13. 石鋒、冉啟斌，塞音的聲學格局分析，《南開語音學年報》，2008 年，頁 45～51。

14. 王軼之，《吳語塞音聲母的聲學和感知研究》，浙江大學博士學位論文，2012 年。

15. 吳宗濟、林茂燦，《實驗語音學概要》（初版），鮑懷翹、林茂燦（增訂版），北京大學出版社，2014 年。

16. 張吉生，從吳方言看聲母—聲調的相互關係，《當代語言學》第 2 期，2006 年，頁 121～128＋189。

17. 趙元任，《趙元任語言學論文集》，北京：商務印書館，2002 年。

18. 朱曉農，聲調發生的五項前提，《語言科學》第 6 期，2019，18 年，頁 561～580。

黑龍江方言對於俄語語音
習得的負遷移影響及教學策略研究*

李　慧*

摘　要

　　在黑龍江地區的俄語教學中，黑龍江方言對學生俄語語音的學習產生了負面的影響。在輔音方面，表現為舌音混讀、清輔音誤讀和清濁音混讀。在母音方面，主要表現為俄語母音〔a〕和〔э〕相混，俄語母音〔У〕和漢語複韻母 uo〔uo〕混讀。此外，受方言負遷移影響的學生在發音過程中也會出現節律不標準和音節改讀的問題。針對這些問題，教師要提升自身專業水準，增強使用意識的確定性；教材編寫部門要減少疏漏，修正教材中有問題的語音標注；學生要及時改正語音錯誤，提升自我檢驗與自我監控的能力；教學相關部門要通力合作，盡可能給學生營造充分練習俄語的語言環境。

關鍵詞：黑龍江方言；俄語語音習得；負遷移影響；俄語教學

　　近年來，隨著中俄兩國交流合作次數的增加，中國和俄羅斯的國際關係持續高品質的發展。語言是國家間溝通交流的主要工具，加速培養通曉兩國語言

　＊　中央高校基本科研業務費專項資金資助項目「互動語言學視角下的現代漢語敷衍言語行為研究」（YBNLTS2023-024）

　＊　李慧，女，1996 年生，黑龍江省黑河人，博士研究生，主要研究方向為現代漢語語法和修辭學。華東師範大學國際漢語文化學院，上海 200062。

的人才，對於提升中俄夥伴關係具有重要的實踐意義。語音在人際交流中起著不可忽視的作用，語音是進行語言學習的第一步，人們只有習得了語言中的語音規律，才能正確地理解所接收的聲音信息，從而進行人際間的交流合作。中國的黑龍江省毗鄰俄羅斯東南部，由於地理位置臨近，跨國交流方便，所以每年雙邊都會有大量的人才交流。在黑龍江地區的中學教育中，更是將俄語作為一門中考選考的科目，所以黑龍江地區學習俄語的人數一直很多。黑龍江全省屬於東北官話區，黑龍江方言屬於北方官話方言，是普通話基本方言之一，也是最容易理解的方言之一，與此同時也是最容易被學者忽略的方言之一。在黑龍江地區的俄語學習中，黑龍江方言會對俄語語音的習得產生一些負面影響，但目前學界對這種方言影響的研究非常少。在中國知網中，以「俄語語言」為主題詞進行搜索，截止到 2022 年 8 月，共可得到 2260 條結果。以「俄語語音」為主題詞進行搜索，僅可得到 193 條結果，俄語語音研究的文章還不到俄語語言研究文章的十分之一，說明學界應該加強有關俄語語音的研究。以「俄語語音習得」為主題詞進行搜索，可搜索到的文章微乎其微，近三年來的文章僅有 9 篇，近十年來的文章僅有 17 篇，尚未發現有關黑龍江方言對俄語語音習得影響的研究。從個位數的資料可以發現學者們對俄語語音習得的研究不夠重視，研究存在不細緻，不深入，不廣博的問題，所以本文希望通過對俄語語音習得的研究，彌補前人研究的不足，尤其是通過分析黑龍江方言對俄語學習者在學習過程中的負遷移影響，來探索有效解決方言導致的俄語語音習得問題的教學手段，期望能夠為俄語語音教學工作提供一些參考價值。

一、研究現狀

（一）有關黑龍江方言語音方面的研究

姜文振（2002）對黑龍江方言中的特殊的語音現象如語音脫落現象進行了研究。〔註1〕文章例證詳實，雖距今年代久遠，但仍對我們概括黑龍江方言的語音特點有啟發意義。石峰、黃彩玉（2007）考察了哈爾濱話單字音聲調的主體分佈和極限分佈，借助語音實驗對各聲調曲線的穩定段和動態段進行了描

〔註1〕姜文振，試談黑龍江方言中的一種音變現象——脫落〔J〕，學術交流，2002（06）：119～122。

寫。〔註2〕文章對調位變體會產生不同變異的動因機制的分析較少。李英姿（2008）對前人有關東北方言的研究做了總括，總結出東北方言具有「十里同音」的通用性〔註3〕，但其對東北方言語音方面的概述有些片面。劉礫澤（2013）指出黑龍江方言在聲母上存在舌尖前音與舌尖後音混淆、送氣音和不送氣音混淆、鼻化等現象。在韻母方面存在複韻母混讀，複母音韻母間相互替代等現象。黑龍江方言各調類的調值與普通話的聲調存在差異。〔註4〕文章例證詳實，啟發我們從微觀角度思考黑龍江方言的特點，但文章最後所得結論過於宏觀，與分析和論證有些脫節。

可以看出，學界有關黑龍江方言的研究不是很多，有關黑龍江方言語音的專門研究則更少。在有限的研究中，多是比較黑龍江方言和普通話相異點的對比研究。我們可以從這些相異點中找出黑龍江方言的語音特點，借助語音特點總結出方言的語音規律，說明我們進行方言對第二語言學習負遷移影響的研究。

（二）有關方言對語音習得負遷移影響的研究

徐來娣（2013）通過對比俄漢語音詞，揭示俄漢語音詞在詞彙詞連讀發音方式、音位組配方式上的各種差異，分析了中國學生在俄語語音詞發音習得中的常見偏誤，包括加音、減音、斷詞、添加次重音等。〔註5〕文章啟發我們從語言類型學的角度對比漢語和俄語的異同，並從韻律節奏的角度分析母語對第二語言學習的負遷移影響。黃興華（2013）指出漢語學習者由於沒有明晰俄語清濁音與發音部位的關係，導致出現混淆俄語清濁輔音的情況。〔註6〕文章對俄語重音這一教學難點進行了詳細分析，啟發我們從重音位置、重音長度等方面對含重音的俄語單詞進行教學，但文章對有關重音的教學方法的詳細論述還有待加強。王玲玲（2014）系統對比了漢俄輔音和母音的異同點，並指出漢語聲調在語音體系中的獨特價值。與俄語相比，漢語語調變化多，音樂性較

〔註2〕石鋒，黃彩玉，哈爾濱話單字音聲調的統計分析〔J〕，漢語學習，2007（01）：41～51。

〔註3〕李英姿，東北方言研究綜述〔J〕，現代語文（語言研究版），2008（10）：95～98。

〔註4〕劉礫澤，淺談黑龍江方言的語音特點〔J〕，黑龍江教育學院學報，2013，32（10）：124～126。

〔註5〕徐來娣，中國學生俄語語音詞發音習得常見偏誤分析〔J〕，中國俄語教學，2013，32（04）：64～69。

〔註6〕黃興華，中國人學習俄語發音的難點解析〔J〕，湖北科技學院學報，2013，33（11）：205～206。

強。〔註7〕文章提出了許多語音教學的策略，啟發我們從變更教學方法，豐富教學活動，培養學生語感，提高語音教學要求等方面科學地對學生進行語音教學。郭凌宇（2020）基於語言遷移理論，分析了中阿語言在字母語音學習和語調層面的異同，主張學習者在最初學習阿拉伯語時必須要建立一個全新的語音系統。〔註8〕文章詳細分析了漢語方言對習得阿拉伯語的影響，為我們研究方言對第二語言習得的影響提供了思路方法的借鑒。

從以上研究中可以看出，學界多是從母語負遷移的角度分析母語漢語對俄語學習的負遷移影響，很少有文章分析方言對二語習得的影響，所以我們的研究將豐富有關語音習得研究的不足，將具有一定的研究價值。

二、黑龍江方言造成的負遷移影響

黑龍江方言地區的中國學生，由於地理位置處於黑龍江，周圍人群絕大多數都操東北口音，所以會受到周圍環境的影響，在生活中或課堂學習中無意識地習得一些東北方言，這些帶有方言色彩的語言詞彙會在同學之間相互傳播，這進一步加深了方言對於學生的影響程度；所以學生在黑龍江學習俄語時，極有可能會受到東北方言的影響，這種影響有正負兩種，本文只探討負面影響，下文將從輔音、母音、節律和音調四個角度來分析黑龍江方言對學生俄語學習造成的負遷移影響。

（一）輔音方面的負遷移

黑龍江方言對學生俄語輔音學習方面的負遷移主要表現為舌音混讀、清輔音誤讀和清濁音混讀。

1. 舌音混讀

在黑龍江方言區，常會出現將古音中的齒頭音和舌上音相混的情況，也就是將現代的舌尖後音錯讀為舌尖前音，這種現象在東北方言區也被俗稱為平翹舌不分。比如「睡覺」一詞，常被錯讀為（suì jiào）。這種混用的語言環境會對學生的俄語語言學習造成不利影響，導致學生出現俄語清輔音如［C］的誤讀，尤其是讀「Салат（沙拉）」和「Сила（力量）」等詞時，誤讀現象更為

〔註7〕王玲玲，漢俄語音對比分析及對俄漢語語音教學策略〔D〕，吉林大學，2014。
〔註8〕郭凌宇，東北方言對於阿拉伯語語音學習的負遷移影響及教學策略研究〔J〕，河北能源職業技術學院學報，2020，20（02）：37～39。

明顯。因為俄語清輔音〔С〕本身為擦音，氣流強烈，在語圖上表現為亂紋，當其後緊跟的是母音時，發生音徵互載，〔С〕響度增大，氣流也相應增強，聽起來很像漢語聲母「ch」，所以極易被本就分不清漢語聲母「c」和「ch」的黑龍江方言區的學生錯發成漢語聲母「ch」。

另外，有些黑龍江方言區的中國學生也會出現將俄語清擦音〔С〕和濁擦音〔З〕相混的情況，因為〔С〕和〔З〕是對偶型清濁音，僅以有無嗓音相區別，兩者的發音很相似，〔З〕和漢語中的「z、zh」發音也很相似，極易造成混讀或誤讀。這需要教師在教學時特別提醒東北方言區的學生的注意。

2. 清輔音誤讀

在俄語輔音的發音方法系統中，沒有送氣與不送氣的對立，只有清音和濁音的對立。這種無送氣音的發音情況讓中國學生短時間內很難適應。因為漢語聲母中的濁音數量非常少，只有四個，其餘都為清音，而且清音又都是送氣音和不送氣音成對出現，所以一旦提到清音，中國學生就會有送氣或者不送氣的意識。當中國學生在面對俄語的清輔音時，非常容易將漢語中送氣的發音習慣帶進俄語清輔音中。處於黑龍江方言區中的中國學生，還存在將送氣音發成不送氣音的情況，比如將「餛飩」錯讀為（hún dun），「優惠券」錯讀為（yōuhuì juàn），將不送氣音誤讀為送氣音的情況也會出現，比如：「哺育」常被錯讀為（pǔ yù），「同胞」常被錯讀為（tóng pāo）等。受到黑龍江方言母語負遷移的影響，黑龍江地區的學生在學習俄語輔音時，就會出現將 Физика（物理）中的「Ф」發成既有點像濁輔音〔В〕，又有點像漢語送氣清擦音〔f〕的奇怪讀音。也可以說，黑龍江地區的中國學生在習得俄語時會出現無法意識到錯誤發音的情況，所以就索性將錯就錯，形成了帶有東北味的俄羅斯語，這種俄羅斯語和標準俄羅斯語相差甚遠。

3. 清濁音混讀

俄語中清濁輔音字母一共有六對，中國學生常會出現將漢語中不送氣的清輔音讀為俄語濁輔音的情況，比如中國學生常將俄語濁輔音〔б〕和漢語不送氣清塞音〔Р〕相混。在黑龍江地區，大多數黑龍江方言背景的學生本身就會出現清濁音混讀的情況，如將「老鷹」讀成（lǎo lēng）。這種濁化的語言習慣會導致學生在閱讀俄語單詞 Бар（酒吧）和 пар（汽）時，非常有可能出現

清濁音混讀不分的情況，若沒有上下文語境，可能很難將 Бар（酒吧）和 пар（汽）兩個單詞區分開來，這種混讀影響了言語交際和日常生活。

另外，俄語單詞中還存在重音，雖然重音位置在母音，但音節中的音徵互載現象會讓音節中的輔音在與重讀母音拼讀時，音強增加，音高提升，這就很容易導致黑龍江地區的學生聽不準正確的輔音讀音，所以學生們在拼讀俄語時，非常容易出現輔音清濁混讀的情況。

俄語有許多輔音開頭和輔音結尾的單詞，在語流閱讀中，前單詞的尾輔音和後單詞中的頭輔音會發生噪輔音聯音，有時還會發生清濁同化。比如 Иди к бабушке，（去外婆家）к 和 б 之間連音時，к 濁化。俄語這種特殊的發音規則在漢語中不存在，所以學生的習得難度很高。對於方言區的學生來說，習得俄語清濁同化規則時首先要克服母語方言中清濁音混讀不分的負遷移影響，其次要把握俄語清音和濁音的標準讀音，然後要熟悉語流閱讀中清濁聯音的語言規則，最後才能將清濁同化規則熟練運用於文本閱讀和交流對話中。

（二）母音方面的負遷移

黑龍江方言對學生俄語母音學習方面的負遷移主要表現為將俄語母音 [a] 和 [ɘ] 相混以及將俄語母音 [у] 和漢語複韻母 uo [uo] 混讀。

1. 俄語母音 [a] 和 [ɘ] 相混

在黑龍江方言中，常會出現將單韻母 a [A] 與 e [ɤ] 相混的情況，如將「割肉」（gē ròu）說成（gā ròu），因為單韻母 a 與 e 在舌點陣圖上位置較為接近，極易混淆，且東北人性格豪放，發音粗獷，a 比 e 響度大，所以許多黑龍江人尤其是 50 周歲以上的人群，常會選擇將 e 錯發成聲音更響的 a。黑龍江學生在學習俄語母音 [a] 和 [ɘ] 時，由於俄語 [a] 和 [ɘ] 發音相似，[ɘ] 開口度稍窄，[a] 開口度大，響度大，所以就極易發生類似黑龍江方言中以 a 替 e 的代替混讀情況，還容易發生俄語 [a]、[ɘ] 和漢語 [ɤ] 三者混讀的情況。這種母語負遷移情況在拼讀 Балет（芭蕾舞）等母音靠前的單詞時表現得最為明顯，黑龍江學生常將 Балет（芭蕾舞）中的「Ба」讀成「bāi」，這是一種很明顯的將 [ɘ] 與 [a] 混讀的現象。

2. 俄語母音 [у] 和漢語複韻母 uo [uo] 混讀

在黑龍江方言中，常會出現將韻母 uo 和 u 混讀的情況，如將「唾沫」（tùo

mo）讀成（tù mo），將「塑膠」（sù jiāo）讀成（sùo jiāo）。黑龍江學生在學習俄語時，很容易將這種帶有方言色彩的含混韻母讀音的習慣帶入進俄語學習中。比如，將帶有母音［У］的單詞讀為漢語 uo，如將 Университет（大學）中的「У」讀成「wò」。

除了上述兩種比較明顯的混讀外，還有一些中國學生將俄語母音［И］和漢語韻母-i 相混，這種相混雖可能受到黑龍江方言平翹舌不分的影響，但這種負遷移的影響比較小，這實際上是一種普遍存在於中國各地區俄語學習者間的漢語母語負遷移現象，故不展開論述。

（三）節律不標準

黑龍江地區的中國學生受到母語方言負遷移的影響，在發俄語單詞時會表現出發音不標準，節律奇怪的問題，比如沒有掌握好俄語音節的快慢、強弱，重讀音節沒有加長、加重，重讀強度不夠，句子連讀不暢，節奏起伏頻率奇怪等。

相對普通話的音節節奏來說，黑龍江方言的發音起伏度比普通話小，音節之間的變化程度比普通話小。因為黑龍江方言的整體調值比較低，黑龍江哈爾濱人的陰平調調值整體比北京人陰平調調值低一度左右，約為 44。陽平調調值大概為 24，去聲調調值大概為 53，也就是說，黑龍江人存在高音上不去，低音降不下來的問題，黑龍江方言的音域比普通話窄得多。

俄語是一種歡快連奏型的無聲調語言，節奏感很強。當多音節詞發音時，每個音節的快慢和強弱各異。在俄語中，還存在重音，俄語重音並不是簡單地對音節進行重讀，俄語重音在加強發音器官緊張程度的同時，還要增加母音的長度，所以重讀的俄語母音音節不僅響度大，音長長，音色也更為清晰。學生在習得俄語時，要時刻注意對重音要增加音節強度，增長音節長度這種特殊的音節韻律規律，同時還要注意整體的語音規則。在俄語中，非重讀母音和重讀母音相比，弱變化程度很大，起伏明顯。需要注意的是，俄語重音有一些特殊的規則，有些時候，常做重讀詞形的實詞也可能失去重音，重音被實詞前的單音節前置詞或否定語氣詞獲得，此時的單音節前置詞或否定語氣詞擁有長度重音和力重音雙重特徵，比如：Нé данных（沒有資料）中是否定語氣詞 Не 獲得了重音。中國學生在習得俄語時，不僅要克服方言對母音的誤讀，還要在正確

閱讀的基礎上把握音節的節奏規律。對黑龍江學生來說，這些發音要求難度很大，需要學生在習得俄語時特別注意。

俄語中還存在顫音［p］和［pｊ］等發音難點，黑龍江方言區的學生在閱讀 Пушкин（普希金），Россия（俄羅斯），Ручка（鋼筆）等詞時，常常會受母語負遷移的影響，出現調型不對，重音不明顯，顫音不標準，將顫音發成漢語邊音 l 等問題。這種節奏生硬的問題在閱讀俄語組合語音詞時，表現得最為明顯。如「Ваша организация」（您的組織），學生會出現 a о 之間斷音，重音不夠長，顫音［p］發不出來，發出來的所謂的顫音類似漢語邊音 l 或者鼻音 n，整個音節節奏無起伏或起伏奇怪等問題。

（四）音節改讀與重音難辨

黑龍江方言地區的學生在閱讀和日常生活交際時，常會出現音調改讀的現象，如將「橘子」（jú zi）發成（jū zi），「幹啥」（gàn shá）發成（gà há）。這種音調改讀的語言習慣非常容易被學生帶入進俄語學習中，從而給學生的俄語學習帶來不利影響。

俄語是無聲調語言，在俄語中，有一種自由重音，就是俄語的詞重音，它在不同的詞中可以落在不同的音節，不同的詞素上。〔註9〕這種自由重音可以區別不同的詞或詞形。比如 Мýка（苦惱）和 Мукá（麵粉），兩者僅重音位置不同。需要注意的是，俄語中還有一種重音異讀現象，就是同一個詞的重音可以落在不同位置上而不區別詞義，如 Творóг 和 Твóрог（奶渣）僅為標準語和方言的區別。這種受到俄語方言影響的重音異讀現象讓本就很難掌握重音規律的學生，變得難上加難。所以黑龍江學生必須克服隨意改讀的語言習慣，這樣才不會造成俄語讀音之間的混讀，才會有效區別不同重音下的不同單詞，才不會影響交際。

總之，對於俄語初學者來說，漢語母語自身的發音系統會對第二語言的學習造成很大影響，習得母語和俄語時方言環境對學生的感染力也很強。俄語初學者在學習初期可能很難轉換母語語音系統，且時常會受到黑龍江方言對俄語學習負遷移的影響，所以還需要教師、學校等多方面來綜合保證學生的學習效果，幫助學生修正發音部位及發音方法方面的不足。

〔註9〕信德麟，張會森，華劭編，俄語語法（第 2 版）〔M〕，外語教學與研究出版社，2009（1）：55。

三、教學策略探析

（一）教師要提升自身專業水準，增強使用意識的確定性

教師是學生學習俄語的領路人，學生在初學俄語的階段都是從聽教師的發音開始的，所以教師首先要努力提升自身專業水準，克服方言對自身的負遷移影響，準確發出俄語的字母或單詞，尤其是特殊讀音，比如顫音。教師要準確地掌握發音規律，明晰發音特徵，這樣才能給學生進行良好的示範，才能恰當充分地講解目的語知識，讓學生快速巧妙地習得俄語。

其次，教師要懂得根據教學實踐和學生回饋不斷調整自己的教學計畫，要探索出最適合學生的語音教學方法。教師可以有效利用中俄語音中的相似點加強記憶，比如在語流交際中，俄語有邏輯重音，俄語句子中邏輯重音的位置往往就是漢語句子句重音、話語焦點的位置，兩者具有相似性。俄語教師可以通過講解中俄邏輯重音相似點的教學手段來說明學生掌握俄語邏輯重音的發音規律，提升學生閱讀俄語讀音的準確性。在黑龍江地區，出現有在以母音 a、e 開頭的零聲母字前加鼻音 n 的現象，比如將「棉襖」讀成（mián nǎo），「很餓」讀成（hěn nè），這種加 n 的語言習慣，有可能是受到了連讀的影響。教師可以利用這種連讀的習慣來解決學生在讀俄語時出現的斷音、減音的問題。在俄語中，經常出現輔音結尾的單詞和母音開頭的單詞連讀的情況，這種組合語音詞會自然地發生拼讀關係，但由於中國話多是以母音結尾的詞，幾乎不存在詞和詞之間連續拼讀的情況，所以黑龍江地區的有些中國學生不會連讀。面對這種情況，教師就可以用類比講解的方法，讓學生有效地利用方言優勢來改善俄語斷音的語言閱讀情況，衝破學生不會連讀的語言障礙，加強學生的口語能力。

然後，教師也可以借助多媒體技術，創新教學方法。比如可以將標準讀音反復播放，讓學生沉浸式記憶；可以將易相混的兩個或多個讀音進行對比教學，強化學生對於語音區別特徵的掌握。教師自身在反復多次教學實踐的過程中也要減少對不確定的俄語使用的意識，明晰俄語使用規約，增強俄語使用意識的確定性，科學地進行示範。

最後，教師要補充糾正教材中錯誤的或者不恰當的知識點，對於教材中沒有講解充分的知識要及時補充。要特別提醒學生注意東北方言中的錯誤發音，

減少語言環境中的不利因素對學生的影響。教師作為學生學習路上的啟發者，也不要一位求成果，不同學生的學習能力和理解能力不一樣，對於任何一位學生都要有耐心。

（二）教編部門要減少疏漏，修正教材中有問題的語音標注

教材是學生學習的主要依憑工具，為了讓學生更科學地學習第二語言，教材編寫部門需要制定一套適合中國人學習俄語的科學的語音教材。尤其需要注意標注出俄語不同類型的形態變化，不同形態下重音的變化；但目前，比如人教版初一學生的俄語教材在標注俄語元輔音的發音時，不標注國際音標，尤其在單詞表中只列出了俄語單詞和漢語對照意思，對語音沒有做任何講解，更有些輔導練習冊會選擇標注和俄語字母發音極為相似的漢字。這些不嚴謹的標注行為非常容易造成學生只記誦漢語讀音，而忽略俄語本來讀音的情況，學生口中的漢式俄語也就此形成。長此以往將不利於學生對俄語相似讀音的區分，尤其是當連讀和輔音清濁同化現象發生時，學生常常無法選用正確的俄語讀音來表達想要傳達的意思。

另外，有些語音教材中有過多的省寫和兼職字母的規定，這極易造成學生思維的混亂。比如有些教材為了學生記憶方便，往往不標注移動重音，造成俄語單詞的單數一格、複數一格和複數五格沒有形式區分。

（三）學生及時改正語音錯誤，提升自我檢驗與自我監控的能力

語音學習具有一旦固化就不易更改的特點，語音學習不會必然地隨著學生學習階段的提升而變得越來越正確。若學生在學習的前兩個月沒有在教師的幫助下掌握正確的讀音，自身又抱著得過且過的態度，那麼隨著時間的增長，學習階段的提升，學生所掌握的錯誤的語音只會越來越固化，變得越來越難以改正，甚至會發展成永久性語音偏誤。故而在語音學習的最初階段，學生一定要掌握正確的讀音，提升自我檢驗與自我監控的能力，及時糾正自身的語音偏誤。在條件允許的情況下，教師要採取一對一糾正學生讀音的方式，根據不同學生的發音特點，進行專門性的訓練，找到學生語音負遷移的規律；但要注意，在進行語篇練習時，為了保證朗讀效果，可以在學生朗讀或跟讀後再糾正。教師糾正以不影響交際為原則，糾正過多也會影響學生學習俄語的積極性，造成學生不敢開口的情況。學生要懂得把握初期學習階段

這一黃金時刻，準確掌握俄語正確的讀音，及時改正錯誤的讀音。

受到滿族、蒙族等少數民族語言的影響，黑龍江學生容易將普通話中的常規音發成兒化音，這種發音習慣非常容易被帶入進俄語學習中，這就需要教師在教學初期就及時糾正，尤其要讓東北方言區的學生注意加強舌頭的緊張程度。這樣以後，學生才會盡可能地、較早地、及時地改正自己錯誤的讀音，在未來學習階段所新學習的語法詞彙也才會在正確發音的基礎上正確地習得。

俄語雖是波浪形語言，和發音平緩的漢語有著諸多不同的地方，但人們習得任何一種語言都需要經過時間的積累，在反復實踐練習之後才可以將這種語言熟練運用。語音學習必然也要經歷一個厚積薄發的過程，學生在學習時需要樹立自信心，做出積極的心理暗示。既然可以學好母語，那麼就要相信自己也可以學好第二種語言。

（四）多方協同，營造充分練習俄語的語言環境

偏誤是一種有規律的錯誤，教師或學校在學生學習俄語的過程中，需要給學生營造良好的學習氛圍，為學生創設可以充分練習俄語的語言環境，比如可以採用競賽促學，獎勵促學的方式讓學生在活動競賽中練習俄語。學生在良好的正確讀音的語言環境下進行語音聽說學習後，教師也可以總結出學生所犯偏誤的規律，從而更有針對性地進行糾偏。大量正確地練習後也才能使學生收穫良好的學習效果，才會使學生準確習得俄語語音。學生只有在經過大量練習後，才會逐漸改正錯誤的發音習慣，更新錯誤的語音體系，才會逐漸形成正確的可以讓自己理解的語音系統，才會為其他知識的學習打好堅實的語音基礎。

語言學習的目的是使學生能夠自如地運用語言工具進行學習、工作和生活。學生學習語音知識，最終還是要將語音融入語流對話中。前文指出，學生在俄語學習過程中常會出現斷音嚴重，不敢說長句子的障礙問題，但是日常對話多數都是成串的句子，很少會出現單個單詞，所以學生歸根結底還是要多加練習，教師也要注意培養學生連貫聽說的語言能力，讓學生在語流對話實踐中切實提升交際能力。

其實，除了課堂學習的課本中的語音知識外，學生也應該去瞭解日常真實對話中的各情境下的大眾口語，也應該多聽一些歌謠諺語中的語音，以此全方位地豐富自身的語音知識和文化知識。

　　總之，教師、學生、家長、學校及教學管理部門要共同努力，從多個角度，多個側面解決學生學習中的問題，減少方言對學生二語習得的負遷移影響，幫助學生找到最合適的學習俄語的方式。

四、結語

　　語音在語言系統中起著至關重要的作用，學好語音將為詞彙、語法、修辭等其他語言知識的學習打下堅實的基礎。語音知識的學習是培養學生聽說讀寫能力的關鍵一步。俄語作為印歐語系的無聲調語言，語音規則眾多，和漢藏語系的漢語有著諸多不同。漢語學習者在學習俄語時，必然會面臨許多困難，並受到來自各方面的負遷移的影響。母語方言作為學生習得第二語言負遷移影響的來源之一，很少被學界重視，因此本文對方言負遷移的探討將有助於俄語教師或者學校教管部門從漢語方言角度思考俄語教學中的問題，從方言負遷移的視角探討學生學不好俄語的原因，從而更有針對性地制定一些改善學生俄語語音問題的教學策略。

五、參考文獻

1. 郭凌宇，東北方言對於阿拉伯語語音學習的負遷移影響及教學策略研究，《河北能源職業技術學院學報》第 2 期，2020 年，頁 37～39。

2. 黃興華，中國人學習俄語發音的難點解析，《湖北科技學院學報》第 11 期，2013年，頁 205～206。

3. 姜文振，試談黑龍江方言中的一種音變現象──脫落，《學術交流》第 6 期，2002 年，頁 119～122。

4. 李英姿，東北方言研究綜述，《現代語文（語言研究版）》第 10 期，2008 年，頁 95～98。

6. 劉礫澤，淺談黑龍江方言的語音特點，《黑龍江教育學院學報》第 10 期，2013年，頁 124～126。

7. 石鋒、黃彩玉，哈爾濱話單字音聲調的統計分析，《漢語學習》第 1 期，2007年，頁 41～51。

8. 王玲玲，《漢俄語音對比分析及對俄漢語語音教學策略》，吉林大學碩士學位論文，2014 年。

9. 信德麟，張會森，華劭編，《俄語語法（第 2 版）》，北京：外語教學與研究出版社，2009 年。

10. 徐來娣，中國學生俄語語音詞發音習得常見偏誤分析，《中國俄語教學》第 4 期，2013 年，頁 64～69。

【附記】本文曾在第二屆漢語音義學研究國際學術討論會上宣讀，
已發表於《南方語言學》第二十二輯。

附　錄

一、會議邀請函

「首屆漢語音義學研究國際學術研討會暨第四屆佛經音義研究國際學術研討會」邀請函

尊敬的　　先生：

淮北師範大學文學院 擬於 2021 年 10 月 22 日至 25 日舉辦首屆漢語音義學研究國際學術研討會暨第四屆佛經音義研究國際學術研討會，誠邀　先生　蒞會指導並請宣讀論文。

會議地點

安徽省淮北市東山路 100 號淮北師範大學學文學院

會議時間

（1）報到：10 月 22 日（星期五）

（2）會期：10 月 23 日～24 日（週六—週日）

（3）賦歸：10 月 25 日（星期一）

會議內容

（1）佛經音義研究與漢語音義學學科建設

（2）漢語音韻、文字、訓詁、語法等問題

會議聯繫人

（1）張義博士　Tel：18110329615

（2）高天俊博士　Tel：15659825150

會議電郵

yinyimeeting@126.com

注意事項

（1）會議擬出論文集。

（2）因為疫情，會議擬採「線上＋線下」形式，具體安排見「會議手冊」（10 月 15 日左右送達與會代表）。

（3）請您盡量在 10 月 10 日前以附件形式將論文發到會議郵箱。

（4）由於時間緊迫，郵箱聯繫遲緩，建議您掃描下面的二維碼加入會議微信群，以便及時知曉相關信息。

首屆漢語音義學研究
國際學術研討會

該二維碼7天內(9月30日前)有效，重新進入將更新

（如您未能在 9 月 30 日前掃描，屆時我們會往您郵箱再發一次新的二維碼）

會議籌備組

2021 年 09 月 22 日

「第二屆漢語音義學研究國際學術研討會」邀請函

尊敬的＿＿＿＿＿先生：

　　「第二屆漢語音義學研究國際學術研討會」，擬於 2022 年 10 月 28 日至 31 日召開。本次會議由華中科技大學、浙江大學和浙江工業大學聯合主辦，浙江工業大學人文學院承辦，國家社會科學基金重大項目「中、日、韓漢語音義文獻集成與漢語音義學研究」（19ZDA318）課題組協辦。誠邀　您　蒞會指導並宣讀論文。

會議形式：線上＋線下

會議地點：杭州西湖區（具體賓館待定）

會議時間：

（1）報到：10 月 28 日（星期五）

（2）會期：10 月 29 日～30 日（週六—週日）

（3）賦歸：10 月 31 日（星期一）

會議主題：

漢語音義學學科建設：理論·實踐

具體議題：

（1）漢語音義學研究的理論、材料與方法問題；

（2）漢語音義書注音與韻書、字書注音的本質區別與聯繫；

（3）漢字注音釋義及其與字形的關係；

（4）語音—語義—語法的綜合研究；

（5）漢語音義文獻的整理及其他問題。

論文提要（要求如下）：

（1）請將擬與會之論文提要發至會務組電郵（詳後），收件最後截止日期 2022 年 8 月 30 日。

（2）論文提要請用中文書寫，字數限 2000 以內；請註明：作者姓名、供職單位、職稱、通訊地址、郵編、聯繫電話、E-mail 等。

（3）會務組將組織專家評審論文提要，如獲通過，當及時發出正式會議邀請。

會議聯繫人：

（1）王月婷　Tel：13868058983（微信同號）

（2）謝維維　Tel：13567124927（微信同號）

（3）廖秋華　Tel：13757199731（微信同號）

會議電郵：yinyimeeting@126.com

注意事項：

（1）會議擬出論文集；

（2）會議不收會務費，交通住宿費用自理，餐飲由主辦方負責。

會議籌備組

2022 年 06 月 06 日

二、會議簡介

（一）「首屆漢語音義學研究國際學術研討會暨第四屆佛經音義研究 國際學術研討會」簡介〔註1〕

為推動漢語音義學學科建設，2021 年 10 月 22 日至 25 日，安徽省語言學會、國家社科基金重大項目「中、日、韓漢語音義文獻集成與漢語音義學研究」（19ZDA318）課題組聯合舉辦了「首屆漢語音義學研究國際學術研討會暨第四屆佛經音義研究國際學術研討會」。

本次會議由華中科技大學黃仁瑄教授、上海師範大學徐時儀教授發起組織，得到了安徽省人民政府的大力支持，採取「線上＋線下」形式，淮北師範大學文學院承辦。來自安徽大學、安徽師範大學、湖北大學、湖北師範大學、湖南大學、華中科技大學、華東師範大學、蘭州大學、南京大學、南京師範大學、上海師範大學、首都師範大學、四川大學、武漢大學、西南大學、浙江大學、鄭州大學、中華書局、中山大學和韓國國立安東大學校、韓國慶星大學校、韓國延世大學校、日本南山大學等國內外三十多所高校和研究機構的 87 名專家代表以及淮北師範大學文學院部分師生代表出席了會議，另有 200 多名網友通過騰訊會議旁聽了會議。

本次會議議程由開幕式、大會報告、小組彙報研討和閉幕式四部分組成。淮北師範大學語言研究所所長、文學院副院長杜道流教授主持開幕式。杜道流

〔註1〕本簡介已為《中國語言學年鑒 2022》（張伯江主編。中國社會科學出版社，2023 年）收錄。

教授代表淮北師範大學文學院和語言研究所對出席會議的各位專家學者表示熱烈歡迎和衷心感謝，並簡要介紹了會議籌備情況和淮北師範大學語言學學科發展情況。安徽省語言學會會長、安徽大學楊軍教授和會議發起人華中科技大學黃仁瑄教授、上海師範大學徐時儀教授分別致辭。

本次會議以「漢語音義學學科建設」為主題，共收到論文 68 篇，具體內容涉及音義理論、音韻、訓詁、文字、語法等。大會採取大會報告、分組彙報兩種形式進行學術探討、交流，其中大會報告 13 場，小組彙報共 6 組 55 場。報告人一絲不苟，主持人有條不紊，評議人認真嚴謹，會場裏充滿經驗交流、學術切磋、智慧碰撞的火花，這是一場爭鳴開放、銳意求新的學術盛宴。

經過兩天緊張而又有條不紊的組織，會議圓滿完成各項議程順利閉幕。淮北師範大學文學院張義副教授主持閉幕式，四川大學王彤偉教授、浙江工業大學王月婷教授和湖南大學劉文正教授分別做了會議第一組、第二組和第三組的討論彙報，杜道流教授做了大會總結。

首屆漢語音義學研究國際學術研討會暨第四屆佛經音義研究國際學術研討會的成功召開，必將有力促進語言學科特別是漢語音義學學科的建設與發展。

本次會議決定第二屆漢語音義學研究國際學術研討會將於 2022 年 10 月在浙江杭州舉行，由浙江工業大學承辦，王月婷教授代表承辦單位向學界朋友發出了熱情的邀請。

附：大會報告目錄（以報告先後為序）

1. 馮蒸：論音義學的研究對象——兼論別義異讀詞與同源詞的關係
2. 徐時儀：略論《一切經音義字典》的編纂
3. 李圭甲：韓國所藏華嚴石經#10447 上殘字考釋
4. 楊軍：《經典釋文》等「梴」「挺」等音義匹配及相關問題
5. 方一新：讀佛經音義札記
6. 張玉來：普通話裏的音義匹配問題
7. 敏春芳：語言接觸過程中的音義研究——以東鄉語中的「-ɕiə」和東鄉漢語的「些」為例
8. 孟蓬生：「歊」字音義辨正——兼論蠚蜀同源
9. 盧烈紅：「尊重」詞義源流考——兼議《漢語大詞典》「尊重」條存在的

問題

10. 梁曉虹：天理本「篇立音義」考論

11. 竺家寧：談談佛經語言學的內容與體系

12. 汪啟明：中國語言學史上的「語史互證」芻議

13. 黃仁瑄：談談佛典音義文獻的整理與利用——基於漢語音義學學科建設的視角

（二）「第二屆漢語音義學研究國際學術研討會」簡介

為促進學術交流，2022 年 10 月 29 日至 30 日，「第二屆漢語音義學研究國際學術研討會」在浙江杭州舉辦。本次會議由華中科技大學、浙江大學和浙江工業大學聯合主辦，浙江工業大學人文學院承辦，國家社會科學基金重大項目「中、日、韓漢語音義文獻集成與漢語音義學研究」（19ZDA318）課題組協辦。

本次會議採取線上、線下相結合的方式。來自中正大學、浙江大學、浙江師範大學、南開大學、武漢大學、中國人民大學、蘭州大學、北京語言大學、首都師範大學、日本南山大學等知名高校的近百餘名專家學者以及浙江工業大學人文學院部分師生代表出席了會議。

本次會議議程由開幕式、大會報告、小組彙報研討和閉幕式四部分組成。浙江工業大學人文學院院長張曉玥教授主持開幕式。張曉玥教授代表浙江工業大學人文學院對出席會議的各位專家學者表示熱烈歡迎和衷心感謝，並簡單介紹了浙江工業大學人文學院概況，最後祝願此次會議能夠更好地營造學術氛圍、檢視學習成果、促進學術交流。隨後，浙江大學王雲路教授以杭州桂花飄香開篇，發表了親切而熱情的致辭。北京語言大學校長劉利教授、首都師範大學馮蒸教授，則通過雲端分別致辭。

本次會議以「漢語音義學學科建設：理論·實踐」為主題，共收到論文 80 餘篇，具體內容涉及音義文獻的整理與研究、音義材料的爬梳與分析、音義理論與方法的探討以及語音—語義—語法與形—音—義關係的綜合研究等。大會採取大會報告、分組彙報兩種形式進行學術探討與交流，會議共舉行了四場大會報告、十八場分組報告，會議中產生了許多獨到新穎的學術見解，可謂是一場百花齊放、百家爭鳴的學術盛宴。

　　30 日下午會議圓滿完成各項議程且順利閉幕。浙江大學真大成教授主持閉幕式，浙江師範大學景盛軒副教授、遵義師範學院魏金光教授、湖南理工學院封傳兵教授，三位老師分別對第一組、第二組、第三組的分組討論做了詳細地總結與彙報，最後浙江工業大學王月婷教授做了大會總結。

　　第二屆漢語音義學研究國際學術研討會的成功召開，必將有力推進語言學科特別是漢語音義學學科的建設與發展。

　　本次會議決定第三屆漢語音義學研究國際學術研討會將於 2022 年在貴州遵義舉行，由遵義師範學院承辦，魏金光教授代表承辦單位向學界朋友發出了熱情的邀請。

　　附：大會報告目錄（以報告先後為序）

1. 馮蒸：古漢語同源詞（含構詞法）的聲母交替原則與諧聲原則一致論
2. 施向東：《西番譯語》的注音釋義研究
3. 董志翹：漢文佛典與揚雄《方言》研究——兼及方言詞的形、音、義關係
4. 王雲路：論中古注疏對複音詞產生的巨大影響
5. 方一新：《宋書》修訂本商校三則
6. 蔡夢麒：注音研究與文獻來源考察
7. 汪維輝：「花甲」是什麼——關於漢字形音義關係的一點思考
8. 梁曉虹：「無窮會本系」《大般若經音義》複音辭目釋文特色研究
9. 敏春芳：語言接觸視域下甘青河湟方言「個」的擴展功能
10. 黃仁瑄、王燁：《磧砂藏》隨函音義音注及其語境信息的自動匹配
11. 金理新：上古音研究的突破與創新
12. 真大成：玄應《一切經音義》「古」「今」述考
13. 王月婷：異讀研究從音義到句法

後　記

　　《漢語音義學研究論集（二集）——第二屆漢語音義學研究國際學術研討會論文集》即將結集出版了，借此機會，忍不住要囉嗦幾句。

　　第二屆漢語音義學研究國際學術研討會（中國杭州，2022 年 10 月），以「漢語音義學學科建設：理論‧實踐」為主題，共收到論文 80 餘篇，內容涉及音義文獻的整理與研究、音義材料的爬梳與分析、音義理論與方法的探討以及語音—語義—語法與形—音—義關係的綜合研究等。會議其他信息見本論文集附錄「第二屆漢語音義學研究國際學術研討會簡介」，此不贅述，這裡特別強調一個事實：當時疫情多有反覆，為確保會議如期進行，會議承辦單位浙江工業大學王月婷教授團隊做了充分的準備工作，無論是線下會議代表的迎來送往，還是線上會議代表的會前調試、會中服務，整個環節不差毫釐，如行雲流水，運轉順暢。謝謝他們！

　　論文集收錄的文字有的當時並沒有在會議上宣讀，而是後期征集而來，如真大成教授《玄應〈一切經音義〉「同」述考》、賀穎博士《〈續一切經音義〉引《切韻》考述》。適量收錄見於他處之有關音義學研究的文字，在漢語音義學研究如火如荼推進的當下，我們認為很有必要。恩師尉遲治平教授賜序大開大合，思路清奇，洞察幽微，見人之所未見，發人之所未發，論文集因此增添了許多光輝！

　　值此論文集即將出版之際，第三屆漢語音義學研究國際學術研討會已經召

開（中國遵義，2023 年 7 月），第四屆漢語音義學研究國際學術研討會（中國黃石）正在緊張地籌備著，而《漢語音義學研究論集（三集）——第三屆漢語音義學研究國際學術研討會論文集》正在進行結集的工作，我們希望可以趕在第四屆研討會召開前出版。「漢語音義學學科的建設與發展，深得天時、地利與人和，與有榮焉，有厚望焉！」這是我們在《漢語音義學研究論集（一集）》「後記」裡表達的真切感受，至今仍深味著這份感受的真切。

論文集文字的篩選、結集，王月婷教授付出了許多心血；入選文章的排版、加工，包括後期跟作者的溝通，友生瞿山鑫博士出力尤多。謝謝你們！

附：大會報告目錄（以報告先後為序）

1. 馮蒸：古漢語同源詞（含構詞法）的聲母交替原則與諧聲原則一致論
2. 施向東：《西番譯語》的注音釋義研究
3. 董志翹：漢文佛典與揚雄《方言》研究——兼及方言詞的形、音、義關係
4. 王雲路：論中古注疏對複音詞產生的巨大影響
5. 方一新：《宋書》修訂本商校 3 則
6. 蔡夢麒：注音研究與文獻來源考察
7. 汪維輝：「花甲」是什麼——關於漢字形音義關係的一點思考
8. 梁曉虹：「無窮會本系」《大般若經音義》複音辭目釋文特色研究
9. 敏春芳：語言接觸視域下甘青河湟方言「個」的擴展功能
10. 黃仁瑄、王燁：《磧砂藏》隨函音義音注及其語境信息的自動匹配
11. 金理新：上古音研究的突破與創新
12. 真大成：玄應《一切經音義》「古」「今」述考
13. 王月婷：異讀研究從音義到句法

編者，2023 年 9 月 9 日於華中大主校區東五樓之一隅